Michelle Rowen est née à Toronto, Ontario. Quand elle était enfant, elle rêvait de devenir hôtesse de l'air, voleuse de bijoux et écrivaine. Un sur trois, ce n'est déjà pas si mal ! Elle avoue être bibliophile, posséder un chat maléfique appelé Nikita, être accro à la téléréalité et entretenir une relation malsaine avec tout ce qui touche à la série *Buffy contre les vampires*.

Du même auteur, chez Milady :

Sarah Dearly :
1. *Mordue*
2. *Accro*
3. *À cran*
4. *D'enfer*
5. *A plus*

Belladone :
1. *Nuit de sang*
2. *Soif de sang*

www.milady.fr

Michelle Rowen

Soif de sang

Belladone – 2

Traduit de l'anglais (États-Unis) par Zeynep Diker

Milady

Milady est un label des éditions Bragelonne

Publié en accord avec Berkley Publishing Group, une division de Penguin Group (U.S.A.) Inc.

Titre original : *Bloodlust*

ISBN : 978-2-8112-0895-0

Bragelonne – Milady
60-62, rue d'Hauteville – 75010 Paris

E-mail : info@milady.fr
Site Internet : www.milady.fr

Remerciements

Merci à Eve Silver, ma fabuleuse bêta-lectrice, d'aimer Declan autant que moi. À mon éditrice, Cindy Hwang, et à mon agent, Jim McCarthy, de continuer à me donner la possibilité de partager mon imagination. À mes lecteurs adorés, d'accepter la nouveauté et de plonger dans ce monde lugubre peuplé de vampires. Je remercie la caféine, ma drogue. Et enfin, un grand merci à mes personnages qui m'autorisent à les martyriser… même s'ils n'ont pas vraiment leur mot à dire.

Chapitre premier

Vorace. L'endroit portait bien son nom.

J'étais arrivée devant ce bar malfamé de North Hollywood une demi-heure auparavant. Un ami m'avait envoyé un e-mail dans la journée pour me demander de l'y rejoindre le soir même à 22 heures, car il avait « quelque chose de très important à me dire ». Alors j'étais venue, de mon plein gré, et j'étais fin prête à discuter.

Mais à 22 h 30, il n'était toujours pas là. Et je commençais à m'inquiéter.

Et s'il était mort ? me souffla une petite voix.

À cette pensée, mon cœur se serra. Non. Il était trop intelligent. Trop futé. Trop jeune et sûr de lui. Je refusais de croire qu'il avait pu se faire tuer. Ce soir, il allait peut-être me fournir l'information qui me permettrait de retrouver une vie normale.

Où es-tu, Noah ?

Je reportai mon attention sur un type blond dans un pardessus en cuir qui se dirigeait vers la minuscule piste de danse. Le morceau de heavy metal qui résonnait dans les haut-parleurs entravait ma concentration. La peau du type était si pâle qu'elle luisait presque dans la pénombre, l'empêchant de se fondre dans la foule. Il observa un moment les quelques danseurs et s'arrêta sur une petite rouquine vêtue d'une minijupe en cuir ultra courte.

Lorsqu'il sourit, j'entrevis ses crocs étincelants sous sa lèvre supérieure.

Elle remarqua son regard et lui sourit en retour, en secouant sa généreuse poitrine dans sa direction. Le signal universel employé par les filles faciles pour dire : « Viens me choper, voyou. »

Elle ne se doutait pas que ce voyou était un vampire.

— Bordel ! maugréai-je dans ma barbe. Comment peut-on être aussi stupide !

Deux semaines plus tôt, je ne croyais pas à l'existence des vampires. Mais ils existaient bel et bien. Certains préféraient se tenir à distance des humains, mais d'autres, comme celui-là, ne pensaient qu'à assouvir leur faim.

La rouquine allait y passer.

Je n'étais pas médium. Je ne possédais aucun pouvoir surnaturel, pas de force surhumaine ni de capacités paranormales, mais je savais qu'elle allait mourir. Je l'avais lu dans les yeux pâles du vampire lorsqu'il avait jeté un regard suffisant à son acolyte qui attendait, lui aussi, sur le bord de la piste.

Je n'avais aucune envie de m'en mêler. J'avais déjà mon lot de problèmes, merci bien ! Et puis, sans vouloir donner dans le préjugé, les filles, à l'évidence seules et vulnérables, qui fréquentaient ce genre de bouge finissaient toujours par s'attirer des ennuis. Si elle n'était pas en mesure de se protéger, si personne ne pouvait veiller sur elle, alors je craignais pour son avenir.

Pour autant, je ne comptais pas laisser ce monstre en faire son en-cas nocturne.

Je balayai la salle du regard à la recherche de Noah, puis glissai du tabouret pour me diriger vers la sortie en me faufilant à travers la foule peu accueillante. Le vampire et la rouquine dansaient ensemble à présent, en quelque sorte. Il pressa les doigts sur ses fesses, sous sa minijupe, et la plaqua contre lui tout en posant les lèvres sur sa gorge. Une scène sensuelle, romantique même, mais je savais qu'il n'en était rien. Ou du moins que ça ne durerait pas longtemps.

Je me figeai lorsqu'une idée terrible me traversa l'esprit. Il comptait la mordre devant tout le monde.

Je voulais m'en aller, faire comme si je n'avais rien vu, quitter ce club et recontacter Noah plus tard, mais je ne pouvais pas. Je n'étais pas le genre de femme facile à attendrir et désireuse d'aider les plus faibles, mais si je me trouvais face à un problème qu'il m'était possible de résoudre, alors je me devais d'agir. Ma conscience m'y obligeait.

— Je n'en ai vraiment aucune envie, murmurai-je pour moi-même.

Mais je le fis quand même.

Je m'approchai du vampire à pas forcés, suffisamment pour l'effleurer. Il perçut aussitôt mon odeur et relâcha sa captive.

Je continuai de marcher. Nul besoin de regarder par-dessus mon épaule pour savoir qu'il me suivait. Il était le chat, et moi la souris. Peu importaient mon apparence, mes formes fluettes ou la longueur de mes jambes. J'étais irrésistible.

Et croyez-moi, la vanité n'avait rien à voir là-dedans. Plus que tout, j'aurais souhaité ne pas exercer une telle fascination sur les suceurs de sang.

Je sortis du club. Malgré la chaude caresse de la brise sur ma peau nue, je frissonnai. J'accélérai, sans prêter attention aux battements rapides de mon cœur, et me dirigeai vers le parking derrière la boîte de nuit.

— Hé, poupée ! lança le vampire dans mon dos. Comment tu t'appelles ?

Je m'efforçai de lui lancer un regard empreint de fausse pudeur.

— Désolée, je ne parle pas aux étrangers.

— Oh, allez ! Fais pas ta mijaurée !

Il s'approcha de moi et ôta une longue mèche noire de mon front avant de l'enrouler doucement autour de ses doigts. Il la souleva vers lui afin de mieux en humer le parfum et ses yeux devinrent noirs sous l'effet du désir et de la faim.

— Tu sens trop bon ! Où tu cours comme ça, ma jolie ?

Je frémis.

— Je rentre à mon hôtel.

— On peut te tenir compagnie.

Il jeta un coup d'œil à son ami. Cheveux noirs, teint cireux, un mince sourire sur son visage émacié. Il sortit ses crocs comme s'il se fichait qu'on voie le monstre tapi derrière ce masque humain.

J'avais seulement voulu appâter le vampire pour épargner la fille. Malheureusement la suite allait de pair. Je m'efforçai de garder mon calme.

— Je ne veux pas qu'on me tienne compagnie. Laissez-moi tranquille.

— Et si ça ne nous dit rien ?

— Alors vous êtes dans un sacré pétrin.

Il arbora un sourire mauvais et huma mon odeur à pleins poumons. De fines veines noires saillirent le long de sa mâchoire jusqu'à son cou. Chaque vampire avait une façon bien à lui de montrer sa faim, c'était un peu sa signature. En plus de leurs crocs, c'était ce qui les différenciait des humains. Le noir de ses pupilles recouvrait à présent le gris pâle de ses iris.

Soudain, il m'attrapa par la gorge. Je m'agrippai à son bras tandis qu'il me traînait jusqu'à une ruelle, puis d'un geste brusque il me poussa vers son ami.

— Tiens la pétasse immobile, éructa-t-il.

J'essayai de me débattre. J'avais espéré de tout mon cœur ne pas en arriver là, mais j'avais surestimé la capacité d'un vampire affamé à se maîtriser. La peur m'envahit lorsqu'il retroussa les lèvres pour exposer ses canines.

— Non, attendez ! Mon sang…

Mais il ne me laissa pas le temps de terminer ma phrase. Il tourna ma tête de côté avec une telle violence qu'il aurait pu me briser la nuque. Je hoquetai de douleur quand il enfonça les dents dans la chair tendre de ma gorge.

Son acolyte s'était emparé de mon sein gauche et le pressait si fort que les larmes me montèrent aux yeux.

— Un vrai régal ! grommela le vampire blond sans cesser de boire à ma veine.

Quelques instants plus tard, il haleta et se retira, son regard empreint de surprise alors qu'il remarquait le léger arrière-goût de mon sang si délicieux.

— Que se passe-t-il ? demanda son ami.

— Je n'en sais rien.

Il ouvrit la bouche, se toucha les lèvres et observa ses doigts recouverts d'un liquide rouge foncé inhabituel. Il fronça les sourcils, perplexe, avant de s'éloigner de moi en titubant.

Lorsqu'il se mit à hurler, des flammes jaillirent de sa bouche. En l'espace de quelques secondes, il ne restait de Vampire assoiffé numéro 1 qu'une pluie de cendres rougeoyantes. Belle image pour une carte de vœux infernale !

L'effet paralysant de la morsure disparut, et je pressai la main sur mon cou pour stopper l'hémorragie. Je me sentais faible, mes jambes flageolaient. Je devais lutter pour ne pas tomber. Vampire numéro 2 se tourna vers moi, l'air choqué. La faim se lisait sur ses pommettes creusées, son teint blafard sillonné de veines violacées et ses yeux noirs comme la mort.

— Tu es celle dont tout le monde parle, n'est-ce pas ? Ton sang est un poison pour nous.

Sa voix n'était qu'un murmure, mais ses poings et sa mâchoire étaient serrés. La colère et la peine se reflétaient sur son visage lorsqu'il s'approcha de moi sans attendre ma réponse.

Il n'allait pas me mordre. Il allait me tuer comme j'avais tué son ami.

Alors qu'il m'effleurait la gorge, quelqu'un l'attrapa, lui fit faire volte-face et lui envoya son poing droit couvert de cicatrices dans le menton, le propulsant au loin.

— Ne t'avise pas de la toucher, connard ! gronda l'homme.

Il posa le regard sur moi, s'attardant un quart de seconde sur ma blessure, avant de reporter son attention sur le vampire.

Je m'adossai au mur froid alors que ce dernier recouvrait vite ses forces et se jetait sur son assaillant. Je perçus un éclair argenté, trop rapide pour que je le voie vraiment. La lame s'enfonça dans la poitrine du vampire jusqu'à la garde. Il tenta de l'ôter, mais le temps lui manqua. Ses mains et le reste de son corps s'enflammèrent et il disparut, lui aussi, dans une explosion de cendres.

Le poignard retomba sur la chaussée, l'homme s'accroupit pour le récupérer et le glissa dans son fourreau. Puis il darda sur moi son œil droit. Un bandeau noir masquait le gauche, qu'il avait perdu il y a longtemps lors d'un combat au cours duquel il s'était moins bien débrouillé.

Je remarquai alors que je retenais mon souffle. Je finis par expirer et recommençai à respirer non sans fébrilité.

Il mesurait plus d'un mètre quatre-vingts, tout en muscles, et était couvert de cicatrices, y compris sur le visage. Elles sillonnaient le contour de son œil et lui barraient le côté gauche, de la joue jusqu'au cou. Ses cheveux noirs étaient coupés court, presque rasés. Ce n'était pas le genre d'homme qu'on voulait croiser dans une ruelle sombre. Pas si vous teniez à votre vie. Declan Reyes était vraiment effrayant.

Mon héros.

Je m'autorisai enfin à me détendre un peu et essuyai mes larmes.

Il s'approcha et d'un geste brusque repoussa les mèches de ma nuque.

— Laisse-moi regarder.

J'ôtai à contrecœur la main de la morsure.

— Bon sang, Jill ! (Il pinça les lèvres.) Qu'avais-tu dans la tête au juste ? Tu as envie de mourir ou quoi ?

— Ils allaient tuer une fille dans le bar. Devant tout le monde !

— Alors tu as décidé de te sacrifier pour elle ?

— J'ai pensé pouvoir les distraire sans me faire mordre. Il faut croire que je me suis trompée.

— Où est Noah ?

Il sortit un mouchoir propre de sa poche et le pressa contre mon cou.

— Il ne s'est pas encore pointé.

— Dans ce cas, tu n'aurais pas dû l'attendre.

Il jeta un coup d'œil à la boîte de nuit.

— Tu dois arrêter de chercher à protéger les autres à tout bout de champ et veiller à ta propre sécurité.

Declan avait tendance à me voir bien plus altruiste que je ne l'étais en réalité.

— Tu aurais préféré que je ne fasse rien alors qu'ils lui déchiquetaient la gorge ?

— À l'avenir, viens me trouver avant de te prendre pour une charmeuse de serpents.

Il me caressa la joue avec tendresse.

— Tu vas bien ?

— Ça ira.

Je sondai son visage balafré afin d'y déceler une quelconque émotion, colère, peur, agacement peut-être, en vain.

— Il faut rentrer, dit-il.

— Mais, Noah…

— N'est pas là. Il a dû avoir un empêchement. On attendra qu'il nous contacte à nouveau.

— Tu ne crois pas qu'on devrait patienter encore un peu ?

— Non. Il vaut mieux arrêter les frais et réessayer plus tard.

Une profonde déception prit le dessus sur le mince espoir que je m'étais permis d'entretenir. Declan avait décidé d'attendre dehors quand nous étions arrivés, peu avant 22 heures, car son allure d'ange exterminateur aurait attiré les regards même dans l'un des bars les moins chics de Los Angeles. Et d'ailleurs, en tant que tueur de vampires, cette appellation était méritée.

Declan était un dhampire : mère humaine, père vampire. Même s'il tenait sa force inouïe de cette double nature, il n'égalait pas un vampire. Il guérissait plus vite qu'un humain, mais chaque fois qu'il écopait d'une blessure il en gardait une trace, stigmate de l'horreur qu'il avait vécue.

C'était Declan qui m'avait arrachée, à grand fracas, à mon existence normale deux semaines plus tôt. J'avais plutôt l'impression que deux ans s'étaient écoulés depuis lors, car je me sentais vraiment différente. En réalité, j'avais changé. Le sérum Belladone qu'on m'avait injecté m'avait coloré les yeux et les cheveux en noir. À cause de ce poison, tout vampire qui buvait mon sang périssait dans les flammes et la douleur.

Declan s'arrêta à quelques mètres de moi et me jeta un coup d'œil.

— Tu viens ?

Quand je m'approchai de lui, il tourna la tête de façon à dissimuler ses cicatrices, à l'abri de l'éclairage du lampadaire. La face intacte de son visage représentait celui qu'il aurait pu être dans une autre vie : un beau jeune homme de vingt-huit ans, un brin bourru. On avait le même âge. Et des existences très différentes.

Je voulus le toucher, mais me retins.

— Ne te cache pas de moi.

— Je ne me cache pas.

— Tu m'as demandé comment je me sentais, alors laisse-moi en faire de même. Comment te sens-tu, toi ?

Il crispa la mâchoire.

— Je vais bien.

— Le nouveau sérum…

— Fonctionne bien. Bien mieux que l'ancien.

Mieux. Je n'aurais pas choisi ce terme pour décrire la substance expérimentale qu'on lui avait administrée une semaine plus tôt.

La nature dhampirique de Declan inquiétait beaucoup Carson Reyes, son père adoptif aujourd'hui décédé. C'est pourquoi il avait élaboré un vaccin spécial que Declan avait dû s'injecter toutes les trois heures depuis son enfance. Il était censé refréner toute pulsion vampirique potentielle : agressivité, soif de sang, comportement lunatique… Il réprimait également ses émotions, à tel point qu'il semblait en être dépourvu. Ce qui faisait de lui l'arme ultime, toujours enclin à suivre les ordres à la lettre, sans causer de problèmes à son père ou à qui que ce soit d'autre. Une parfaite machine à tuer, incapable de sentiments, ne visant qu'un but : accomplir sa mission.

Peu après m'avoir rencontrée, il avait été contraint de suspendre ses injections, car le sérum avait été volé. J'avais craint que la violence et le besoin de sang le submergent, mais il n'en avait rien été. Au lieu de quoi j'avais découvert un Declan différent, qui ressentait de vives émotions et désirait plus de la vie que servir d'instrument destiné à éradiquer les monstres.

Carson avait été persuadé d'avoir raison. Selon lui, les dhampires comme Declan étaient dangereux et imprévisibles. Il avait travaillé à l'élaboration d'un autre sérum, permanent cette fois. Il l'avait injecté à Declan de force, espérant ainsi éviter à son fils de succomber à l'appel du sang. Pour toujours. Or cela signifiait aussi que ses émotions, y compris l'amour, la compassion et le désir, seraient muselées à tout jamais.

Il me fallait des réponses.

— Je vais faire un dernier tour à l'intérieur.

Declan secoua la tête.

— Mauvaise idée.

Un sursaut de détermination m'envahit, m'aidant à oublier la douleur cuisante de la morsure de vampire.

— Cinq minutes, promis ! Attends-moi ici.

— Jill, non…

Sans lui laisser le temps de m'arrêter, je fis volte-face et regagnai la salle à l'atmosphère lugubre et irrespirable du *Vorace*. Je balayai la pièce du regard, me méfiant des individus louches, et il y en avait un paquet, puis me dirigeai tout droit vers le bar où j'avais été assise auparavant. Le journal que j'avais feuilleté trônait toujours sur le comptoir en bois rayé. Tout en haut de la page 22 se trouvait une petite photo de moi en noir et blanc accompagnée d'un appel déchirant de Cathy, ma sœur aînée, priant ceux qui m'avaient croisée de contacter la police sur-le-champ.

Je m'efforçai de lever la tête pour m'adresser au barman.

— Vous n'auriez pas vu un type ce soir ? lui demandai-je avec précipitation. La vingtaine, à peu près un mètre soixante, plutôt mince. Cheveux châtains. Propre sur lui.

Il me jeta un coup d'œil tandis qu'il passait un chiffon mouillé sur le zinc.

— Pas vraiment le genre de la maison.

— Sans déconner ?

Je poussai un soupir de frustration.

— Mais, ouais, je crois avoir vu votre gars.

Je retins mon souffle.

— Sérieux ? Où ça ?

Il regarda par-delà mon épaule.

— Derrière vous.

Je fis demi-tour et aperçus Noah, à trois mètres de moi, qui sortait des toilettes à droite.

Un large sourire illumina son visage enfantin et il me rejoignit en quelques enjambées.

— Jill ! J'ignorais si tu étais venue.

À cet instant précis, je me rendis compte à quel point je m'étais inquiétée pour lui J'avais craint qu'il ne soit blessé… ou pire. La dernière fois que je l'avais vu, il se remettait d'une blessure par balle.

— Où étais-tu passé, bon sang ? Tu as plus d'une demi-heure de retard !

Il sourit de plus belle.

— Content de te voir aussi.

Je le serrai fort dans mes bras.

— Je t'ai cru mort.

— Non, tu vois bien. Mais aïe, doucement ! Je suis encore convalescent.

— Désolée.

Je le relâchai, et il posa la main sur la blessure dissimulée sous sa chemise bleu nuit.

— Ne t'en fais pas pour ça. Mais dans un monde normal, je serais sans doute à l'hôpital, à gober des cubes de gelée dans mon lit. (Son expression amicale s'évanouit et il me toucha le visage.) Seigneur, tu as une mine atroce !

Je l'aurais pris comme une insulte s'il n'avait pas semblé si affolé.

— Je me sens mieux que j'en ai l'air. Crois-le ou non.

— Tu es plus pâle que la dernière fois. C'est peut-être à cause des cheveux. Comprends-moi bien, tu es toujours aussi canon. Mais on dirait que tu n'as pas dormi depuis une dizaine d'années.

— Je mettrai plus d'anticernes à ma prochaine incursion dans la haute société.

— Tu souffres ?

Avoir ce poison dans mes veines comportait tout un tas d'effets secondaires, à commencer par une douleur insupportable et la nausée. On m'avait administré un autre médicament, un agent synthétisant, destiné à lier la Belladone à la structure cellulaire de mon sang. Depuis, mon état s'était amélioré.

— Maux de tête, fatigue et impression constante d'avoir la gueule de bois, mais je n'ai pas eu de crise depuis que j'ai pris l'agent synthétisant.

— Pour l'instant.

J'eus un mouvement de recul.

— Merci de me le rappeler.

— Je t'ai apporté des doses supplémentaires afin que tu puisses en prendre régulièrement. Je sais bien que ce n'est pas très agréable.

— Ça, tu l'as dit !

L'agent synthétisant décuplait la douleur avant de commencer à faire effet. Comme le disait l'adage, la nuit n'était jamais aussi sombre qu'avant l'aube.

— Une cuillère à café de sucre aidera à faire passer, répliqua-t-il.

— Merci, Mary Poppins ! Si je ne devais pas me l'injecter, j'avalerais avec joie un seau entier de sucre.

Je le tins par la manche pour l'approcher de moi quand d'autres clients peu engageants nous frôlèrent.

— C'est pour ça que tu voulais me voir ce soir ? Pour me parler du synthétisant ? J'ai cru que tu m'apporterais d'autres réponses.

Son visage se crispa.

— Pas pour l'instant, désolé.

Amère déception.

— Oh.

— Où est Declan ?

— Il attend dehors. Armé jusqu'aux dents.

— Voilà qui me rassure, étonnamment.

Il remarqua mon cou lorsque j'enroulai une mèche autour de mon doigt.

— Tu t'es fait de nouveaux amis ?

Je touchai les traces de crocs encore fraîches. Par chance, pour l'aimant à vampires que j'étais devenue, leurs morsures cicatrisaient en quelques jours et ne laissaient aucune marque. Maigre consolation vu que ça faisait un mal de chien.

— Tu m'as fait poireauter trop longtemps. J'ai rencontré deux types qui adoraient mon parfum.

Il grimaça.

— Navré. J'en déduis qu'ils sont partis ?

— Pour de bon. (Je scrutai les alentours.) Maintenant que tu es là, j'aimerais te parler du nouveau sérum de Declan.

Noah regarda par-dessus son épaule. Il paraissait nerveux.

— Ouais, si tu veux, mais… Écoute, Jill. En fait, il y a bien une autre raison à notre rendez-vous. Et ce n'est pas parce que j'apprécie les mélodies de Black Sabbath et l'odeur du cuir et de la sueur.

— Qu'est-ce que c'est ?

Noah jeta de nouveau un coup d'œil furtif derrière lui.

— Seigneur, Jill ! Quand il m'a contacté hier, il m'a fichu une trouille bleue. Je m'attendais à tout sauf ça. Il veut te voir, mais refusait que je te prévienne avant ce soir.

Mon cœur se mit à battre la chamade.

— Qui ça ?

Noah me regarda dans les yeux.

— Matthias.

S'ensuivit un long silence de stupéfaction avant que je ne reprenne mes esprits et parvienne à lui répondre.

— Il… il est vivant ?

Noah acquiesça.

Une vive panique s'empara de moi.

— Et il est ici ? Maintenant ?

— En chair et en os.

Je ressentis la pulsion soudaine de prendre mes jambes à mon cou, de fuir ce bar aussi vite que possible. Mais je restai clouée au sol.

Matthias était vivant. C'était impossible. Ça n'aurait pas dû être possible.

Je me retournai comme au ralenti et aperçus le roi vampire en question sortir de la pénombre, à ma gauche, et promener sur moi son regard gris pâle. Je restai bouche bée sous l'effet de la surprise. Comment ne pas être sonnée à sa vue ? Il était en vie, et se tenait devant moi.

Après tout, j'étais responsable de sa mort.

Chapitre 2

Ma vue se brouilla et le rythme de la musique se mua en bourdonnement. À deux mètres de moi, Matthias ralentit, et des veines noires saillirent sur ses joues pâles et creuses.

— J'en avais presque oublié la puissance, déclara-t-il, si bas que je l'entendis à peine. Je ne m'étais pas assez préparé à affronter votre parfum.

— Je n'en reviens pas. (Mes paroles sonnèrent creux sous l'effet du choc.) Vous êtes mort sous mes yeux. Les flammes, les cendres… Vous aviez disparu.

— Un simple tour d'adresse que j'avais élaboré il y a longtemps en vue d'une telle occasion. Ajoutez à cela une dose de persuasion, et vous comprendrez comment j'ai réussi à embrumer les esprits pour m'enfuir. Tout l'art de l'illusionniste, Jillian.

Je savais que Matthias affectionnait la magie. Dans le temps, il avait même été l'ami de Houdini. J'avais, en effet, envisagé cette possibilité, mais au fur et à mesure que les jours avaient passé elle m'avait semblé de plus en plus improbable.

Il avait bu mon sang. Ce sang qui avait tué tous les autres vampires qui y avaient goûté.

J'humectai mes lèvres sèches du bout de la langue et jetai un coup d'œil inquiet à Noah, qui se tenait les bras croisés et l'air anxieux, puis je reportai mon attention sur le monarque déchu.

— Mon sang ne tue donc pas tous les vampires.

— En effet.

— Vous avez prouvé une fois pour toutes que le rituel de votre frère a fonctionné.

— En partie.

Même si les vampires étaient potentiellement immortels, ils demeuraient vulnérables. Il suffisait d'un pieu en bois ou d'une lame en argent dans le cœur pour les éliminer, à défaut de les décapiter ou de les brûler.

En quête d'une véritable et incontestable immortalité, une société secrète dénommée la Guilde Amarantos avait été fondée. Ses membres croyaient que le sang d'une enfant dhampire assurait la vie éternelle.

Trente ans plus tôt, le frère de Matthias, Kristoff, avait tué sa propre fille et forcé Matthias à boire son sang avec lui.

Cette pensée me donna la nausée.

— Vous vouliez me parler.

Je m'efforçai de rester calme. En vain. Ma voix tremblait quand même. Au moins, j'avais essayé.

Il hocha la tête, puis étudia mon visage avant de s'attarder sur mon débardeur et ma jupe noire. Je frissonnai malgré la chaleur qu'il faisait dans le bar. Tous ces corps qui grouillaient autour de nous généraient une moiteur désagréable. Quand il reposa le regard sur moi, je réprimai l'envie de baisser les yeux. Matthias, un bel homme aux cheveux châtains mi-longs, ne faisait pas plus de trente ans, mais je savais qu'il en avait quatre cents au bas mot.

Les vampires, surtout les plus anciens et les plus puissants comme Matthias, pouvaient manipuler l'esprit des humains sans difficulté. Je savais de quoi je parlais, j'en avais été victime.

— Où est ma fille ? s'enquit-il enfin.

Avant de simuler sa mort, Matthias m'avait demandé de veiller sur son bébé, né dans le centre de recherche où vivaient Declan et son père.

— Elle est en sécurité.

— Où est-elle ? répéta-t-il d'une voix plus ferme. Dites-le-moi.

— Jill n'en sait rien.

Declan me fit sursauter. Il avait fini par nous rejoindre malgré ses protestations antérieures. Je remarquai les regards méfiants braqués aussitôt sur lui. Il se concentra sur Matthias.

— Et ce n'est pas une discussion à avoir en public.

Matthias se tourna vers Declan et jaugea le dhampire.

— Je ne suis pas d'accord.

— Ta fille est en de bonnes mains. Tu n'as pas à t'inquiéter.

— Mais tu ne me diras pas où elle est, n'est-ce pas ?

— Non. Pas maintenant.

Matthias reporta son attention sur moi et je perçus sa frustration.

— Jillian me le dirait, elle.

— N'en sois pas si sûr. Elle ne te connaît pas très bien, et ça m'étonnerait qu'elle te fasse confiance.

— Tu en es persuadé, n'est-ce pas ?

L'expression tendue de Matthias reflétait à présent un soupçon d'amusement.

— J'en déduis qu'elle ne t'a pas parlé des instants partagés dans ma chambre.

Declan serra les dents.

— Le sujet n'a pas été abordé.

— Je sens encore son corps contre le mien, je vois sa peau nue rosir de désir. Elle porte un tatouage sur la hanche gauche, un idéogramme japonais synonyme de force, si je ne m'abuse. (Il me jeta un coup d'œil.) Vous vous en souvenez, Jillian ?

—Allez au diable.

Mon visage était rouge de colère et de honte.

—Le Diable, l'Enfer, le Paradis… il est parfois difficile de faire la différence…

Il esquissa un sourire.

—Assez ! l'interrompit Declan avec fermeté.

Les paroles de Matthias n'avaient pas réussi, semblait-il, à lui faire perdre son flegme. Moi, en revanche, elles m'avaient déstabilisée. Ce qui s'était passé entre Matthias et moi avait été une erreur monumentale, provoquée par le puissant ascendant mental qu'il avait sur moi. Ce que j'avais éprouvé pour lui l'espace d'un court instant n'avait rien eu d'authentique. Cette fois encore, ça avait plus tenu du numéro d'illusionniste.

Declan n'avait aucune confiance en Matthias, et apparemment le sentiment était réciproque. Depuis son plus jeune âge, le dhampire avait appris à détester les vampires, et il était devenu expert en la matière. Voilà pourquoi il avait toujours pris son ancien sérum sans broncher. Il vouait une haine sans borne à son vampire de père qui avait, soi-disant, violé sa mère.

Toute sa vie, on lui avait fait croire que ce monstre était Matthias. Mais c'était un mensonge.

Le visage dénué d'émotion, Declan posa le regard sur Noah sans prêter attention à la précédente remarque du roi.

—As-tu découvert quelque chose qui soit susceptible d'aider Jill ?

Noah se racla la gorge. Il observait notre échange crispé comme s'il assistait à un match de tennis.

—J'y travaille encore, Dec. C'est plus difficile depuis mon départ du centre de recherche. C'est là que se trouve tout le matériel. Mais je fais de mon mieux. Je rassemble aussi des infos sur ton nouveau sérum. Comme c'est moins confidentiel, je pense pouvoir vous fournir des nouvelles concrètes bientôt.

— Si tu n'avais rien d'utile à nous dire, tu n'aurais pas dû nous appeler. Tu nous as fait perdre notre temps, et en plus Jill a été attaquée, ce soir.

— Je sais, mais…

— Si tu apprends quelque chose qui puisse nous aider, contacte-nous à nouveau. (Il me prit le poignet.) On s'en va.

Je m'attendais à ce que Matthias nous arrête, mais il n'en fit rien. Il resta à sa place, les poings serrés sur le côté, et nous regarda quitter le club sans rien dire.

Declan et moi retournâmes à notre motel près de Venice Beach, le dernier en date dans la liste d'établissements que nous avions fréquentés au cours de la semaine. Ce n'était pas le Ritz ni même le Holiday Inn, mais la pièce comportait un lit, une télé et une salle de bains en état de marche. C'était un bâtiment à un étage en forme de U. Sur le petit parking, un panneau lumineux affichait « chambres libres », et notre voiture vieille de dix ans, acquise selon des procédés douteux, y était garée au milieu d'autres véhicules.

Ma vie entière tenait désormais dans un fourre-tout acheté au supermarché comme son contenu. C'était plus facile de quitter un endroit en vitesse quand on n'avait pas à se soucier d'oublier un objet important. Mais on ne pouvait pas appeler ça une vie de luxe.

Chez moi, à San Diego, je travaillais comme intérimaire. Question argent et fringues, je me contentais du strict minimum. À vingt-huit ans, j'habitais toujours avec une colocataire pour pouvoir payer un loyer en centre-ville le temps de décider ce que je voulais faire de mon avenir. Je vivais au jour le jour. Mais à présent, il ne s'agissait même plus de mener une existence modeste. Je ne pouvais qu'espérer qu'un jour très prochain tout revienne à la normale pour que j'arrête enfin de fuir et de me cacher comme une meurtrière en cavale.

Au retour, Declan ne m'avait pas adressé la parole de tout le trajet. J'étais restée silencieuse, m'efforçant d'oublier ce qui s'était produit lors de mon arrivée dans le bar à peine une heure et demie auparavant. Mon cou me brûlait et dès que nous arrivâmes, je fonçai aussitôt dans la minuscule salle de bains pour nettoyer la morsure à l'aide d'un gant de toilette mouillé.

—C'est sa fille, il ne laissera pas tomber le sujet, tu sais, déclarai-je en lui jetant un coup d'œil par-dessus mon épaule.

Declan se tenait à côté de la porte, les bras croisés. Il ne répondit pas.

—Declan, tu m'écoutes ?

Il posa enfin sur moi son regard gris inexpressif.

—Il ne devrait pas être en vie.

—Pourtant il l'est.

—Tu as dit qu'il avait bu ton sang. Qu'il s'était donné la mort sous ton nez !

—Une illusion, pour pouvoir s'échapper.

—Tu étais au courant ?

—Je… j'avais un pressentiment.

Avant de me mordre, un acte de rébellion contre la femme qui comptait l'utiliser comme étalon afin d'engendrer d'autres dhampires, Matthias m'avait murmuré qu'il me retrouverait.

Il l'avait fait. Un peu plus vite que je l'aurais imaginé.

—Je vois.

Declan me regarda tamponner ma gorge blessée.

—À propos de sa fille…

— Je t'ai dit qu'elle était en sécurité. On prend soin d'elle. Nous ne sommes pas en mesure de nous occuper d'un bébé. Ça aurait été trop dangereux de la garder.

— Je le sais bien, répliquai-je avec frustration. Mais pourquoi ne veux-tu pas me dire où elle se trouve ? Tu ne me fais pas confiance ?

— Si. Mais à Matthias, non.

— Il s'agit de sa fille.

— Et c'est une dhampire. Sa valeur est inestimable. Son sang est plus précieux que l'or pour ceux qui s'intéressent au rituel d'immortalité.

Son ton glacial ne manqua pas de me surprendre.

— Il ne l'offrirait pas à la Guilde Amarantos.

Declan m'étudia pendant un moment.

— Tu as sans doute plus foi en lui que moi. À présent, je comprends pourquoi.

Je me sentis blêmir.

— Si tu fais allusion à ce qu'il a dit avant…

— Ça n'a aucune importance.

Je soupirai.

— Si, ça en a une. Si ça t'ennuie…

— Ça ne m'ennuie pas.

— Tant mieux. (Je hochai la tête avec raideur.) Dans ce cas, oublions ça.

Declan se dirigea vers la petite fenêtre à côté de la porte et tira le rideau en vichy pour regarder au-dehors. La lune presque pleine éclairait le parking, la seule lumière mis à part les deux lampadaires autour du motel. Un palmier en piteux état se dressait à côté du panneau « chambres vides », unique élément de verdure des alentours.

— Tu as prononcé son nom dans ton sommeil la nuit dernière, finit-il par ajouter.

Le gant de toilette resta collé à ma nuque.

— Quoi ?

— Je t'ai entendue. Tu rêvais et tu as dit son nom. J'ai pensé que tu faisais un cauchemar, mais maintenant je n'en suis plus si sûr.

Ça m'était presque sorti de l'esprit. Ce n'était pas un cauchemar. Je rêvais que je séduisais Declan. Je sentais sur mon corps ses mains chaudes, soudain remplacées par les paumes froides de Matthias. Ce n'était pas la première fois que je faisais ce rêve cette semaine, et je craignais que ça ne soit pas la dernière.

Mon visage s'empourpra.

— Tu n'as aucune raison d'être jaloux.

— Je ne suis pas jaloux.

— Je n'ai pas couché avec lui.

Declan effleura son bandeau du bout des doigts puis se gratta le cuir chevelu.

— Il a donc menti ? À l'entendre, tu étais nue dans son lit tandis qu'il explorait ton corps, assez en tout cas pour savoir que tu as un tatouage sur la hanche.

— Il m'a hypnotisée.

— Pour coucher avec lui.

Je secouai la tête. Si seulement on pouvait rembobiner et reprendre la conversation de zéro.

— Il se mettait à l'épreuve. Il voulait voir s'il pouvait rester près de moi sans céder à l'envie de goûter mon sang. Il cherchait à évaluer son pouvoir, voilà tout.

Il me scruta le visage.

— Je sais que les vampires sont très puissants. Cet enfoiré aurait pu te forcer à faire n'importe quoi. J'aurais souhaité que tu m'en parles. Me caches-tu autre chose ?

Je fis « non » de la tête.

— C'est arrivé. C'est terminé. J'ai l'impression que c'était il y a un million d'années. Et ça ne risque pas de se reproduire.

Ce jour-là, j'avais cru que Declan était mort, un mensonge horrible raconté par Matthias en personne dans le seul but de me manipuler. En tant qu'humaine, il m'avait suffi de regarder le vampire dans les yeux pour oublier mon chagrin, me déshabiller et grimper dans son lit comme il me l'avait ordonné. Et je m'étais trouvée à deux doigts de coucher avec lui tandis qu'il testait ses limites en me faisant jouer les cobayes.

Je jetai un coup d'œil à Declan, surprise par son absence de réaction.

— Tu t'en fiches vraiment, n'est-ce pas ? Tu me poses la question par pure curiosité et non par jalousie.

— Tu voudrais que je sois jaloux ?

— Qu'un autre homme m'ait presque persuadée de le laisser me sauter ? Oui, un soupçon de jalousie permettrait de donner un sens à tout ce bazar.

— Le sérum m'empêche d'éprouver ça.

— Ça doit être génial d'être affranchi de toute émotion. Ça rend les choses plus faciles.

Ces paroles me laissèrent un goût amer sur la langue.

Il crispa la mâchoire.

— C'est loin d'être aussi simple pour moi, et tu le sais. Mais maintenant que je connais la vérité, j'y vois plus clair.

Je passai la main dans mes cheveux jusqu'à ce que je tombe sur un nœud, puis retournai devant le lavabo pour y jeter le gant de toilette.

— Tout cela est sans importance. Ça ne fait que nous détourner des vrais problèmes à affronter.

— Tu as raison. Enfin, à moins que tu ne préfères être avec lui à cet instant.

Je ris presque.

— Dans ta bouche, ça sonne comme une question banale et non comme un reproche.

— J'ai juré de te protéger, Jill. De faire tout mon possible pour te sortir de ce pétrin et te rendre ton ancienne vie.

Je déglutis avec difficulté, ma colère cédant vite la place à l'anxiété.

— Et maintenant ?

— Rien n'a changé.

Il s'approcha de moi et me releva le menton de sorte que je le regarde dans les yeux. Je ne savais pas trop à quoi m'attendre après notre petite conversation au sujet de Matthias. Cet aveu ne m'avait pas aidée à me sentir mieux, même si cette histoire me pesait sur la conscience depuis des jours. Je n'avais pas couché avec Matthias, mais l'impression d'avoir trompé Declan ne me quittait pas.

Je le désirais très fort et ne pouvais l'avoir. Je commençais doucement à accepter ce fait. Il fallait sans doute y voir la raison de mon rêve troublant. Declan m'était interdit en matière d'émotions et de sexe, alors que Matthias, non. Mais je n'avais envie d'être qu'avec un seul de ces hommes.

— Je suis désolé pour tout ce que tu as dû endurer depuis notre rencontre, dit-il tout bas. Tout est ma faute.

Étrange. Je ne m'étais pas attendue à des excuses de sa part. Cela réchauffa mon âme meurtrie et douloureuse.

— Si mon existence n'avait pas été complètement chamboulée, je ne t'aurais jamais connu.

Il poussa un ricanement amer.

— Super lot de consolation !

Je posai la main sur son torse musclé pour sentir les battements de son cœur, puis remontai le long de sa gorge en effleurant ses cicatrices du bout des doigts.

— Ça dépend des jours.

C'était peut-être l'œuvre de mon imagination, mais je crus déceler une lueur dans son regard, un semblant de désir, de tendresse.

Il secoua la tête.

— Je ne peux pas être celui que tu voudrais que je sois, Jill. Plus maintenant.

— Dans ce cas, je vais devoir me contenter de ce que j'ai.

Je me dressai sur la pointe des pieds pour presser les lèvres contre les siennes. Son corps, massif et ferme, m'évoquait une statue. Il me laissa l'embrasser sans chercher à se retirer. Sa bouche était chaude contre la mienne, et au bout de quelques secondes il l'ouvrit afin que je puisse y glisser la langue. J'eus même l'impression qu'il m'embrassait en retour.

Je sentis son pouce s'aventurer le long de ma gorge, effleurer la morsure du vampire.

— Jill…, murmura-t-il sans rompre notre étreinte.

— Tu veux que j'arrête ?

— Non. Surtout pas.

Je reculai un peu pour le regarder, surprise par son intonation. Sa voix était devenue plus grave et rocailleuse. Elle trahissait la concupiscence, et j'aurais juré le voir dans ses yeux à présent.

— Ton sérum…

— C'est comme si le voile s'était levé. À ce moment précis, je n'en ressens presque pas les effets.

J'étais troublée.

— Pourtant, il y a deux minutes, tu semblais te ficher de ce qui s'était produit avec Matthias…

Son regard se fit plus perçant.

— À cet instant, j'ai envie de le buter pour avoir osé te toucher. Pour t'avoir manipulée comme ça.

Je fronçai les sourcils.

— Attends. Mais, tu…

Il ne me laissa pas finir. Il m'embrassa à son tour, plaquant sa bouche contre la mienne, et enfonça les doigts dans ma taille si fort que j'en gémis presque. Il poussa un grognement tout en faisant glisser ses mains jusqu'à la courbe de mes fesses avant de me presser contre lui. Je sentis son érection contre mon bas-ventre.

J'étais désorientée par le cours que prenaient les événements. Le sérum le rendait impuissant, en faisait un parfait soldat imperméable aux émotions ou au désir, capable de focaliser toute son attention sur la chasse et l'éradication des vampires. La lubricité intrinsèque aux suceurs de sang, cause de crimes violents comme ceux dont on avait accusé son père, n'avait aucune prise sur lui. Bref, pas de sexe possible avec un Declan sous sérum.

Quand il avait cessé de le prendre, j'avais été la première à… Je l'avais dépucelé. Il n'y avait eu que cette fois-là avant que son père ne lui injecte la nouvelle substance, améliorée et permanente.

Je commençais à douter de son efficacité.

Je glissai la main jusqu'à sa braguette pour m'assurer que son érection n'était pas le produit de mon imagination galopante. Ce n'était pas le cas.

Il grogna de nouveau.

— Jill…

— J'ignore ce qui se passe.

— Je risque de ne pas tenir longtemps.

Une vague d'espoir m'envahit et me fit tourner la tête.

— Alors…, repris-je l'embrassant à nouveau, il n'y a pas une minute à perdre. Je te désire. J'ai besoin de toi. Tout de suite.

— Tu n'avais pas dit qu'il y avait plus important à faire ?

— Ça attendra.

— Je suis d'accord.

Il me prit dans ses bras et me porta jusqu'au lit pour m'y allonger. Il m'embrassa à pleine bouche, me meurtrissant presque. Il laissa sa langue glisser le long de ma joue, ma gorge et ma poitrine. Il souleva mon débardeur, dénudant mes seins, et commença à sucer mon téton droit avec ardeur. Lorsqu'il en titilla la pointe, je gémis de plaisir et de douleur. Il leva les yeux vers moi, et j'y lus un mélange de désir éperdu et de prudence.

Je secouai la tête.

— Tout va bien. Continue.

— J'ai tellement envie de toi.

Il accentua le dernier mot.

— Moi aussi.

Il posa les mains sur ma jupe, en descendit la fermeture éclair et me l'ôta tandis que je me débarrassais de mon haut. Il arracha ma culotte d'un geste rapide, puis se mit à me caresser, laissant ses doigts aller et venir entre mes cuisses.

— Declan… je t'en prie…

Je poussai un gémissement rauque.

Et si c'était encore un rêve ? Dans ce cas, je ne comptais pas en perdre une miette. Je me redressai avec difficulté, et défis son pantalon en toute hâte avant de le baisser. Son membre ressortit, long et massif, et je ne désirai plus qu'une chose : le sentir en moi.

— Enlève ton tee-shirt, lui dis-je, consciente de mon ton impérieux.

Il hésita avant d'obéir. Je m'agenouillai sur le matelas devant lui et lui caressai le torse, effleurant les marques, vestiges des nombreuses blessures qu'il avait reçues par le passé. Je pressai les lèvres contre les siennes avant d'embrasser ses cicatrices tandis que je serrais les doigts autour de son sexe et commençais à le caresser en douceur.

— Jill…, murmura-t-il d'une voix empreinte de détresse.

Je souris et l'embrassai encore.

— C'est un signe.

— Un signe ?

— Que tout ira pour le mieux. Que nous pouvons être ensemble.

— J'ignore si ça va durer longtemps.

Je m'agrippai à son cou et l'amenai vers moi, sur le lit.

— Fais-moi l'amour, lui susurrai-je avant de gémir, me cramponnant à lui de plus belle tandis qu'il entrait en moi.

Il s'empara de mes cuisses, les mains tremblantes.

— Comme ça ? demanda-t-il avec brutalité.

Je ne pus que hocher la tête.

Il n'avait presque pas d'expérience en matière de sexe, mais bon sang, il était doué ! Le sentir me pénétrer, c'était divin. Je m'étais efforcée de ne pas y penser, consciente que ça ne risquait pas de se reproduire. La plupart du temps, je voyais Declan comme mon compagnon de route insensible, mon protecteur platonique, et espérer davantage ne m'aurait causé qu'une amère désillusion.

— Putain, Jill ! C'est si bon. Et ton odeur… Le pied total ! Tu es en train de me rendre fou.

On était deux.

Tous mes sens étaient en éveil, je ne pouvais plus réfléchir. Mes inquiétudes au sujet de la Belladone, de mon sang, du vampire qui m'avait attaquée, de Matthias, même, qui venait de refaire son apparition, s'évanouirent. Seul comptait ce moment incroyable que Declan et moi partagions, et je voulais qu'il dure toujours.

— Declan…

Je me cambrai et hurlai de plaisir lorsqu'il commença à bouger en moi en un long va-et-vient.

Au bout d'un moment, son intonation changea.

— Jill ! Merde, ce n'est pas normal. Ton odeur… c'est… C'est trop !

Je m'allongeai sur le dos et pris son visage entre les mains pour le regarder. Je poussai un cri étouffé lorsque je remarquai que son œil était devenu noir. Il retroussa la lèvre supérieure, arborant une grimace féroce.

— Que se passe-t-il ?

Ses coups de reins se firent plus rapides et plus violents. Il s'agrippa à mes épaules de toutes ses forces avant de remonter vers ma gorge. La terreur m'envahit.

— Non, grommela-t-il, les dents serrées. Je veux… Merde ! J'ai envie de goûter ton sang, d'enfoncer mes crocs dans ta chair…

Il poussa un autre grognement, mais cette fois on aurait dit une bête sauvage. Il desserra sa douloureuse étreinte, et un fragment de seconde plus tard j'entendis un bruit sec. Choquée, je tournai la tête pour voir ce qui se passait. Il s'était accroché au matelas et l'avait déchiqueté en lambeaux.

Il me surplombait, le visage rouge, fou de rage. Une veine saillait sur son front, et la noirceur de son œil me foutait les jetons. Identique à ceux d'un vampire affamé et prêt à attaquer.

J'eus soudain très peur de lui. J'étais terrorisée à l'idée qu'il se penche vers moi pour m'étrangler sans cesser son va-et-vient.

— Declan, non… (J'essayai de le repousser, mon désir pour lui s'étant mû en pur effroi.) Tu dois te contrôler !

— Bordel !

Il grogna et finit par me relâcher. Il s'éloigna à reculons, titubant légèrement, puis se glissa dans son jean, qu'il s'empressa de refermer.

— C'est quoi ton problème ?

— Je… (Il serrait les dents si fort que ça devait lui faire mal. Il se prit la tête entre les mains.) Merde !

Puis il leva les yeux vers moi. Dans son regard toujours aussi noir, je vis un mélange de rage et de haine. Il se dirigea à nouveau vers moi, les poings crispés cette fois.

Une profonde panique s'empara de moi. Il semblait prêt à tuer.

Reculant en vitesse, je tombai du lit, atterris sur les fesses, puis rampai loin de lui tandis qu'il s'approchait.

— Declan. Réfléchis ! m'écriai-je en levant la main. Quelque chose d'horrible est en train de se produire. Ce n'est pas toi !

— Si, c'est moi.

— Que se passe-t-il ? Dis-le-moi, je t'en prie ! Je peux t'aider !

— Non, tu ne peux pas. Tout est ta faute. Voilà le résultat de mon désir pour toi. Tu n'as aucune idée de ce qui me traverse la tête à cet instant précis. Ça ne te plairait pas.

Je n'avais pas besoin de le savoir. Je le voyais. Il voulait m'étriper.

Il poussa un juron et fondit sur moi, bandant ses muscles fermes et puissants.

— Non, Declan, arrête…

Le cri resta coincé dans ma gorge. J'étais sûre qu'il allait me frapper, au lieu de quoi il planta les poings dans le mur contre lequel j'étais adossée, réduisant le plâtre en miettes.

Il respirait avec difficulté, son visage à quelques centimètres du mien.

Je tremblais de peur. Je n'osais plus rien faire.

— Explique-moi.

— Je ne peux pas te toucher, Jill. Je ne peux pas recommencer. Pas comme ça. Même si ça m'obsède.

Je n'eus guère l'occasion de répondre, et de toute façon j'ignorais que dire. Il ramassa son tee-shirt et quitta la chambre, me laissant seule, nue et grelottante sur le sol.

Mon sang ne tuait pas les dhampires. Mais il leur donnait envie de me tuer.

Chapitre 3

Au bout d'une heure, Declan n'était toujours pas revenu, et j'avais eu tout le loisir de me tracasser au sujet de l'incident qui venait de se produire.

J'avais eu l'impression de m'être trouvée face à un étranger. Même si nous nous connaissions depuis peu et n'avions rien en commun si ce n'est notre statut de fugitif, nous avions un accord, aussi bien tacite que formel.

Il avait choisi de quitter le centre de recherche financé par le gouvernement pour m'accompagner. Me protéger. Pour… être avec moi.

L'élaboration de la Belladone avait coûté une fortune. Son concepteur n'avait laissé aucune note, la formule résidait dans sa tête.

Je frissonnai et plaquai mon léger pull contre moi tout en m'asseyant sur le rebord du lit, le regard braqué sur la porte dans l'attente qu'elle s'ouvre.

C'était mon sang qui lui avait fait perdre les pédales. Il affectait Declan, enfin, son côté vampire. Il ne tuait pas les dhampires, mais les affaiblissait. Nous l'avions appris grâce au scientifique censé nous aider qui avait décidé de s'en servir contre Declan pour tenter de le tuer. Quoi qu'il en soit, mon arôme excitait à présent sa soif.

Certes, c'était un assassin qui avait éliminé un nombre incalculable de vampires au cours de son existence, mais jamais il ne me blesserait volontairement. Une fois habituée à lui et à sa terrifiante apparence, j'en étais persuadée. Je me sentais en sécurité avec lui.

Pourtant, cela n'avait pas été le cas une heure plus tôt. J'avais eu la trouille de ma vie. Pour lui comme pour moi.

Je fis les cent pas dans la minuscule chambre de motel, entre la salle de bains et la fenêtre. Je faillis laisser une marque sur la moquette à cause de mes incessantes allées et venues. Je jetai un coup d'œil au parking mal éclairé et presque désert. Un million de questions occupaient mon esprit. Où était-il allé ? Comment se portait-il ? Ce sentiment dont j'ignorais le nom finirait-il par s'estomper ? Empirer ? Le blesser ?

J'essayai de penser à autre chose pour éviter de devenir folle. Je me revis accoudée au bar, en train de lire le journal. Je me remémorai ma photo, l'appel à l'aide de ma sœur. Elle n'avait aucune idée de ce qui m'était arrivé ce jour-là, un souvenir encore vivace pour moi.

Je me rappelai le chimiste, ou xénochimiste vu qu'il étudiait les formules destinées à un usage surnaturel, qui m'avait prise en otage. J'avais fait office de bouclier entre Declan et lui. Declan voulait le prototype de la substance. Ce n'était que la première version. Un échantillon. Et on me l'avait injecté.

Ma sœur ne savait rien de tout ça. Elle avait peut-être visionné les vidéos de la caméra de surveillance, constaté l'impasse dans laquelle s'étaient trouvés Declan et Anderson, mais elle en ignorait l'issue. Elle n'avait dû voir qu'une vague image de moi en train de fuir, poursuivie par un colosse effrayant et armé qui venait d'abattre un homme et l'avait laissé se vider de son sang dans le hall.

D'une main tremblante, je m'emparai du téléphone et portai le combiné à mon oreille. Je composai le numéro et attendis. La sonnerie retentit, une, deux, trois fois. Le répondeur s'enclencha et la voix familière de Cathy me fit monter les larmes aux yeux.

Elle habitait Los Angeles, à quinze kilomètres à peine du motel. Même si je lui parlais une fois par semaine et lui envoyais un tas d'e-mails, je n'avais pas vu ma sœur et mes nièces depuis que j'avais passé le week-end chez elles à Pâques. Elle me manquait terriblement.

J'ouvris la bouche pour « dire quelque chose après le signal sonore », puis me ravisai. Un silence pesant s'ensuivit jusqu'à ce que je perde mes moyens et raccroche. Ce n'était pas juste de lui laisser un message sans lui fournir la moindre explication.

Quand ce cauchemar serait fini, si j'arrivais à m'en sortir, et que je la reverrais, je ne la quitterais plus jamais. Juré, craché.

Je m'allongeai comme si de rien n'était sur le matelas lacéré, résultat de l'accès de rage de Declan. Un ressort me piqua le dos.

La seconde d'après, j'entendis toquer et me redressai d'un coup. Pas le genre de Declan. Et personne d'autre ne savait où me trouver.

Le cœur battant, je me glissai hors du lit sans faire de bruit et m'approchai de la fenêtre pour regarder au-dehors. Je hoquetai de surprise. Matthias se tenait derrière la porte, la main plaquée dessus, un petit sourire aux lèvres.

— Jillian…

Sa voix suave et inquiétante traversa la fine paroi sans problème.

— Je sais que vous êtes là. Votre sang… m'appelle malgré la distance.

Un filet de sueur glacée ruissela dans mon dos.

Il pouvait me sentir. Quelle pensée alarmante ! Je ne pouvais pas faire comme s'il n'y avait personne. Pour autant, je n'allais pas ouvrir en grand et lui dérouler le tapis rouge. Le souvenir de ce qu'il m'avait infligé la dernière fois que nous étions restés ensemble tourbillonna dans mon esprit.

Je haïssais ce type.

Les rêves érotiques qui me hantaient depuis qu'il avait disparu dans une nuée de cendres flamboyantes ne signifiaient rien. Je n'avais aucune emprise sur mon inconscient.

— Que voulez-vous ?

Je ne pris guère la peine d'élever la voix, je savais qu'il m'entendait.

— Laissez-moi entrer.

— Sans façon.

Il soupira.

— Ouvrez cette porte, Jillian.

Je serrai les poings.

— Pourquoi êtes-vous là ?

— Pour vous voir.

— Vous venez de me voir.

— Un bref instant.

Je me crispai.

— Declan sera là d'une minute à l'autre.

Il leva ses yeux pâles vers la fenêtre et fixa son regard sur moi.

— Dans ce cas, mieux vaut se dépêcher. J'ai comme l'impression qu'il ne m'apprécie pas beaucoup.

Quelle perspicacité !

Je secouai la tête.

— Mauvaise idée.

— Je n'ai pas l'intention de vous enlever, si c'est ce que vous craignez.

Mon refus semblait l'amuser plus que tout.

— J'ai quelque chose pour vous, reprit-il.

Je redoublai de méfiance.

— Quoi ?

Il sortit une petite boîte en cuir de sa poche de pantalon.

— D'après Noah, vous en aurez bientôt besoin. C'est une fiole d'agent synthétisant.

Toujours aussi sceptique, je reportai mon attention sur l'étui.

— Pourquoi ne l'a-t-il pas apporté lui-même ?

— Il ignore où vous êtes.

— Et vous non.

Il haussa les épaules.

— Je vous ai suivie.

— Depuis le bar ?

Je sentis mes ongles s'enfoncer dans mes paumes.

— Oui.

— Alors vous rôdez dans les parages depuis plus d'une heure.

— Je n'aime pas ce verbe, Jillian, il est trop sinistre. J'attendais le moment opportun pour vous rendre visite.

Mon estomac se noua. Nous n'avions pas tiré les rideaux. S'il nous avait épiés pendant que Declan et moi…

Il avait bien dû se rincer l'œil. Je rougis d'embarras avant d'exploser de colère. Je me dirigeai vers la porte et l'entrebâillai pour le fusiller du regard, lui et son air suffisant.

— Vous êtes censé être mort.

— Je croyais que nous en avions déjà discuté.

Il poussa la porte alors que j'essayais de l'en empêcher. Il était fort. Moi non. Il s'imposa.

Il observa la petite pièce, s'attardant sur le mur défoncé et le matelas lacéré. Puis il reporta son attention sur moi et arqua un sourcil.

— On s'amuse pour tuer le temps ?

Je m'efforçai de contenir ma rage et scrutai l'étui dans sa paume.

—Comment m'assurer que c'est le bon sérum ?

—Vous ne me faites pas confiance ?

—Non, désolée.

—C'est le bon. Je ne vous veux aucun mal, Jillian, que vous le croyiez ou non.

Je l'étudiai pendant un moment, incapable de déchiffrer ses intentions, puis finis par tendre la main.

—D'accord. Merci de me l'avoir apporté.

Il hésita une seconde avant de me remettre la boîte. Je fus surprise qu'il le fasse sans polémiquer davantage. Je remarquai les cernes noirs sous ses yeux, comme s'il n'avait pas dormi depuis plusieurs jours.

—Vous vous sentez bien ?

—Qui ça, moi ?

—Non, le roi vampire déchu derrière vous.

Il retroussa les lèvres, révélant ses dents blanches et la pointe acérée de ses canines. Dans les films, les vampires étaient parfois capables de rétracter leurs crocs, mais dans la vraie vie ils étaient toujours sortis, prêts à percer la chair de leur prochaine victime.

—Je me sens bien. Néanmoins, il faut bien l'avouer, il est très difficile pour moi de résister à votre sang, même si j'en connais la toxicité, quand je me tiens si près de vous. Cela me fascine.

Il me mettait toujours aussi mal à l'aise.

—Je devrais sans doute redoubler de vigilance quand vous êtes dans les parages. Vous savez que vous êtes immunisé contre mon sang et risqueriez de revenir pour un deuxième service.

Je perçus alors une lueur déplaisante dans ses yeux sans toutefois pouvoir l'identifier.

— Vous n'auriez peut-être pas dû m'ouvrir.

— Si je ne l'avais pas fait, vous auriez pu défoncer la porte. Les vampires n'ont pas besoin d'invitation pour entrer dans une chambre de motel. Si ?

— Non, en effet.

Il n'avait pas bonne mine. Je ne l'avais pas remarqué au bar. J'avais été trop stupéfaite de le voir marcher et parler pour y prêter attention. Mais il était livide, plus maigre qu'auparavant, et ces gros cernes noirs ne me disaient rien qui vaille, même si j'ignorais pourquoi. S'il avait été humain, j'aurais juré qu'il était malade.

— Que voulez-vous, Matthias ?

— Vous le savez.

— C'est hors de question.

Il jeta un coup d'œil au matelas éventré.

— Ce n'est pas ce que je vous demande.

— Alors…

— J'ai vu votre photo dans le journal aujourd'hui. Votre sœur s'inquiète pour vous. Je suis surpris que vous ne l'ayez pas encore contactée.

Je déglutis.

— Le moment est mal choisi.

— Vos nièces vont se demander où est passée leur tante.

Mon expression outrée l'amusa.

— Ce n'est pas difficile de trouver une information quand vous disposez du nom et de la ville.

— Fichez-leur la paix.

— Loin de moi l'idée de les importuner. Je désire seulement en apprendre plus sur vous.

Je me crispai. Je n'aimais pas qu'il connaisse l'existence de ma sœur et de mes nièces. C'était trop intime.

— Il n'y a vraiment pas grand-chose à apprendre.

— Où est ma fille, Jillian ?

Toute trace d'amusement quitta à nouveau son visage, et il arbora un air sérieux.

Ma respiration se bloqua.

— Je n'en sais rien. Vous ne me croyez pas ?

— Regardez-moi.

J'étais épuisée et n'avais pas la force de l'affronter ce soir. Dès que je levai les yeux vers lui, il me captura. C'était comme une hypnose instantanée. Ma peur, mon appréhension et ma colère s'évanouirent sur-le-champ. Une sensation chaude et agréable m'envahit, et je remarquai que je ne pouvais pas détourner le regard.

Il s'adossa contre le chambranle de la porte.

— Voilà qui est mieux.

— Allez au diable, Matthias.

Mon intonation ne reflétait plus mon énervement.

— Je sais que vous n'aimez pas ça.

— Non, vous avez raison.

— Vous ne me laissez pas le choix.

— C'est de la triche.

— Il m'est arrivé d'utiliser d'autres méthodes pour forcer quelqu'un à parler. Croyez-moi, celle-ci est bien plus agréable.

Il s'approcha et je ne tentai pas de reculer. Je ne pouvais plus bouger, et à cet instant précis cela ne me posait aucun problème. Il m'avait subjuguée, et j'étais calme, même si je me trouvais nez à nez avec un vampire qui m'avait avoué arracher le cœur des traîtres à mains nues. Physiquement, il ne paraissait pas aussi dangereux que Declan, mais il l'était.

— Où est-elle ? demanda-t-il d'une voix neutre.

— Je l'ignore.

— Declan l'a emmenée et ne vous a rien dit.

— C'est exact.

Et à présent, je comprenais très bien pourquoi. Mon esprit était trop faible, trop facile à manipuler. Si j'en avais eu connaissance, j'aurais fourni sa localisation à Matthias depuis longtemps.

— Mais Sara est en sécurité. N'en doutez pas.

Il fronça les sourcils.

— Sara ?

— Oui.

— Vous lui avez donné un prénom ?

Je hochai lentement la tête, scrutant ses traits si marqués par la fatigue qu'il semblait ne pas avoir dormi de la semaine.

— *Sara* signifie princesse. J'ai pensé que cela siérait bien à une princesse vampire.

— Demi-vampire.

Ses yeux étaient gris pâle comme ceux de tous ses congénères. Ceux d'un dhampire étaient de deux teintes plus foncés. Je me demandai de quelle couleur étaient ceux de Matthias quand il était encore humain.

— Jillian, reprit-il d'une voix brusque, m'arrachant à ma rêverie.

— Vous… vous pouvez le changer, bien sûr. Je voulais simplement l'appeler autrement que « bébé ».

— Je n'ai rien contre Sara.

Il m'étudia pendant un long moment, puis m'effleura le visage, et descendit jusqu'aux traces de crocs sur mon cou. Je le laissai faire, savourant cette caresse plus que je ne l'aurais souhaité.

— Vous ai-je manqué, Jillian ?

J'avais l'impression de flotter dans de l'eau chaude.

— Oui.

Il sourit à cette réponse.

Je n'avais pas voulu dire ça. J'étais responsable de sa mort, ou du moins mon sang l'était, et je me sentais coupable. Quant au fait qu'il disparaisse après tout le mal qu'il avait causé…

Il ne m'avait pas manqué. Je ne l'appréciais même pas.

— Declan et vous, œuvrez-vous à ma destruction maintenant que vous savez que je suis en vie ?

Il prit mon menton avec fermeté entre ses doigts glacés pour soutenir mon regard.

— Non.

— Et votre sang ? Noah ignore toujours l'issue de cette histoire. Pensez-vous succomber au poison qui coule dans vos veines ?

— Oui, je meurs à petit feu.

Impossible de mentir, même si je le voulais.

Son expression était aussi indéchiffrable que celle de Declan.

— Combien de temps vous reste-t-il ?

— Quand l'agent synthétisant cessera de faire effet, je n'y survivrai sans doute pas. Mon esprit peut s'habituer à la douleur, mais mon corps ne le supportera pas. Il finira par lâcher. Il doit me rester deux semaines. Maximum.

Ma gorge se serra alors que j'énonçais ma propre sentence de mort. J'essayais de ne pas trop y penser, mais c'était la vérité.

— Comment réagit le dhampire ?

— Il n'aime pas en parler.

— Il vous a blessée.

Il posa le regard sur mon cou, qui portait les traces de doigts fraîches de Declan.

— Vous voulez le quitter ?

— Non.

— Il est dangereux. Et le deviendra davantage.

Je secouai la tête.

— L'odeur de mon sang a déclenché une réaction terrible, mais ce n'était pas sa faute.

Il pinça les lèvres.

— Votre sang n'y est pour rien.

— Vous avez tort. Mon sang a déchaîné la violence de Declan. Il ne me ferait jamais de mal.

Il arbora un rictus amer.

— N'en soyez pas si sûre. C'est un dhampire. C'est-à-dire une menace pour quiconque s'approche de lui. (Il poussa un soupir.) Le temps presse et ces problèmes annexes attendront. Vous avez répondu à mes questions. Bonne nuit, Jillian.

Il recula, et son emprise s'estompa. Le calme que je ressentais disparut soudain comme si on venait de me jeter un seau d'eau glacée au visage. Je l'avais de nouveau laissé me manipuler, et ma colère revint au galop.

— Un instant ! (Je l'attrapai par le bras avant qu'il ne s'éloigne.) Declan n'est pas un danger. C'est mon sang et son sérum qui lui font perdre ses moyens. Il n'y est pour rien.

Il m'observa avec attention.

— Vous avez déjà vu d'autres dhampires, non ? De l'autre type ?

Les mentionner suffit à me faire frémir. Declan était un cas particulier, un spécimen très rare. Les plus communs étaient des créatures difformes, incapables de raisonnement ou de réflexion. Ils étaient plus féroces qu'un vampire, et une fois qu'ils avaient goûté au sang, ils s'avéraient fatals. Voilà pourquoi la plupart des femmes humaines engrossées par un vampire se faisaient avorter. Dans le cas contraire, celles qui portaient en elles un monstre dhampire mouraient en couches. Pour sortir, le « bébé » leur lacérait les entrailles avant de les dévorer.

— Declan est différent, rétorquai-je à voix basse.

— Pour l'instant.

Matthias fit demi-tour et commença à s'éloigner avant de me jeter un coup d'œil par-dessus son épaule.

— Restez sur vos gardes avec lui ou vous ne tiendrez pas deux semaines.

Je le suivis dans le parking désert, serrant mon pull contre moi, frigorifiée malgré la douceur de la nuit.

— Qu'insinuez-vous ?

Il me balaya du regard.

— Le dhampire est dangereux. Dans le bar, il émanait de lui une vibration étrange. C'est pourquoi je vous ai suivie en premier lieu. Il est… à deux doigts de perdre le contrôle.

J'avais vu juste.

— Vous nous espionniez, n'est-ce pas ?

Il ne cilla pas.

— Vous m'avez accusé de molester les femmes. Désormais, vous constatez, je l'espère, qu'il n'en est rien.

— Je vous ai vu tuer une femme.

— Une traîtresse qui comptait m'éliminer et conspirait dans mon dos.

Il marquait un point.

— Declan est un homme bien.

— Mais il vous fait peur, n'est-ce pas ?

Je soutins son regard.

— Moins que vous.

Il esquissa un pâle sourire.

— J'admire votre loyauté. Mais… (il désigna la chambre de la tête) vos ennuis avec lui ne font que commencer. Lorsqu'ils atteignent son âge, tous les dhampires sombrent dans la violence ou la folie. Je sais que son ancien sérum atténuait ces effets, mais c'est fini. Ce genre d'incidents sera votre futur.

Je refusais d'y croire. C'était mon sang et le nouveau sérum qui le rendaient incontrôlable. Point barre.

Mais si Matthias avait raison ?

— Alors que suis-je censée faire ? murmurai-je.

— Quittez-le.

Je secouai la tête.

— Il doit y avoir un autre moyen.

Il crispa la mâchoire.

— Ce n'est pas pour ça que je suis venu vous voir. Ce qu'il adviendra du tueur de vampires ne me concerne en rien.

Quelque chose dans son intonation me coupa le souffle.

— Il existe un moyen de l'aider, n'est-ce pas ? Et vous le connaissez.

— Oui, il existe un moyen. L'unique moyen. Mais ça ne vous plaira pas.

— Qu'est-ce que c'est ?

Il m'étudia avec attention.

— Pourquoi vous le dirais-je ?

— Parce que… je vous le demande gentiment ?

Il éclata de rire.

— Jillian, je ne vous crois pas capable de demander quoi que ce soit gentiment.

J'aurais juré déceler de l'agacement et de l'impatience dans son regard avant que son expression ne se radoucisse.

— Découvrez où se cache ma fille, et je vous apprendrai comment sauver votre amant dhampire. Vous aurez bientôt de mes nouvelles.

— Matthias, attendez !

Il recommença à marcher et je le talonnai. Soudain, il fit volte-face et m'agrippa avant de me pousser en arrière. Je hurlai d'effroi.

— Il y a un intrus.

Il me traîna jusqu'au coin du motel avant de me relâcher.

— Retournez dans votre chambre. N'en sortez pas ou ils pourront vous flairer.

Sans me laisser le temps de le questionner, il regagna le parking désert d'un pas nerveux. Il se trouvait à six mètres de moi lorsque je vis les ombres sinistres de trois hommes s'étirer sur l'asphalte.

Je m'adossai au mur, mais ne bougeai pas. Pas encore. Je devais savoir qui ils étaient et ce qu'ils voulaient. Peut-être en avaient-ils après Declan et moi ? Matthias avait dit qu'ils pouvaient me sentir, ça devait donc être des vampires.

Le petit à lunettes, vêtu d'un costume trois-pièces et flanqué de deux acolytes plus costauds, parla le premier.

— Votre Majesté.

— Meyers.

Matthias se tenait dos à moi, comme pour dissimuler mon emplacement.

— Comment m'avez-vous retrouvé ?

Il ne semblait pas vraiment surpris de les croiser. Il s'exprimait d'une voix cassante et hostile. Leur visite n'était en rien opportune.

Meyers ne répondit pas à la question.

— Nous sommes venus chercher la clé, majesté. Il est temps.

Je vis Matthias se raidir.

— Tu as toujours été un serf de sang fidèle. Tu avais gagné ma confiance.

— La clé, Majesté.

— Vingt ans. J'étais prêt à t'engendrer, à t'offrir la vie éternelle. Et c'est comme ça que tu me remercies ? Tu me trahis, toi aussi ?

Je perçus la tension sur le visage de Meyers. Il ôta ses lunettes et essuya les verres avec le coin de sa chemise avant de les remettre.

— Je n'ai pas le choix.

— Kristoff ne peut être libéré. Je l'ai enfermé pour une très bonne raison. Tu le sais.

— Kristoff sera réveillé et retrouvera le trône dont vous l'avez spolié. Votre Majesté, cela n'a toujours été qu'une question de temps. Vous saviez que ce jour finirait par arriver. (Meyers sonda les alentours.) Elle est là, n'est-ce pas ? La femme au sang soi-disant empoisonné ?

— Elle n'est pas là.

— Personne ne comprend pourquoi vous vous obstinez à la protéger. Cela ne fait que vous éloigner davantage de vos anciens sujets. Ils exigent que Kristoff vous remplace pour de bon. Vous ne serez plus jamais roi.

— N'en sois pas si sûr.

Meyers esquissa un rictus.

— J'admire votre optimisme, mais vous faites preuve d'imprudence. Il n'y a aucune autre solution. Il est trop tard pour faire amende honorable. Et votre attitude à l'égard de la fille atteste votre faiblesse grandissante.

— Meyers, répliqua Matthias d'une voix posée. Tu l'as dit toi-même, il ne s'agit que d'une rumeur. Peu de vampires affirment l'avoir vue. Cette femme n'est qu'un mythe créé par un groupe de tueurs humains afin de nous déstabiliser. Une ruse destinée à ébranler la confiance de mes sujets quant à ma capacité à gouverner. Elle n'existe pas.

Meyers pointa le menton en direction des deux colosses.

— Empêchez-le de bouger.

Ils s'activèrent si vite que j'eus du mal à suivre, chacun attrapant l'un des bras de Matthias. J'enfonçai les ongles dans le mur. Je pensais qu'il les repousserait sans difficulté, qu'il les projetterait à terre. Il était puissant et dangereux, et je l'avais déjà vu tuer sans ciller.

Mais il n'en fit rien.

Meyers brandit un couteau et le plaqua contre la gorge de Matthias.

— Je sais où se trouve la clé parce que vous me l'avez dit.

— Tu comprendras que je te retire ma confiance.

— Cela ne me réjouit pas, Majesté. Croyez-moi.

Pourquoi ne réduisait-il pas ces types en bouillie ? Qu'attendait-il, bon sang ? Quelque chose ne tournait pas rond.

— Pourquoi te faut-il la clé ? s'enquit Matthias. Tu es l'un des seuls à connaître l'emplacement de sa cellule. Il te suffit d'y entrer pour le sauver.

Meyers sourit.

— Si on brise la serrure, la pièce où Kristoff est détenu sera détruite, ainsi que ceux qui auront tenté de le délivrer. Il n'y a pas de secrets, Matthias. Je sais tout, et j'utiliserai ce savoir pour libérer notre roi légitime. Il m'en sera reconnaissant à tout jamais.

— Tu ignores ce dont il est capable. Tu es loin de connaître le monstre que tu t'apprêtes à relâcher, gronda Matthias.

— Faites-le taire, ordonna Meyers.

L'une des brutes planta le poing dans le ventre de Matthias avant de lui coller une droite en pleine mâchoire. Le roi vampire cracha du sang et poussa un grognement de bête sauvage prise au piège.

Meyers décrivit un petit cercle autour du roi.

— On raconte que tu as été empoisonné par la Belladone, par le sang de cette femme qui a partagé ta couche avant ta disparition. Ta vulnérabilité ce soir prouve que c'est la vérité.

Matthias serra les dents.

— Vous êtes mal tombés, c'est tout.

Il avait bien bu mon sang, ce n'était pas une rumeur. En revanche, cela ne s'était pas passé dans sa chambre. Je sondai les alentours avec nervosité, espérant trouver de l'aide, priant pour ne pas assister à cette scène toute seule, mais je ne vis personne.

— Vous auriez dû m'engendrer il y a des années, déclara Meyers. Alors, peut-être, ma loyauté n'aurait pas changé de camp.

Matthias désigna du menton les vampires qui le maintenaient en place.

— Pourquoi ne demandes-tu pas à l'un de tes nouveaux amis de te transmettre le don ?

— Je voulais le sang d'un roi afin d'être plus fort que les autres. Et je l'aurai. Mais d'abord, il me faut cette clé.

Meyers ouvrit la chemise de Matthias d'un coup de couteau, puis fit descendre la fine étoffe sur ses épaules afin d'exposer son torse et son abdomen livides.

— Comment m'as-tu retrouvé, Meyers ? Tu ne m'as toujours pas répondu.

— Il y a six mois, j'ai demandé à ta maîtresse la plus éprise de t'implanter un traceur hypodermique. Tu as peut-être cru qu'elle t'avait griffé le dos avec ses ongles acérés lors de vos ébats passionnés. Pour une putain quelconque, elle s'est montrée plutôt douée, tu ne trouves pas ?

— Je dirais même excellente.

Quelques gouttes de sang ruisselèrent sur le menton de Matthias.

— En effet. (Meyers pinça les lèvres.) Je te présente mes excuses pour t'avoir trahi de la sorte. Mais après ta destitution, je ne te devais plus allégeance. Je serai loyal envers Kristoff. Il m'en sera reconnaissant, et avec un peu de chance il ne me fera pas mariner vingt ans avant de m'engendrer.

— Ou bien il t'arrachera la tête et te drainera pour regagner des forces. À ta place, j'éviterais de rester trop près de lui à son réveil.

Meyers esquissa une grimace.

— C'est un risque que je suis prêt à prendre.

— Mon frère est un sociopathe. Sa passion, c'est la douleur. Il aime faire souffrir les autres, humains ou vampires. Tu joues avec la boîte de Pandore. Tu n'as pas idée des horreurs qui vont se répandre sur la terre une fois qu'elle sera ouverte.

Meyers sourit.

— Les aléas de la vie, en somme.

Sans échanger un autre mot, il enfonça la lame dans les entrailles de Matthias, remonta vers le thorax, puis plongea la main dans la plaie béante.

Chapitre 4

Je pressai la main contre ma bouche pour m'empêcher de hurler.

Matthias ne cria pas non plus, mais il poussa des grognements gutturaux atroces pendant que Meyers fouillait ses entrailles.

— Elle est là. Je le sais.

— Je te tuerai, vermine !

Les paroles de Matthias étaient à peine compréhensibles.

— Chut. Cesse de lutter, ça n'en est que plus douloureux.

J'avais le cœur au bord des lèvres, mais je me retins de vomir tandis que des larmes chaudes ruisselaient sur mes joues. J'étais pétrifiée. Impuissante, incapable de lui venir en aide. Je ne pouvais que rester là à regarder cette monstrueuse agression.

— Voilà ! s'écria Meyers après une pénible attente. Je crois que je l'ai.

Il retira sa main mouillée jusqu'au coude, dégoulinante de sang noir. Matthias se plia en deux, hors d'haleine.

— Près de trente ans, reprit Meyers, songeur.

Il sortit un mouchoir de sa poche et essuya le petit objet en métal maculé des fluides de Matthias. Puis il le plaça sous la lumière, et je pus voir qu'il s'agissait d'une clé.

J'avais du mal à croire que Matthias avait caché la clé de la cellule secrète de Kristoff dans son corps, mais c'était bien le cas. Et Meyers venait de l'éventrer pour la récupérer.

Il pointa le menton en direction de ses deux sbires.

— Laissez-le partir.

— Tu le regretteras, rétorqua Matthias, la voix empreinte de douleur, avant de tomber à genoux sur le bitume.

— Je te tuerais bien, mais j'ai comme l'impression que ton frère voudra s'en charger lui-même.

Avec la pointe coquée de sa botte, l'un des colosses frappa Matthias à l'épaule, le projetant à terre. Puis ils s'en allèrent sans un mot de plus. Quelques instants plus tard, j'entendis un grincement de pneus et vis une voiture noire tapie dans l'ombre quitter le parking.

Secouée de tremblements, je finis par sortir de ma cachette, le souffle court. Je rejoignis en vitesse Matthias qui gisait au sol, inanimé.

Je m'efforçai de regarder sa blessure, même si je n'en avais aucune envie. Elle était horrible, un énorme trou béant rempli de sang. Mais pire que la peau lacérée et l'hémoglobine, je pouvais voir ses intestins luisants. Sur le point de vomir, je pressai la main contre ma bouche.

— À ce point ? demanda-t-il d'une voix presque inaudible.

— Vous n'avez pas idée, répondis-je, incapable de respirer. Seigneur, pourquoi ne vous êtes-vous pas débattu ?

— J'ai essayé. Je ne suis pas aussi fort que je l'étais... il y a une semaine.

— Pourquoi ? Qu'est-ce qui vous arrive ?

Il ouvrit enfin les yeux. Ils semblaient encore plus pâles sous le clair de lune.

— C'est à cause de votre sang.

Je secouai la tête.

— Il ne vous a pas tué.

— Non, en effet. Le rituel d'immortalité... celui de mon frère... C'est ce qui m'a permis de survivre à la Belladone. Mais le poison m'a ôté ce pouvoir. Je ne suis plus immortel.

Il m'a affaibli. Voilà pourquoi je ne suis pas venu vous voir plus tôt. Mes forces… m'ont presque déserté.

Je sentis mon sang se glacer.

— Qu'essayez-vous de me dire ?

Il planta son regard dans le mien.

— Je meurs. Je le sens. Il ne me reste que quelques jours à vivre.

— Mais enfin, comment est-ce possible ?

— Votre sang m'a dépouillé de mon immortalité. Je suis incapable de défier la mort désormais, comme n'importe lequel de mes congénères.

Je n'en revenais pas. Disait-il la vérité ? Il foulait la terre depuis quatre siècles ! Et il était en train de s'éteindre. À cause de mon sang.

Belle réussite pour la Belladone ! J'étais responsable de l'agonie de Matthias, et ça me rendait dingue.

Il m'observa, les yeux mi-clos.

— Mon trépas imminent vous tracasse-t-il ?

Je pris une longue inspiration, tâchant de me ressaisir.

— Pas autant que la vue de vos organes qui se répandent sur le sol.

Personne, personne d'humain en tout cas, n'aurait survécu à une blessure aussi grave.

— Votre plaie met du temps à se refermer, non ?

Il paraissait tendu.

— Elle est trop profonde, et je suis trop faible pour cicatriser normalement.

— Que voulez-vous dire ? Vous allez vous vider de votre sang ?

— Oui, c'est probable.

D'ordinaire, je considérais Matthias comme une menace, non une victime. Mais il gisait devant moi, à l'article de la mort, alors que son immortalité appartenait au passé. Je ne voulais pas éprouver de l'empathie pour lui, mais c'était plus fort que moi.

— Vous devez me dire comment sauver Declan.

Il rit avant de pousser un grognement.

— Alors que je rends mon dernier soupir avec vous comme seul témoin, vous ne pensez qu'à votre amant dhampire, bientôt incontrôlable.

Je fermai les yeux, refusant de les ouvrir pendant un moment. Sa double nature n'expliquait en rien ce qui arrivait à Declan. Je n'y croyais pas une seconde. Son accès de violence était dû à son sérum. Cela dit… je pouvais me tromper. Une chose était sûre : il ne fallait pas que Matthias meure. Il en savait beaucoup trop, et ces informations m'étaient précieuses.

J'effleurai son épaule, jetant un coup d'œil à son effroyable blessure.

— Vous avez dit que vous saviez comment le sauver.

— En effet. Et si je pars maintenant, vous ne l'apprendrez jamais.

Cela ressemblait à une menace.

Je croisai les bras, essayant d'empêcher mes mains de trembler.

— Voulez-vous que j'appelle une ambulance ?

Il esquissa un sourire proche de la grimace.

— Les hôpitaux humains ne peuvent rien pour moi.

Je me dévissai le cou pour scruter les alentours, mais il n'y avait personne. À croire que le monde entier dormait ou nous avait abandonnés à notre sort.

— Que puis-je faire ?

— Approchez-vous.

Je me renfrognai avant de me pencher sur lui. Il passa les doigts dans ma longue chevelure d'ébène et me pressa contre lui.

— Du sang, me chuchota-t-il à l'oreille.

Je reculai d'un bond.

— Pardon ?

— Il me faut du sang. Cela me permettra de cicatriser. Vous devez m'aider, Jillian.

Je me relevai avec difficulté et remarquai les signes incontestables de sa faim : le réseau de veines violacées sur son visage et ses iris noirs. Matthias avait besoin d'une victime. Voilà ce qu'il me demandait. Comme il ne pouvait pas planter ses crocs dans ma gorge pour recouvrer sa vigueur, il acceptait de voir d'autres personnes.

Il n'était pas en mesure de se débrouiller seul, il était blessé et se vidait de son sang sur le parking du motel. La mare noirâtre dans laquelle il gisait grossissait à vue d'œil. Sans mon assistance, il ne trouverait jamais la nourriture qui lui était indispensable.

— Il ne me reste pas beaucoup de temps, déclara-t-il d'une voix encore plus faible qu'auparavant. Aidez-moi, Jillian. Et je vous aiderai en retour.

Je sentis les larmes me piquer les yeux, et les refermai aussitôt tandis que je cherchais une solution au problème. Elles étaient limitées. En fait, il n'en existait qu'une.

Je me crispai de la tête aux pieds.

— Promettez-moi de ne tuer personne.

— J'essaierai.

— Mauvaise réponse.

Il soupira, sa respiration était de plus en plus saccadée.

— Vous ne comprenez pas, Jillian. Vous ne connaissez pas l'appel du sang. La faim vous possède. D'ordinaire, toute frustration m'est étrangère, mais à ce moment précis je ne réponds de rien. Une fois le liquide dans ma bouche, j'ignore si je saurai m'arrêter.

Un flot de colère m'envahit à ces paroles.

— Vous n'auriez pas pu mentir ? Me jurer de ne tuer personne ? Je croyais que vous demandiez mon aide ?

Où était passé Declan, bon sang ? Il saurait quoi faire, lui.

Mais il n'était pas là. J'étais seule, un vampire à l'agonie dans les bras et sur la conscience.

Si je croyais vraiment que le monde se porterait mieux sans lui, je le laisserais mourir sans arrière-pensée. Je n'étais pas aussi influençable. Je n'étais pas pro-vie lorsqu'il s'agissait des vampires, loin de là ! Mais Matthias n'était pas n'importe quel vampire. Sans compter qu'il savait, du moins l'affirmait-il, comment sauver Declan.

— Ils ont pris ma clé, murmura-t-il lorsque je m'approchai à nouveau.

— La cacher dans votre intestin, c'était bien vu, pourtant.

Je baissai les yeux sur sa plaie et grimaçai.

— La prochaine fois, songez à investir dans un coffre-fort.

— Il n'y aura pas de prochaine fois. Ils sont sur le point de réveiller mon frère. (Une profonde douleur transparaissait dans sa voix.) Vous ne saisissez pas la gravité de la situation. La perte d'une vie humaine n'est rien comparée à ce qui nous attend si je n'arrive pas à contenir Kristoff.

Si Matthias tuait quelqu'un ce soir, me pardonnerais-je de l'avoir aidé ?

J'en avais assez entendu sur Kristoff pour redouter ses agissements. Qui sait ce qu'il ferait une fois hors de la cellule dans laquelle l'avait enfermé son frère trente ans plus tôt ? C'était un monstre, un sociopathe. Il ne méritait pas de vivre. Manque de bol, il était immortel. Matthias l'avait emprisonné, faute de mieux. Et à présent Kristoff allait être libéré, et pourrait reprendre là où il s'était arrêté.

Si Matthias disait vrai, si l'incident avec Declan n'était que la face émergée de l'iceberg, il ressemblerait sous peu à ces créatures ignobles, impossibles à raisonner ou à contrôler malgré le sérum ou les médicaments…

Il me frustrait, m'énervait, me défiait sans cesse, mais je ne pouvais pas le perdre.

Je devais cesser de me prendre la tête. Le temps pressait. Il n'y avait qu'une solution, même si elle n'était pas idéale.

— D'accord, répondis-je, réprimant un sanglot. Dites-moi ce que je dois faire.

Il se redressa avec difficulté, retenant ses intestins de la main droite. Il avait l'abdomen écharpé, la chair à vif, du sang partout. Son beau visage était encore plus blanc que d'habitude, ce qui ne manqua pas de m'étonner vu sa pâleur initiale, et ses cernes avaient foncé. Ses cheveux blonds étaient maculés de rouge. Ses yeux noirs. De fines veines violacées sillonnaient ses pommettes et sa mâchoire. Il ressemblait à l'ange de la mort.

— Trouvez-moi un humain dont je puisse me repaître. N'importe qui fera l'affaire.

Je ne réfléchis pas. Je me contentai d'agir. Je l'aidai à se relever, et son poids me fit vaciller.

Il grommela.

— Faites vite, je vous en prie. Je ne suis pas en état de résister à votre sang. Et cette fois, j'y succomberai en moins d'une seconde.

Je serrai les dents et le traînai tant bien que mal jusqu'au motel.

— Je tâcherai de m'en souvenir.

— Là, dit-il au bout d'une minute.

Je regardai devant moi et remarquai qu'il désignait une porte. Face à la mienne. Ces chambres bon marché devaient être inoccupées pour la plupart. Toutes celles sur mon palier étaient vides. Rien d'autre n'aurait pu expliquer l'absence de la police sur les lieux après le saccage de Declan.

— Il y a quelqu'un à l'intérieur ? m'enquis-je.

— Une femme. Seule.

Un frisson me parcourut.

— Ne la tuez pas, Matthias. Je vous en supplie.

— Retournez dans votre chambre. Vous n'avez pas besoin de voir ça.

Sans que je puisse ajouter un mot, il toqua à la porte, comme il avait toqué à la mienne. Une part de moi espérait qu'elle ne réponde pas. Quelle femme saine d'esprit ouvrirait à un inconnu en pleine nuit ? Cela dit, une personne raisonnable ne choisirait pas de séjourner dans un endroit pareil.

Quelques secondes plus tard, la porte s'entrebâilla.

— Qu'est-ce que vous voulez ?

La pensionnaire était une blonde décolorée dont la jeunesse comme la beauté avaient fané depuis une bonne vingtaine d'années. Ses yeux sortirent de leurs orbites lorsqu'elle aperçut le tableau cauchemardesque dressé devant elle.

— Une minute… Non…

Elle voulut refermer la porte, mais Matthias la bloqua.

— Regardez-moi, dit-il.

Elle gémit de peur avant de lever la tête vers lui et il captura aussitôt son regard.

— Je vais m'efforcer de vous rendre la tâche plus facile. Sentez-vous mon emprise ?

— Oui, répondit-elle d'une voix dénuée de tremblements.

— Matthias, commençai-je.

— Je vous ai demandé de partir.

Il me décocha une œillade assassine, puis repoussa sa proie dans la chambre avant de claquer la porte derrière lui.

Il allait la tuer.

Écoute-le et va-t'en ! songeai-je.

Mais je n'en fis rien. Je ne pouvais pas. Au lieu de quoi je me dirigeai vers la fenêtre. Les rideaux étaient un peu écartés. Cette fois, c'était moi qui jouais les voyeurs.

La femme recula d'un pas chancelant, sans quitter Matthias des yeux. À présent, il ressemblait davantage à un démon qu'à un ange. À la lumière, ses veines étaient bien visibles et recouvraient désormais l'intégralité de son visage. Ses iris étaient noirs comme la mort. Ses joues creusées lui donnaient l'apparence d'un squelette.

Il garda la main droite pressée contre son ventre déchiré, et de la gauche, ensanglantée, il repoussa les mèches blondes qui cachaient le cou de sa victime. Puis il attrapa le col de son peignoir imprimé léopard et le fit glisser le long de ses épaules jusqu'à découvrir ses seins lourds et flasques. Le vêtement miteux retomba au sol, la laissant complètement nue.

— Seigneur ! gémis-je dans ma barbe, m'agrippant au rebord de la fenêtre.

Je respirais avec difficulté. Je n'aurais pas dû être là à les observer. Un profond dégoût et la peur m'envahirent, mais je ne réussis pas à faire demi-tour.

Matthias ne perdit pas davantage de temps. Il se pencha vers elle, plongea les crocs dans sa gorge, et le liquide écarlate ruissela tandis qu'il commençait à se repaître. J'aurais souhaité qu'elle se rebelle, mais elle ne le pouvait pas, bien entendu. La morsure l'avait paralysée, et ses bras pendaient de part et d'autre de son corps. Cependant, son visage était tourné vers moi et je pus voir son expression orgasmique. Elle me dérangea autant que tout ce à quoi j'avais assisté cette nuit.

Mes mains tremblaient et j'avais froid malgré la douceur ambiante, alors je les frottai l'une contre l'autre. Je devais attendre là. Je devais m'assurer qu'il s'arrête avant de la tuer. Je jetai encore un coup d'œil à la fenêtre et aperçus la femme, nue et inanimée, sur le matelas, les jambes écartées. Matthias était collé à elle et la caressait.

Cette scène me rappela en détail ce que j'avais enduré dans la chambre de Matthias. À la différence près qu'il n'avait pas bu mon sang. Je n'avais pas eu peur dans son lit. Grâce à son emprise, la situation m'avait paru normale, désirable, même si elle ne l'était pas.

Je finis par m'écrouler à terre, me couvris le visage et commençai à pleurnicher.

Faible et pathétique, oui, je sais, mais je venais de passer quinze jours difficiles.

Je sursautai lorsque la porte s'ouvrit quelques minutes plus tard et que Matthias apparut. Les veines violacées avaient disparu et ses iris avaient retrouvé leur couleur habituelle, mais sa bouche était maculée de sang. Il l'essuya du revers de sa manche droite, la main gauche toujours plaquée contre son ventre.

— Elle est vivante, déclara-t-il. Elle sera affaiblie pendant quelque temps, mais elle s'en remettra. Je vous le promets.

Je me relevai en tremblant et regardai à travers la fenêtre. La victime était dans son lit, les draps remontés jusqu'au menton. Les mouvements de sa cage thoracique prouvaient qu'elle respirait encore. Il ne lui avait pas fait de mal. Il avait bu assez pour recouvrer ses forces, puis il l'avait bordée avant de s'en aller.

J'étais surprise. À vrai dire, j'étais abasourdie. Un profond soulagement m'envahit si vite que j'en eus presque le vertige.

— Bien.

Je fis demi-tour et me dirigeai vers ma chambre, Matthias sur les talons. Sans me demander la permission, il me suivit à l'intérieur et ferma la porte derrière lui. Je me crispai.

— Matthias, je veux que vous partiez.

Avant qu'il ait pu dire quoi que ce soit, ses genoux lâchèrent et il s'écroula au sol, les yeux révulsés.

Merde.

J'attendis quelques secondes qu'il revienne à lui, en vain. Je craignis que le sang de la femme n'ait pas suffi. Je m'accroupis à son côté et repoussai sa main pour l'examiner.

Je courus dans la salle de bains. Sans cesser de trembler, je mouillai une serviette avant de retourner près de lui pour nettoyer la plaie et en évaluer la gravité. Je me préparai au pire, mais il y avait du mieux. Je regardai, sidérée, la peau au-dessus de son nombril se ressouder comme par magie seconde après seconde.

J'avais déjà vu Declan se remettre comme ça de blessures par balle ou à l'arme blanche qu'il fallait désinfecter et panser pour garantir une guérison complète. La vitesse était la même, mais le résultat différent. Declan en gardait toujours une trace, une croûte rougeâtre qui finissait par tomber, alors que Matthias cicatrisait parfaitement. Au bout de dix minutes, il ne restait rien de l'entaille qui avait failli fusionner ses organes au béton.

Je frottai la serviette humide sur l'emplacement de la plaie à présent disparue, puis touchai la chair fraîchement réparée du bout du doigt pour m'assurer que je ne rêvais pas.

— Un peu plus bas, s'il vous plaît. Et ne vous gênez pas pour utiliser les lèvres.

Je retirai aussitôt la main. Matthias m'observa, les yeux mi-clos, un sourire empreint de douleur sur le visage.

— Je vais passer mon tour, merci.

Son amusement s'évanouit. Même s'il avait survécu à cette attaque, cela ne changeait rien. Il était persuadé qu'il allait mourir sous peu parce qu'il avait bu mon sang une semaine plus tôt, et je n'avais aucun moyen de prouver le contraire.

— Vous vous inquiétez pour moi, déclara-t-il.

Je déglutis et lui tournai le dos.

—Ah bon ?

—Oui.

Je ne trouvai pas la force de le contredire. Sa vie m'avait importé ce soir et, il fallait bien l'avouer, ce n'était pas seulement à cause des informations qu'il détenait au sujet de Declan.

J'avais peut-être le cœur plus tendre que je ne le pensais.

—Vous avez cru que j'allais tuer cette femme, ajouta-t-il.

Je me mordillai la lèvre inférieure.

—Cette possibilité m'a effleurée. Après tout, vous êtes un vampire.

—J'aurais pu, vous savez. Mais sa mort n'aurait rien changé à mon état. Je me suis contenté de boire ce dont j'avais besoin.

—Et la déshabiller d'abord, c'était juste une affaire de goût ?

Il arqua un pâle sourcil.

—Vous nous avez épiés ? Je n'aurais jamais deviné vos penchants voyeuristes, Jillian.

Il parvenait à me faire rougir, et je détestais ça.

—Je ne comprends pas pourquoi il faut mettre quelqu'un à poil pour lui mordre le cou, voilà tout.

—En effet. (Il commença à se redresser doucement.) Vous ne comprenez pas.

Je lui décochai un regard méfiant.

—Dans ce cas, expliquez-moi.

—Le sang ne fait pas tout, et la peau nue me permet de mieux me sustenter. À mon âge, je peux également me repaître de l'énergie sexuelle d'un humain, et elle en débordait, je l'ai vu au premier coup d'œil. J'avais besoin de toute l'aide possible. (Il sourit.) À votre place, je ne m'en ferais pas. Je pense que ça lui a plu. Et à son réveil, elle ne se souviendra de rien. Pas de dégâts. Me prenez-vous encore pour un gros pervers ?

Mon expression se figea.

— Je n'en sais rien.

— À présent, j'aimerais bien me laver. Vous êtes libre de me rejoindre sous la douche, si vous voulez, ajouta-t-il, tous sourires. Je ne peux pas boire votre sang, mais je peux toujours me nourrir de votre désir.

Je me levai et m'éloignai de lui. Je m'étais sans doute montrée trop amicale envers le roi vampire déchu, qui s'était fait des idées.

— Écoutez, Matthias. Tirons les choses au clair une bonne fois pour toutes. Ce qui s'est passé entre nous, c'était complètement bidon. Tout autant que ce qui s'est passé avec votre donneuse involontaire à l'instant. À cette différence que vous n'avez pas eu la politesse d'effacer notre tête-à-tête de ma mémoire.

Il ne se départit pas de son air amusé.

— Si vous le dites. Et cette douche ?

— Si je refuse, vous partirez ?

— Excellente question, ma chère !

Sans ajouter un mot, il se dirigea vers la salle de bains et referma derrière lui. Quelques secondes plus tard, j'entendis l'eau couler.

Dire que l'ancien roi vampire m'inspirait des sentiments mitigés serait un énorme euphémisme. Pour l'heure, je ressentais de l'aversion et de la gêne. Le fait qu'il ait réussi à survivre et qu'il ait le toupet de s'en vanter de manière aussi éhontée suscitait mon admiration, bien malgré moi. J'ignorais que faire si ce n'était attendre comme une cruche qu'il ait terminé.

Declan rentra avant que Matthias ne sorte de la douche. La porte s'ouvrit doucement, et il sembla surpris de me trouver là.

Je me crispai à sa vue. J'avais l'impression qu'il était parti depuis une journée et non deux heures.

— Où étais-tu ?

— J'ai… J'avais besoin de me vider la tête. Je n'arrivais plus à réfléchir.

Sans déconner ! J'expirai avec difficulté, haïssant la peur qu'il m'inspirait à cet instant.

— Et maintenant ?

— Ça va mieux. Peu importe ce qui s'est passé, c'est fini. Ça a pris du temps.

J'attrapai ses mains pour les observer de plus près. Ses jointures étaient rouges, et on aurait dit qu'il venait de cicatriser après une blessure plus grave. Je levai les yeux vers lui.

— Tu as frappé quelqu'un ?

— Quelque chose. Un mur. En béton.

— Ça t'a aidé ?

— Un peu. Mais si tu voyais l'état du mur…

Il jeta un coup d'œil au lit et au bazar qu'il avait laissé dans la chambre. Il paraissait tendu.

— Je suis vraiment désolé, ajouta-t-il.

Je secouai la tête.

— Inutile. Tout va bien.

Il avait les sourcils froncés et étudiait le sol.

— Comment peux-tu dire ça ? J'aurais pu te blesser !

— Mais tu ne l'as pas fait. Et tu ne le feras pas.

J'y croyais dur comme fer. Je me fichais des avertissements de Matthias. Declan était différent. Il s'était agi d'un incident isolé.

— C'est la première fois que ça m'arrive. Mais…

— Mais quoi ?

— J'ai déjà connu des accès de violence par le passé, mais j'étais en mesure de les maîtriser. Ça restait distant. Fugace. Mais avec toi, je ne contrôlais plus rien.

L'eau cessa de couler dans la salle de bains, et Declan tourna la tête dans cette direction.

— Qui est là ? demanda-t-il non sans agressivité.

Merde. L'espace d'un instant, j'avais complètement oublié le roi vampire sous la douche.

Chapitre 5

Matthias émergea de la salle de bains embuée, une simple serviette enroulée autour de la taille. Son visage, à présent immaculé, ne portait plus de traces de blessures.

— Je vous remercie, Jillian. Je me sens bien mieux.

J'avais voulu qu'il parte. Je l'avais aidé à se repaître, à guérir, mais il refusait de me dire comment sauver Declan – si tant est qu'il eût besoin d'être sauvé – avant que je ne lui révèle la cachette de Sara. J'avais eu mon lot de problèmes pour la soirée.

Les bras de Declan étaient tendus, ses poings serrés, et des veines saillaient sur son cou et son front.

— Qu'est-ce que tu fous là ? grommela-t-il.

Matthias haussa les sourcils.

— Declan. Tu es de retour.

— Réponds-moi.

— Noah voulait que j'apporte une fiole d'agent synthétisant à Jillian. Lors de la livraison, j'ai été attaqué et éventré par un ancien serf de sang. Il me fallait un peu de temps pour récupérer.

Declan se tourna vers moi.

— C'est la vérité ?

Je hochai la tête.

— Oui. Mais tout est rentré dans l'ordre, et Matthias allait partir après s'être… euh… nettoyé.

Matthias me jeta un coup d'œil.

— Êtes-vous sûre de vous sentir en sécurité avec le dhampire ?

Declan lui décocha un regard assassin.

Il nourrissait une certaine rancune contre Matthias à cause des mensonges que lui avait racontés sa mère biologique. Elle était morte à présent, et on ne risquait pas de me voir fleurir sa tombe.

Le docteur Monica Gray dirigeait le programme de recherche qui avait élaboré le poison Belladone. Et elle était la patronne de Carson. Son but ultime n'avait pas été d'anéantir les vampires, contrairement à ce qu'elle avait voulu faire croire. Non, ç'avait été de supprimer Matthias, l'obstacle principal à la libération de son ancien amant : Kristoff.

Kristoff, le père de Declan.

Ce dernier l'ignorait, car je ne lui avais encore rien dit. J'avais estimé qu'il avait déjà beaucoup souffert, physiquement et émotionnellement, et qu'une telle révélation pouvait l'achever.

C'était stupide de ma part. Il n'était pas en sucre.

— Ton serf de sang t'a suivi jusqu'ici ? finit par demander Declan après un silence pesant.

Il ne commenta pas la remarque de Matthias au sujet de ma sécurité, et moi non plus.

— Comment ont-ils su où tu te trouvais ?

— On m'a implanté un traceur hypodermique, je l'ai appris ce soir. (Matthias crispa la mâchoire.) Il faut l'enlever sans tarder. Pourrais-tu m'aider ?

Il ne me regardait pas.

Declan le dévisagea un long moment avant d'acquiescer.

— Bien sûr.

La mention d'une puce dissimulée sous la peau du vampire ne le fit pas ciller.

Matthias s'assit à califourchon sur la chaise en bois du petit bureau d'angle. À travers un pli de la serviette, j'entraperçus sa cuisse pâle et fuselée.

— Sous mon omoplate droite. C'est minuscule. Je ne m'en étais même pas rendu compte. Mais maintenant que je le sais, j'ai réussi à en localiser l'emplacement sous la douche.

Declan sortit la lame en argent de son fourreau de cuir. Il s'en servait pour supprimer les vampires quand il se lassait du pistolet chargé de balles en argent. Une cartouche en plein cœur faisait tout aussi bien l'affaire que le poignard, à condition de bien pénétrer dans la chair.

Il s'approcha de Matthias, l'arme à la main. La confiance que ce dernier lui témoignait m'étonnait au plus haut point. Il acceptait de tourner le dos à un tueur renommé et, qui plus est, de son plein gré. Je remarquai, néanmoins, qu'il s'agrippait au rebord de la chaise avec fermeté, et devinai à ses jointures blanches qu'il était moins à l'aise qu'il voulait nous le faire croire.

Je m'efforçai de refouler ce qui s'était produit entre Declan et moi un peu plus tôt, mais c'était plus fort que moi. Comment oublier ce regard, cette rage venue de nulle part qui semblait l'avoir complètement quitté à présent ?

D'après Matthias, cela n'avait rien à voir avec le sérum ou avec mon sang. C'était dû au fait que Declan était un dhampire, et ça ne ferait qu'empirer.

Cette pensée me glaça les os tandis que je me palpais la gorge. L'espace d'une seconde, j'avais bien cru qu'il allait la déchiqueter.

— Ici ?

Declan appuya sur l'endroit mentionné par Matthias.

— Oui.

— Je la sens. Je me demande comment tu n'as rien remarqué. Elle n'est pas arrivée là toute seule.

Matthias tourna la tête.

— J'aime inclure un soupçon de brutalité dans mes jeux. Faire couler le sang – le mien ou un autre – pimente la relation.

— Dans tes jeux ?

— Érotiques, dhampire. (Matthias esquissa un sourire.) Une femme peut manifester sa passion à l'aide de ses ongles. L'expérience m'a appris que plus elles griffent fort, plus elles apprécient.

Declan serra les dents.

— Ou elles essaient de se débattre contre un homme qui les prend de force.

— Jamais je n'ai pris une femme de force. Je crois que tu me confonds avec mon frère. (Il poussa un sifflement quand Declan lui entailla la peau.) Tu pourrais prévenir !

— Ça fait moins mal si on ne s'y attend pas.

Declan écarta la chair et chercha la puce. Du sang frais ruissela sur le flanc de Matthias et tacha la serviette immaculée. Il ne bougea pas, mais ses traits se contractèrent davantage.

Cela me rappela un peu trop l'incident précédent, lorsque le serf de sang avait tenté de retrouver la clé, la main plongée dans les viscères de Matthias.

— Si Kristoff est si terrible, Meyers y réfléchira à deux fois avant de le relâcher, non ? m'enquis-je, même si je connaissais déjà la réponse.

Matthias dirigea son regard vers moi. Des gouttes de sueur perlaient sur son front, et la douleur se reflétait dans ses yeux pâles. Declan ne se montrait pas des plus délicats.

— Non. Je savais qu'il libérerait mon frère, mais je ne pensais pas que ça arriverait aussi vite.

— Qu'est-ce que vous racontez ?

— À l'époque où j'ai emprisonné Kristoff, j'ai veillé à dissimuler la clé dans mes entrailles par le biais d'une opération chirurgicale. La cellule dans laquelle je l'ai enfermé est bardée d'explosifs. Personne ne peut forcer la serrure pour l'en délivrer. (Son visage se rembrunit.) Je n'en ai révélé l'emplacement qu'à deux personnes. Ils avaient tous deux gagné ma confiance. L'un est mort. L'autre, un traître qui m'a éventré pour récupérer la clé il y a moins d'une demi-heure.

Je me rappelai la cupidité dans le regard de Meyers lorsqu'il avait retiré l'instrument sanguinolent du corps de Matthias.

— Il semble déterminé à se faire engendrer par Kristoff.

— Je le tuerai avant. Mais je dois également trouver un moyen pour éliminer mon frère. J'aurais dû le faire il y a des années.

Declan extirpa quelque chose de la chair de Matthias, et le roi vampire hoqueta de douleur. Je courus dans la salle de bains, mouillai un gant de toilette et retournai le presser sur la plaie fraîche. Elle était moins profonde que ce que je pensais, et ne mit pas longtemps à se refermer sous mes yeux.

Declan tenait la petite pièce de métal dans sa paume.

— Que veux-tu que j'en fasse ?

— Détruis-la.

Il la posa par terre et l'écrasa avec sa botte, laissant une trace rouge et un mouchard en miettes sur la moquette. Entre le sol, le matelas et le mur, j'espérais ne pas être là lors du passage de la femme de ménage. Elle allait être furax.

— Tu aurais dû tuer ton frère avant qu'il devienne immortel. (Declan s'essuya la main contre la cuisse.) Une créature aussi maléfique ne devrait pas avoir le droit de vivre. Il en va de même pour le reste de tes semblables.

Matthias me prit le gant de toilette et appuya un peu plus fort pour se nettoyer.

— Contrairement à ce que tu penses, nous ne sommes pas tous des monstres dépourvus d'âme. Nous avons besoin de sang pour survivre, et cela a forcément un coût. Néanmoins, une majorité d'entre nous a choisi de ne pas se repaître d'innocents. Mes victimes sont généralement des donneurs volontaires.

— Généralement, répéta Declan.

Matthias ramassa ses vêtements et commença à se rhabiller devant nous. Je détournai machinalement le regard lorsqu'il laissa tomber sa serviette.

— Je sais que tu ne m'aimes pas, dhampire, mais je ne représente pas la plus grosse menace à l'heure actuelle. Si tu connaissais mon frère… (Il s'interrompit un instant.) Il n'est pas comme les autres. Je sais mieux que quiconque ce dont il est capable et ce qu'il envisageait de faire avant que je ne l'emprisonne.

— Et quels étaient donc ses projets ?

— Infiltrer la société. Asservir lentement tous les humains. Propulser les vampires au sommet de la chaîne alimentaire.

Declan secoua la tête.

— C'est impossible. Vous n'êtes pas assez nombreux.

— C'est parce que j'ai limité notre croissance démographique. Tous ceux qui voulaient être transformés en vampires n'ont pas vu leurs souhaits se réaliser. Pour le moment, nous sommes à peine mille de par le monde. Mais avec Kristoff, ça changera. À peine réveillé, il engendrera des centaines de néophytes. Ils se répandront à une vitesse qui dépasse l'entendement… comme une épidémie.

Cette pensée me donna la nausée.

— Vous le croyez vraiment capable de récupérer aussi vite après trente ans de confinement ?

— Je ne saurais l'affirmer avec exactitude. (Il crispa la mâchoire.) Mais dès qu'une goutte de sang aura touché ses lèvres, il recouvrera une grande partie de ses forces. Et je serai en mesure de le sentir.

Je fronçai les sourcils.

— Comment ?

Il se dirigea vers la fenêtre pour regarder au-dehors.

— Parce que nous sommes jumeaux. Nous avons toujours partagé un lien très puissant. Lorsque nous sommes devenus vampires, cette connexion s'est renforcée. Nous parvenions même, par moments, à sonder l'esprit de l'autre.

Je l'observai, abasourdie.

— Kristoff et vous êtes des jumeaux reliés de manière psychique ?

— Oui.

— De vrais jumeaux ?

Il acquiesça.

— Vous vous fichez de moi ! marmonnai-je dans ma barbe.

On se serait crus dans un mauvais feuilleton à l'eau de rose.

Je savais déjà que Kristoff et Matthias étaient frères, mais je ne me doutais pas qu'ils étaient jumeaux. J'étudiai les hommes debout devant moi. Il m'était difficile de ne pas prêter attention aux balafres et au bandeau de Declan, ainsi qu'à ses quinze kilos de muscles en plus par rapport à Matthias, mais si je les mettais côte à côte, j'arrivais à percevoir un petit air de famille. La structure de leur mâchoire. La forme de leur nez. La courbe de leurs lèvres.

Matthias se passa la main dans les cheveux.

— J'espère seulement trouver le moyen de le détruire avant qu'il ne soit trop tard.

Declan croisa les bras.

— Que veux-tu dire ?

Matthias frotta une grosse tache rouge sur le rebord de sa manche.

— Je crois que la Belladone dans le sang de Jillian m'a dépouillé de mon immortalité. Je sens la vie me déserter. Mes jours sont comptés.

Les miens aussi. Cette pensée me serra le cœur. Je me demandai qui de nous deux vivrait le plus longtemps.

Declan resta là, stoïque, en apparence insensible à cette nouvelle.

— Alors, qu'as-tu prévu ?

— Quand Kristoff sera réveillé, il devrait pouvoir me retrouver grâce à notre lien. Et il viendra me chercher. Pour se venger. Il voudra me démolir. Ce sera ma seule chance de le tuer le premier.

Declan poussa un grognement de mépris.

— Tu te crois capable d'éliminer un immortel alors que tu ne l'es plus ?

— Je me dois d'essayer. (Matthias plissa les yeux.) Et je dois savoir où se trouve ma fille. Je tiens à m'assurer de sa sécurité. Désormais, rien ne m'importe davantage.

— Quel père modèle ! s'exclama Declan non sans ironie. Mais je ne te dirai rien.

L'expression de Matthias se glaça.

— Pourquoi ?

— Jill pense peut-être que tu es des nôtres, mais je suis moins crédule qu'elle.

Declan me décocha un regard que je lui rendis aussitôt. Crédule ? Je ne faisais confiance qu'à Declan, et après ce qui venait de se passer, je commençais à réévaluer la foi aveugle que j'avais placée en lui avant que son désir pour moi ne se mue en rage haineuse. Une chose était sûre, cependant : je me méfiais de Matthias. Sauf lorsqu'il s'agissait de Sara.

Ce dernier paraissait tendu.

— Tu peux me faire confiance lorsqu'il est question de la sécurité de Sara.

— C'est une dhampire. Une enfant dhampire femelle.

— Et alors ?

— Je suis au courant pour le rituel auquel tu as participé.

Matthias secoua la tête.

— C'était contre mon gré, et la goutte d'eau qui a fait déborder le vase. Quand Kristoff a sacrifié sa propre fille…

— Afin de s'octroyer la vie éternelle. Eh oui. Drainer une dhampire comme Sara pourrait te rendre ton immortalité, n'est-ce pas, Matthias ?

Je sentis mon sang se glacer.

— Tu ne sous-entends tout de même pas que…

— Matthias tuerait Sara pour retrouver sa longévité ? poursuivit Declan, le visage dur comme le marbre. C'est précisément ce que j'insinue. Et rien que pour ça, je ne lui dirai jamais où elle se trouve.

J'observai Matthias, inquiète de sa réaction. Il s'avança vers Declan, l'air contrarié, les poings serrés. Je pouvais les voir trembler de part et d'autre de son corps.

— C'est mon enfant. À part Kristoff, elle est ma seule famille.

Declan secoua la tête.

— Ça ne te donne pas le droit de l'approcher dans ton état. Tu l'as reconnu toi-même, tu es à l'agonie.

— Tu ne me fais pas confiance.

— C'est peu dire.

Matthias nous étudia à tour de rôle.

— Comment puis-je te convaincre ?

Declan fronça les sourcils. Il s'attendait peut-être à ce que Matthias pique une crise, mais il n'en fit rien. Je savais qu'il était sincère, qu'il ne ferait aucun mal à sa fille. J'en ressentis même un léger pincement au cœur.

Malgré tout, j'étais perplexe.

J'ignorais pourquoi cette conversation me bouleversait autant, mais je sentis les larmes perler sur ma joue.

— Tu te trompes sur un point, Declan. Je n'accorde pas ma confiance au premier venu. La plupart du temps, je me méfie de Matthias, mais lorsqu'il est question de Sara… (Tous deux me dévisageaient à présent d'un air bizarre.) Il y a un problème ?

— Jill… (Je perçus de l'émotion dans la voix de Declan.) Ton visage…

J'essuyai mes larmes, et remarquai que mes doigts étaient couverts d'un liquide rouge foncé, presque noir.

Quelques instants plus tard, un voile de douleur m'enveloppa, et je tombai à genoux. J'enroulai les bras autour de mon corps, pliée en deux par terre, et vis le sang couler sur la moquette beige bon marché.

Autour de moi, tout n'était que supplice et hémoglobine.

Puis je m'abîmai dans le néant.

Chapitre 6

À mon réveil, la lumière filtrait à travers la fenêtre. Je me redressai brusquement sur le lit et sentis une main ferme sur mon épaule.

— Non, Jill. Reste allongée.

Je clignai des yeux et la brume autour de moi se dissipa. Declan était à mon côté. Je balayai rapidement la chambre du regard et constatai que nous étions seuls.

— Qu'est-ce que…

Je me touchai le contour des yeux.

— C'est passé. Le sang a arrêté de couler après que tu t'es évanouie. Est-ce que tu souffres ?

J'étais courbaturée, comme si j'avais couru un marathon, mais rien de comparable à la crise précédente.

— Non, je… Je n'ai pas rêvé, hein ?

— Malheureusement.

Il paraissait de marbre, mais lorsqu'il me caressa les cheveux, je sentis la chaleur de ses mains. Je me recouchai sur l'oreiller.

— J'étais mort d'inquiétude, ajouta-t-il.

— On ne dirait pas.

Il reporta son attention sur mon visage, et je remarquai de nouveau, non sans frustration, son iris gris terne à cause du sérum.

— Mes émotions étaient sens dessus dessous hier soir, mais tout est rentré dans l'ordre. Ne crois pas une seule seconde que je ne me sois pas tracassé. Que je ne me préoccupe pas de toi.

— La Belladone, repris-je d'une voix tremblante, est en train de me tuer, Declan.

Cette fois, je perçus de l'émoi dans son regard. Il savait que je disais la vérité.

— Inutile de s'alarmer pour l'instant.

Ma gorge se serra et la peur que j'avais ressentie auparavant m'envahit à nouveau.

— Il y a quand même de quoi s'angoisser ! J'ai saigné des yeux.

— C'est fini.

— Et ce sera quoi après ? m'écriai-je non sans appréhension.

— Je l'ignore.

J'éclatai d'un rire hystérique.

— Au moins, tu es honnête.

Du pouce, il essuya la larme qui roulait sur ma joue. Elle était translucide, pas rouge foncé, ce qui ne manqua pas de me soulager.

— Je serai toujours honnête envers toi, Jill.

— Merci.

Je me sentis coupable de lui cacher certaines informations, comme l'identité de son père, mais le moment me semblait mal choisi.

Il quitta le rebord du lit et se dirigea vers la fenêtre.

— Matthias est parti. Ça devenait trop dur pour lui de résister. Tant que ton sang ne coule pas, il arrive à se maîtriser, mais sa vue suffit à lui faire perdre ses moyens. Alors il faut le maîtriser. Pour son propre bien.

Je balayai de nouveau la pièce du regard, et remarquai, cette fois, plusieurs objets éparpillés au sol ainsi qu'une grosse fissure à côté de la porte, comme si quelqu'un avait été projeté contre le mur. La lampe était par terre, cassée, tout comme la télévision dont l'écran était brisé.

— On dirait qu'il y a eu de la bagarre ici.

— Ça n'a pas duré longtemps. Le roi vampire était affaibli, il ne m'a pas donné trop de fil à retordre.

Devant ma mine choquée, il poursuivit :

— Je ne lui ai pas planté un pieu dans le cœur, même si c'était tentant. Il se tracassait pour ta survie au moins tout autant qu'il brûlait de boire ton sang.

Je grimaçai.

— Comment le remercier de tant de sollicitude ?

— J'ai contacté Noah.

Declan vérifia l'écran de son téléphone portable avant de le remettre dans sa poche.

— Il doit intensifier ses recherches, et nous en apprendre plus sur la Belladone et son potentiel antidote, ajouta-t-il.

— Tu penses vraiment qu'il est en mesure de dégotter cette information ?

— Je l'espère.

— Moi aussi. (La douleur s'estompait, alors je me redressai de nouveau.) Je crois que ça va, du moins pour le moment. Je me sens beaucoup mieux.

— Bien. Je t'ai préparé un petit déjeuner au cas où tu aurais faim au réveil.

Il s'assit au petit bureau dans le coin de la pièce et sortit un énorme muffin emballé dans du Cellophane et une brique de jus d'orange d'un sac en papier kraft.

— De la cuisine gastronomique.

Je me levai, testant mes jambes. Declan se tenait prêt à me venir en aide au moindre signe de ma part, mais il resta à sa place.

— Merci, Declan.

Il ne me quitta pas du regard tandis que je me dirigeais vers la table. J'étais habillée, mais le pull et le jean que je portais la veille avaient été remplacés par un large tee-shirt noir, l'un des siens. Je m'examinai des pieds à la tête.

— Tu m'as lavée ?

— Je n'ai pas eu le choix, tu étais couverte de sang.

Je ne pus m'empêcher de sourire.

— Quel romantique !

Ma remarque sembla l'embarrasser quelque peu.

— Mange. Tu dois reprendre des forces.

— Que ferais-je sans toi, Declan ?

Il pinça les lèvres.

— Tu aurais sans doute mené une existence longue et sereine.

— Ça aurait été d'un ennui ! (J'essayais de plaisanter pour refouler mon anxiété, sans grand succès.) Je devrais peut-être m'injecter l'agent synthétisant apporté par Matthias hier soir.

— Il vaudrait mieux attendre. Le sérum est beaucoup trop puissant pour l'imposer à ton système après un seul incident. Réservons-le pour les urgences.

— Je ne sais pas ce qu'il te faut !

— C'était impressionnant mais passager. Et ça n'avait rien à voir avec les premiers symptômes de la Belladone.

Exact. Douleurs, nausées et vomissements d'une horrible substance noirâtre.

Youpi ! Le divertissement cesserait-il un jour ?

Oh, mais oui, bien sûr ! Avec ma mort prochaine.

J'avais bien besoin de me distraire. Par chance, j'avais l'embarras du choix.

— Si Matthias n'était pas de taille contre toi, comment réussira-t-il à arrêter un vampire indestructible comme son frère ?

— Il n'a aucune chance.

— Encore un sursaut d'abrupte honnêteté.

Je déballai le muffin et commençai à le grignoter. J'avais faim, mais j'étais barbouillée.

— On ne peut pas rester les bras croisés pendant que Kristoff établit un nouvel ordre mondial tel un Hitler muni de crocs !

— Tu as raison.

Tout ça me dépassait. Je n'avais jamais rencontré Kristoff et ne pouvais me fier qu'aux dires de Matthias, mais cela suffisait à me terroriser.

Matthias tenait à peine debout. Comment pouvait-il stopper son frère ?

Une idée m'effleura soudain l'esprit.

— Et si Kristoff me mordait ?

— Quoi ?

Je touchai les traces de morsure sur mon cou.

— S'il me mordait et que mon sang le rendait mortel comme Matthias ? Alors on pourrait le tuer.

— Hors de question.

— Mais...

— Non, Jill, répéta-t-il d'une voix autoritaire malgré son expression impassible. Ôte-toi cette idée de la tête. Elle est stupide.

Ces paroles me firent l'effet d'une gifle.

— Ce n'est pas stupide. Ça pourrait marcher.

Il soupira.

— D'accord, pas stupide, mais naïve. La rumeur d'une femme au sang empoisonné circule déjà. Il saura que c'est toi. Si Matthias parvient à se maîtriser en ta présence, Kristoff en sera capable aussi. Si la Belladone avait été injectée à plusieurs humains, on aurait peut-être une chance. Mais tu es la seule, et je refuse de te laisser courir un tel danger.

(J'ouvris la bouche pour protester, mais il leva la main.) Le sujet est clos, Jill.

Je ne voulais pas en rester là. Si j'avais toujours eu du mal à garder un boulot, quand je menais une vie normale, c'était parce que j'étais soi-disant « insubordonnée ». J'aimais agir à ma guise, quitte à ne pas suivre les règles à la lettre. Cela avait tendance à irriter la hiérarchie, peu importaient ses méthodes de direction. Il faut croire que personne n'aimait les esprits libres. Quand j'avais une idée en tête, il m'était impossible de l'oublier. Même si elle était merdique.

Ce n'était pas le cas aujourd'hui, mais je comprenais les motifs de Declan. Il ne voulait pas que je sois blessée ou que je me mette en danger. Il passait son temps à essayer de me protéger, y compris de moi-même. Il refusait de m'apprendre à me servir d'une arme à feu, même si je le lui avais demandé une bonne dizaine de fois. D'après lui, tant que j'évitais les ennuis, je n'en avais pas besoin. Un point, parmi tant d'autres, sur lequel nos avis divergeaient.

J'inspirai profondément.

— Je ne suis pas si naïve.

— Il t'arrive de l'être, surtout dans ce genre de situation, Jill. Et je ne parle même pas de ton comportement envers Matthias.

Ma mâchoire se crispa.

— Ce qui signifie ?

Il s'agrippa encore plus fort au rebord de la table, et je vis ses jointures blanchir.

— Ce n'est pas un preux chevalier soucieux de sauver l'humanité, mais un vampire. Un suceur de sang égoïste qui s'est vautré dans le luxe et a terrorisé ses sujets pour mieux les soumettre jusqu'à ce que cette opulence lui soit retirée.

J'avais la bouche pâteuse, et avalai une gorgée de jus d'orange.

— Je sais tout ça. Mais, honnêtement, je ne pense pas qu'il ferait du mal à Sara. C'est un enfoiré dans beaucoup de domaines, je te l'accorde, mais je crois vraiment qu'il est...

Je soupirai, essayant de trouver l'adjectif adéquat.

— Sincère dès lors qu'il s'agit de sa fille.

— Il aurait planté ses crocs dans ta chair si je ne l'avais pas arrêté, rétorqua Declan. Et s'il est bien devenu mortel comme il le prétend, la Belladone l'aurait tué. Malgré tout, il n'a pas pu résister. Je n'appelle pas ça « maîtriser ses pulsions ».

Je serrai la brique de jus de fruit.

— Et toi alors ?

— Quoi, moi ?

— Tu as dit que mon sang... (J'hésitai avant de poursuivre.) Hier soir quand tu as... perdu le contrôle... J'ai peur que ça se reproduise.

Il se leva si vite que je bondis de ma chaise.

— La nuit dernière, j'avais la tête ailleurs. Quand je suis concentré, je n'ai aucun mal à me dominer. Ton sang me distrait, mais rester à tes côtés n'a rien d'un supplice car, par chance, je ne suis pas un vampire. Ce qui n'est pas le cas de Matthias.

— Merci pour le compliment, rétorquai-je avec ironie. Ma compagnie est donc une torture.

— Si Anderson avait pu constater l'efficacité de la Belladone de son vivant, il aurait été très fier.

Je me rappelai mes larmes rouge-noir et frissonnai.

— Matthias n'a vraiment pas réussi à se maîtriser ?

— Non.

J'étudiai la question.

— Si on veut m'utiliser pour stopper Kristoff, je devrais me couper avant. M'assurer de saigner. Alors, comme Matthias, il aura plus de mal à résister.

Declan me regarda droit dans les yeux.

—Je te conseille de changer de sujet, Jillian.

Je me mordis la lèvre inférieure.

—Oh, oh, on emploie mon prénom complet. J'en connais un qui est énervé.

Je reportai mon attention sur la table.

—Qu'est-ce que c'est ? demandai-je, désignant le porte-documents.

Il le recouvrit de sa main marquée de cicatrices.

—Mes recherches.

—Sur quoi ?

—Les dhampires.

—Tu pourrais être plus précis ?

Il me décocha un regard agacé.

—J'avais presque oublié ton côté fouine.

Malgré tout ça, je souris presque.

—Qui veut obtenir des réponses doit poser des questions.

Il ouvrit le dossier, qui contenait des papiers imprimés, des photos, des notes manuscrites et dactylographiées.

—J'ai enquêté sur les autres dhampires ayant existé dans la région pour mieux comprendre mes origines. Carson avait toujours refusé que je m'informe. Mais les événements des deux dernières semaines, son association avec le docteur Gray pendant toutes ces années, et tout ce qu'il m'a caché m'ont amené à reconsidérer mon éducation, mes certitudes et mes actes.

—Comme te forcer à t'injecter le premier sérum ?

—Oui. (Il arpenta la pièce, les bras croisés.) Quand j'ai cessé, je me sentais bien, mis à part les soudaines bouffées d'émotions qu'il fallait gérer. Alors j'ai pensé qu'il m'avait raconté n'importe quoi. Il m'avait convaincu que sans ce vaccin je finirais par ressembler aux monstres dhampires.

Mon cœur se serra. Je n'étais pas sûre d'apprécier la tournure que prenait la conversation. Elle me rappelait trop celle que j'avais eue avec Matthias sur le même sujet pas plus tard que la veille.

Declan examinait les documents qu'il avait rassemblés d'un air froid et insensible. Il resta muet si longtemps que je lui touchai la main.

— Declan ? Que se passe-t-il ?

Il cligna des yeux.

— Je ne veux pas être un monstre, Jill, déclara-t-il d'une voix monocorde, mais je perçus de la peine dans son regard.

— Ça n'arrivera pas.

Il secoua la tête.

— J'ai tué un tas de vampires dans ma vie, et je l'ai fait sans ressentir la moindre culpabilité, parce que je les hais. Mais… la nuit dernière…

— Tu ne m'as pas blessée.

— Je le voulais. L'espace d'une seconde, je l'ai voulu. Et pour moi, c'est inacceptable.

— C'est à cause de ce nouveau sérum, rétorquai-je avec fermeté. C'est un effet secondaire à la con, et avec l'aide de Noah on va trouver le moyen de te purger. C'est aussi simple que ça.

— Ça l'est, oui, mais pas pour les raisons que tu crois.

— Qu'est-ce que tu racontes ?

Il jeta un coup d'œil au lit qu'il avait saccagé avant de reporter son attention sur moi.

— Mon père disait la vérité.

Je secouai la tête, cédant de nouveau à la panique.

— Non, il espérait seulement que tu continues de lui obéir.

— Tout ce qu'il m'a dit est vrai. J'ai refusé de le croire, mais les recherches que j'ai effectuées la semaine dernière m'ont mené à la même conclusion.

— Tes recherches, répétai-je, les yeux rivés sur l'épais dossier. C'est pour ça que tu t'absentais ?

— Oui.

— Et c'est pour ça qu'on se trouve à Los Angeles ?

— J'avais deux ou trois choses à vérifier.

C'était ce qu'il appelait « ne pas avoir de secrets l'un pour l'autre » ? Cependant, je ne pouvais pas lui en vouloir. Parfois, il fallait régler ses affaires personnelles tout seul. Et là, on ne pouvait pas faire plus personnel. Mais à présent qu'il m'avait tout révélé…

Je m'emparai du dossier et tournai quelques pages. Chacune contenait une étude de cas avec, en haut, un nom et une date. Deux dates. La naissance et le décès de l'individu mentionné.

Je sentis mes mains se glacer tandis que je parcourais les feuilles volantes.

— Et qu'as-tu appris d'autre ?

Il se gratta le crâne avant de me rejoindre pour examiner les documents.

— Que mon père avait raison. Un dhampire né avec le côté humain dominant devient plus violent avec l'âge. En fait, il est rare qu'ils dépassent la trentaine.

Je sentis mon estomac se nouer.

— Pourquoi ? Ils tombent malades ?

Il secoua la tête.

— Dans presque chacun des cas, le dhampire est tué. Légitime défense, en majorité. À part moi, je n'en ai trouvé qu'un dans la région qui soit encore en vie. Tous les autres sont morts.

Il avait blêmi, et les cicatrices sur sa joue gauche ressortaient comme des zébrures argentées.

— Tu peux étudier mes notes, ajouta-t-il. Il s'agit de meurtriers, de violeurs, de pédophiles. Au bout d'un moment, même s'ils suivent un traitement comme moi, ça cesse de fonctionner. J'en suis la preuve.

— Tu es différent, déclarai-je sans hésiter, même si j'avais le cœur lourd.

Matthias m'avait affirmé exactement la même chose. Là encore, je n'avais pas voulu le croire.

— Quand je prenais l'ancien sérum, j'étais différent, parce qu'il endormait ma nature vampirique. Mais le nouveau est inefficace contre le monstre qui se déchaîne en moi. On ne peut plus revenir en arrière.

Mes yeux me brûlaient. Je refermai le dossier avant de me lever.

— Je refuse d'accepter ça.

Il poussa un grognement irrité.

— Tu refuses ?

— Oui.

— Tu crois que c'est aussi facile ?

— Parfaitement. Laisse-moi te dire une bonne chose, Declan. Je te connais. D'accord, ça ne fait que quinze jours, et on ne peut pas dire que ç'ait été une partie de plaisir, mais tu es un homme bien. L'un des meilleurs, si ce n'est le meilleur, que j'aie jamais rencontrés.

Il secoua la tête.

— Jill…

— Non, maintenant tu m'écoutes ! Ces documents ne signifient rien du tout. Tu es différent. Tu peux surmonter ça.

Il examina le dossier, l'œil morne.

— Comment peux-tu dire ça alors que nous avons la preuve du contraire sous les yeux ?

— Parce que je n'accepte pas qu'il en soit autrement.

Il riva son regard sur moi.

— Il faut donc te croire sur parole. C'est comme ça que tu veux procéder ?

— Plus ou moins.

— Et la nuit dernière…

— N'était qu'une simple mésaventure.

— Tu es sûre que c'est le terme adéquat ? Jill, j'aurais pu te faire du mal. Te tuer.

— Mais tu ne l'as pas fait. Je suis vivante. Je reste avec toi parce que je te fais confiance. Tout se passera bien.

Je le pensais. Je n'avais jamais été une grande optimiste, mais il fallait bien que l'un de nous le soit. Je devais découvrir ce que Matthias savait, et aider Declan à redevenir différent des autres dhampires. Mais un détail m'échappait. S'il existait un moyen de le sauver, pourquoi le garder secret alors qu'on pouvait éviter des désastres comme ceux relatés dans le dossier ?

Son expression se figea.

— Je devrais m'en aller. Chercher une solution tout seul.

Ma panique s'intensifia.

— Non. C'est une très mauvaise idée.

— Tu te porteras mieux sans moi, Jill. Et puisque tu refuses de partir, c'est à moi de le faire.

— Non, Declan, je t'en supplie ! (Ma voix se brisa.) Dis-moi que tu ne me laisseras pas. Que tu resteras quoi qu'il arrive ! Promets-le-moi !

Il demeura silencieux pendant un moment, les yeux rivés sur mon visage.

— Pourquoi veux-tu que je reste ?

— Parce que je… (Je déglutis.) J'ai besoin de toi. Je crois que je serais perdue sans toi.

— J'ai comme l'impression que Matthias serait ravi de t'aider à retrouver ton chemin si tu le lui demandais.

Je le fusillai du regard.

— Qu'il aille se faire foutre, Matthias ! Sérieux !

Il se fendit d'un rire franc et profond.

— Ça ne lui déplairait pas, je pense. Tâche juste de ne pas saigner quand tu es avec lui.

Je ne comprenais pas pourquoi je prenais la situation tellement à cœur. J'étais fière de tenir le coup malgré tout ce qui avait pu se passer. Je n'avais peut-être pas les muscles de Declan, mais j'étais une battante. Je faisais le nécessaire pour survivre. Et Declan venait de m'achever. Je n'avais pas envisagé, même après le brutal face-à-face avec sa part violente la nuit dernière, la possibilité qu'il me quitte.

— Dis-le, Declan ! Je t'en supplie ! Promets-moi de rester.

Il déglutit avec peine, et je vis sa pomme d'Adam bouger, puis il m'observa pendant un long moment.

— Très bien. Je n'irai nulle part.

J'inspirai.

— Jure-le.

— Je le jure. (Il secoua la tête, et un sourire chagrin se dessina sur ses lèvres.) Je suis tout à toi, quoi qu'il advienne.

Je tremblais comme une feuille, mais ne pus m'empêcher d'arborer un grand sourire.

— Toi et moi jusqu'à la mort.

— Espérons qu'elle n'arrive pas trop vite.

Il s'approcha de moi, prit mon visage entre ses mains et s'abîma dans mon regard.

— Tu m'as fichu une trouille bleue hier soir ! ajouta-t-il.

— Saigner des yeux, ce n'est pas bon signe, en général.

— Non, ça, c'est sûr !

Je mourais d'envie de le toucher, mais je me retins. Je refusais toujours de croire que les événements de la veille découlaient de sa double nature, mais je préférais ne pas jouer avec le feu. Le motel n'était pas en mesure de supporter davantage de dégâts.

Je fronçai les sourcils.

— Tu n'as pas dit que l'un des dhampires que tu as trouvés était en vie ?

— Si. C'est une femelle. Elle a la trentaine. Un âge impressionnant au vu de mes dernières découvertes.

— Montre-moi.

Il récupéra le dossier et parcourut les papiers pendant un moment avant d'en sortir un.

— D'après ma source, elle est détenue dans un parc d'attractions dirigé par des vampires non loin d'ici.

— Détenue ?

— Prisonnière.

Ma respiration se bloqua.

— Comment peux-tu dire ça avec un tel calme ?

— Quoi donc ? Que la dhampire est retenue contre son gré ou qu'il existe un parc d'attractions dirigé par des vampires ?

— La première partie. Même si la seconde n'est pas moins dérangeante.

J'examinai le manuscrit. L'écriture de Declan laissait à désirer. À côté de la localisation et du nom, Jade Connolly, se trouvait une photo.

— C'est elle ?

— D'après mon informateur.

Elle était jolie, avec des taches de rousseur sur le nez et de longs cheveux roux. Elle avait l'air d'une adolescente, je me dis que la photo avait dû être prise au moins dix ans plus tôt.

Je me mordillai la lèvre inférieure tandis que je la scrutais.

— La Guilde Amarantos ne représente-t-elle pas une menace pour elle ? C'est une femelle.

— À ce que je sais, la dhampire doit avoir moins de deux ans pour que le rituel d'immortalité fonctionne. Contrairement à Sara, elle n'a rien à craindre d'eux.

Je bondis presque de mon siège lorsqu'on toqua à la porte. Declan me poussa derrière lui avant de s'y diriger, et l'entrebâilla après avoir jeté un coup d'œil à travers les rideaux.

— Comment nous as-tu retrouvés ?

— Salut, Dec. (C'était la voix familière de Noah.) Heureux de te voir aussi. Quelle belle journée, n'est-ce pas ? Matthias m'a dit où vous vous terriez, mes petits tourtereaux.

Declan lui ouvrit et je pus admirer Noah, debout sur le seuil, vêtu d'un jean, d'un tee-shirt beige et d'une veste en cuir.

— Jill ! s'écria-t-il, tout sourires. Tu as l'air... plutôt en forme vu les circonstances.

— Merci, répondis-je d'un ton sarcastique. Je pète le feu !

Il entra et balaya du regard les murs défoncés et la moquette tachée de sang.

— C'est l'un de ces motels à thème, et vous avez la chambre « mort violente », c'est ça ?

Je grimaçai.

— Pas tout à fait.

— Dans ce cas, j'espère que vous n'avez pas payé avec une carte de crédit, parce qu'ils vont vous débiter un sacré paquet de fric !

Je m'efforçai de ne pas placer trop d'espoir dans sa venue.

— Tu as du neuf au sujet de la Belladone ? Ou du vaccin de Declan ?

Son expression joviale s'évanouit.

— Je fais de mon mieux, je te le jure, mais je joue de malchance. Je suis désolé, Jill. Le xénochimiste qui a développé ces sérums n'a conservé aucune note. Il gardait tout dans sa tête, et malheureusement Declan l'a achevé d'une balle dans le crâne. J'ai téléchargé ses fichiers informatiques et quelques e-mails échangés avec Carson avant de quitter le centre, mais je n'ai rien trouvé d'utile.

Je sentis une immense déception s'emparer de moi, mais je ne pouvais pas dire que cela me surprenait.

— Et pour Declan ?

— Le nouveau sérum a été conçu par les mêmes personnes que l'ancien. Il n'est pas plus néfaste pour son organisme.

— Oublie ça, dit Declan. Jill a eu un grave problème hier soir.

— Je sais. (Noah grimaça et me lança un regard empreint de pitié.) Matthias m'en a déjà parlé. Ce n'est jamais bon signe de saigner des globes oculaires. Chercher à purger la Belladone de ton système, c'est peine perdue. Il est trop tard pour ça.

— Alors je fais quoi ? Je laisse tomber ?

— Non, ne sois pas ridicule. (Il prit une profonde inspiration.) Cette question me taraude nuit et jour depuis une semaine. Ma conclusion est la suivante : l'agent synthétisant est le meilleur moyen de garantir ta survie. C'est ce qu'avait dit le docteur Gray avant de se faire dévorer par le monstre dhampire.

Il eut un mouvement de recul et jeta un coup d'œil à Declan, mais ce dernier demeura de marbre malgré l'allusion à la mort violente de sa mère biologique.

— D'après moi, si Jill s'injecte une dose tous les quinze jours, son état restera stable, ajouta-t-il. Je t'ai apporté une autre fiole en réserve. (Il l'extirpa de sa poche et la posa sur la table.) Ta-da !

J'observai le petit flacon. C'était donc mon plan A. J'avais espéré un plan B facile et plaisant, mais il n'y en avait pas. La réalité venait de me rattraper violemment.

— Il n'y a rien à faire, de toute façon.

— Désolé de ne pas pouvoir t'aider plus.

Je secouai la tête et lui caressai le bras.

— J'attendais un miracle, sans vraiment y croire. Je me contenterai de ça.

Je gardai pour moi mes véritables pensées. Il se trompait, le docteur Gray s'était trompée, et l'agent synthétisant ne serait pas efficace à long terme. Mes jours étaient comptés. Je n'aurais su dire pourquoi, mais j'en étais convaincue. C'était comme coller des rustines pour réparer un vélo décrépit. Aucun humain ne pouvait vivre avec du poison dans les veines. J'avais un pied dans la tombe.

Noah regarda Declan.

— Pourquoi tu me dévisages comme ça ?

— Comme quoi ?

— Comme si tu allais m'étriper.

Declan poussa un grognement irrité.

— T'inquiète, je ne tuerai pas le messager.

— Le messager t'en sait gré.

Declan plissa les yeux.

— J'ignorais que Matthias et toi étiez amis.

Noah rit avec nervosité.

— Ce n'est pas le cas.

— Vous êtes plus proches que je le pensais, lui fit remarquer Declan, et Noah tressaillit.

Noah travaillait comme espion pour Matthias depuis longtemps avant que Declan ne l'apprenne. La nouvelle n'était pas passée sans heurts. Declan avait accueilli Noah à bras ouverts dès que ce dernier avait rejoint l'équipe de recherche de Carson, et les deux hommes s'étaient liés d'amitié. Declan n'accordait pas sa confiance aisément, moins facilement que moi en tout cas, et une fois qu'elle était brisée, il fallait s'accrocher pour la regagner.

— Il est en train de mourir, déclara Noah.

Declan demeura impassible.

— Je ne peux pas dire que ça m'empêchera de dormir.

— Je sais que tu ne l'aimes pas, mais réfléchis, Dec. Si Matthias claque, qui arrêtera Kristoff lorsqu'il se réveillera ?

— Moi.

Je me tournai vers Declan. Il n'avait pas daigné m'en informer, et cette nouvelle ne me plaisait guère.

— Tu vas stopper un vampire immortel et invincible ?

— Matthias l'a fait presque trente ans plus tôt. Même s'il ne peut être tué, je trouverai le moyen de l'enfermer à nouveau, et cette fois je détruirai la clé.

— Débrouille-toi plutôt pour qu'il morde Jill, et…

Noah cessa de parler dès qu'il remarqua l'expression maussade de Declan.

— Oh, je vois. Vous avez déjà eu cette discussion, n'est-ce pas ?

Oh, ça, pour l'avoir eue… Declan avait refusé tout net cette possibilité. Je n'avais même pas le droit de l'envisager, et voilà que Monsieur se sacrifiait à ma place.

— À ton avis, il lui reste combien de temps ? demandai-je à Noah, la gorge serrée. Il semblait penser que c'était une affaire de jours. Et il n'avait pas l'air en forme.

Noah haussa les épaules.

— Aucune idée. La Belladone est censée tuer les vampires sur le coup, et non leur transmettre une maladie mortelle.

Je contournai la table sans quitter les documents de Declan du regard.

— Noah, que sais-tu des dhampires autres que Declan ?

— Pas grand-chose. Ils sont rares. Vraiment très rares. La plupart sont des monstres difformes aux yeux noirs dépourvus du charme et de l'amabilité de Dec.

Sa tentative de briser la glace par l'humour échoua lamentablement.

Declan s'approcha de moi et s'empara du dossier.

— J'en ai trouvé un autre non loin d'ici. Une femelle de trente-deux ans.

— Une femelle ? (Le visage de Noah s'illumina.) Sérieux ? Tu parles d'une aiguille dans une botte de foin !

Declan étudia ses notes.

— Avec l'âge, leur nature violente devient plus imprévisible.

— C'est ce qui te tracasse ? s'enquit Noah.

— Le nouveau sérum ne fonctionne pas correctement. Il y a eu des problèmes. (Il évita mon regard.) Et je dois trouver un moyen de les gérer. Prendre plus de produit n'est pas une solution. J'ai pensé qu'effectuer des recherches sur mes congénères m'aiderait, mais je n'en ai rien tiré.

Le défaitisme dans sa voix m'inquiéta. Il n'avait rien appris d'utile, en effet. Il n'avait fait que rassembler une pile de papiers. Tous ces documents s'avéraient précieux pour donner une vue d'ensemble sur un sujet, mais pour vraiment comprendre la situation, il devait discuter avec l'un de ces dhampires en personne.

Je me levai.

— Si Jade est réellement détenue dans ce parc d'attractions, nous devons la secourir. Elle pourrait nous éclairer.

— Tu veux vraiment faire ça ?

— Je suis surprise que tu ne le veuilles pas. Si on lui parle, si on la questionne, tu sauras peut-être à quoi t'attendre. Imagine qu'elle soit différente des autres, cela expliquerait sa longévité.

Soudain, cela me sembla la meilleure idée que j'avais eue depuis des lustres.

— Et puis, personne ne devrait être retenu contre son gré, ajoutai-je. Ton informateur a dit qu'on la gardait prisonnière. Pourquoi la séquestrer comme ça ?

— Une dhampire adulte ? demanda Noah. Merde. Le sang d'une femelle de son âge possède des propriétés antalgiques et curatives. C'est un remède contre les maux et les blessures des vampires. La femelle dhampire a toujours été vénérée comme une déesse. Sur certaines illustrations, son sang est peint en doré pour représenter sa valeur. Il ne procure pas l'immortalité, mais il serait en mesure de guérir… (Il s'interrompit pour me regarder.) Elle pourrait guérir Matthias.

Ma respiration se bloqua.

— Comment sais-tu tout ça ?

— Considère que c'est un projet annexe sur lequel je travaille. J'avais espéré venir en aide à un ami avant qu'il ne décide de me haïr. (Noah jeta un coup d'œil à Declan.) Oh, et pour ton information, Molly va bien. Je lui ai trouvé une famille qui adore les chats, même les sacs à puces borgnes comme ta saleté de bestiole. Ne le prends pas mal, surtout.

La voix de Noah me parvenait de loin désormais, car j'essayais d'assimiler ces nouvelles informations. Contrairement à celui d'un bébé, le sang de Jade n'assurait pas l'immortalité, mais détenait des vertus capables de remettre Matthias d'aplomb.

Après quoi il pourrait se lancer à la poursuite de Kristoff. Et Declan pourrait oublier l'idée de pourchasser le roi vampire. Je ne voulais pas que Declan meure. Les dhampires n'étaient pas immortels. Ils cicatrisaient en un temps record, peu importait la sévérité de leurs blessures, mais leur espérance de vie ne dépassait pas celle d'un humain. Dans le meilleur des cas.

Un coup d'œil au dhampire en question m'apprit qu'il suivait le cheminement de mes pensées, et vu l'expression de son visage épuisé, il n'approuvait pas.

— Tu offrirais cette femme à Matthias et le laisserais la drainer pour se soigner ? s'enquit-il.

— Oui, répliquai-je aussitôt. Sans hésiter une minute. Et toi ?

— Je ne suis pas sûr de souhaiter la guérison de Matthias autant que toi.

— Eh bien, pense à ta pomme. Elle peut t'aider, toi aussi. (Je me tournai vers Noah.) Dis à Matthias qu'on part l'enlever ce soir.

— Génial ! (Noah acquiesça, même s'il paraissait nerveux.) J'adore les parcs d'attractions. Tu crois qu'il y aura une grande roue ?

Chapitre 7

Il y avait bien une grande roue. Gigantesque. À gauche du vaste terrain en bord de mer de Funtown, la pleine lune surplombait l'océan Pacifique.

J'ignorais à quoi ressemblerait un parc d'attractions possédé et dirigé par des vampires. Sans doute avais-je escompté un endroit horrible. Empreint de danger et de mort.

Sa vue me glaça les sangs, mais cet effroi était causé par ma propre panique et non par le lieu. En fait, je m'y étais rendue quelques années plus tôt avec ma sœur et ses deux filles. En journée. Cette fois, comme Matthias devait se joindre à nous, nous avions dû attendre le coucher du soleil. J'étais seule avec Declan. Noah et Matthias arriveraient dans un autre véhicule. Sortie de groupe au parc ! Sauf que ce soir-là, je ne sais trop pourquoi, je me fichais pas mal de mon amour pour la barbe à papa et les jeux d'arcade.

Nous allions secourir Jade Connolly. Et elle nous aiderait à guérir Matthias et à découvrir ce qui clochait chez Declan. Tout ce qui comptait, pour l'heure, c'était de la retrouver et de la tirer de cet enfer au plus vite.

— Reste dans la voiture, ordonna Declan tandis qu'il se garait à une dizaine de mètres de l'entrée.

Je braquai les yeux sur lui.

— Je veux te prêter main-forte.

— C'est trop risqué.

Il était parti en quête d'informations sur les dhampires pendant une bonne partie de l'après-midi. Sous ses airs impassibles, je devinai qu'il était d'humeur massacrante. Encore un signe de défaillance de son sérum.

On avait quitté le motel pour de bon. Je me demandais ce que penserait la femme de ménage en voyant le matelas éventré, le mur défoncé et la moquette maculée de sang. Je me sentis un peu coupable, mais il n'y avait rien d'autre à faire. Declan avait laissé une liasse de billets sur le lit afin de couvrir le plus gros des frais.

Je posai la main sur son bras musclé.

— Tout va bien se passer. Une fois qu'on l'aura trouvée, elle pourra nous aider. Et il est hors de question que je poireaute dans la voiture. (Je me rembrunis devant son expression tendue.) Quel est le problème ?

— Tu ne comprends pas pourquoi je m'évertue à te tenir éloignée de tout ça, hein ?

— Éloignée de quoi ?

— De tout. Les vampires, la mort, la destruction, la souffrance…

— Parce que ça craint ?

Il secoua la tête.

— J'ai parfois l'impression d'avoir kidnappé un ange et de l'avoir entraîné dans les tréfonds de l'enfer.

Je le dévisageai avant de sourire.

— J'ignorais que tu étais un poète. Mais si c'est moi que tu qualifies d'ange, je crois que tu délires un peu.

Il enroula mes longs cheveux noirs autour de ses doigts et les observa pendant un moment avant de braquer les yeux sur moi.

— Plus j'essaie de te protéger, plus tu fonces tête baissée vers les ennuis.

Declan avait tendance à me mettre sur un piédestal. Pour lui, je représentais la normalité : une femme sans histoire arrachée de force à sa vie banale et projetée dans un tourbillon infernal. Il n'avait pas tout à fait tort. À l'époque, je menais vraiment une existence des plus ordinaires. Je n'étais pas heureuse pour autant. La preuve ? La marque sur mon poignet gauche. La profonde dépression dans laquelle m'avait plongée la mort de mes parents cinq ans plus tôt m'avait conduite à m'ouvrir les veines lors d'une nuit effroyable.

La douleur m'avait ramenée à la raison, mais la cicatrice servait à me rappeler que plus jamais je ne voulais perdre espoir. Lorsque j'avais plaqué la lame contre ma peau et que le sang avait commencé à couler, j'avais vécu l'instant le plus glauque de toute ma vie, bien plus que tout ce que j'avais pu affronter depuis ma rencontre avec Declan. Je portais les ténèbres en moi, elles ne provenaient pas de l'extérieur, c'était là toute la différence.

Les problèmes, la souffrance et la tristesse ne m'avaient pas lâché la grappe depuis deux semaines, mais cette lueur d'optimisme ne m'avait jamais abandonnée, même si j'avais failli baisser les bras plus d'une fois. Je me battais encore. Je ne m'avouais pas vaincue. En mon for intérieur, je savais qu'il était possible de s'extirper de ce bourbier. Certes, ça ne serait pas facile, mais je tiendrais bon quoi qu'il advienne.

Et quand j'aurais trouvé le chemin vers la lumière, je comptais bien emmener Declan avec moi.

J'appuyai du doigt sur la photo de Jade Connolly que Declan gardait dans son dossier. On aurait dit qu'elle avait été prise bien avant que Jade ne soit enlevée par des vampires. C'était une jolie rousse aux yeux gris étincelants. Elle souriait à l'objectif.

Cela me rappela ma propre photo dans le journal. Celle d'une fille qui ne se doutait pas du danger tapi dans l'ombre.

Pour l'heure, je voulais bien mettre tous mes problèmes de côté pour m'occuper de Jade. Hier encore, j'ignorais tout de son existence, mais aujourd'hui mon but était de la libérer coûte que coûte. Si nous y parvenions et qu'elle était saine de corps et d'esprit, cela prouverait à Declan qu'il n'avait pas à s'en faire autant pour son futur, qu'il ne se transformait pas en un monstre effroyable.

Une voiture s'arrêta à côté de nous. Je perçus le regard insistant du vampire sur moi avant même que je ne tourne la tête et constate qu'il s'agissait bien de Matthias et Noah.

J'étais contente d'avoir été dans les vapes hier soir lorsque Declan et lui s'étaient disputés. Je n'avais jamais vu Matthias perdre son sang-froid, et c'était très bien comme ça.

— J'ai réfléchi au sujet de Matthias, déclara Declan tout bas.

— À quoi ?

— J'ai pu me tromper sur lui.

Je reportai toute mon attention sur Declan.

— Tu vas devoir être plus précis.

— À propos de Sara. Je devrais peut-être lui dire où elle se trouve.

Voilà qui était surprenant.

— Tu semblais catégorique la nuit dernière.

— Je l'étais.

— Qu'est-ce qui t'a fait changer d'avis ?

— Toi. Mais j'ai aussi remarqué l'étincelle dans ses yeux lorsqu'il parle de sa fille. Seule lui importe sa sécurité. Il veut la protéger plus que tout. (Le regard de Declan était perdu dans le lointain.) Et il tuera quiconque tentera de lui faire du mal.

— Tu as lu tout ça dans son regard ?

— Oui.

— Et comment peux-tu être sûr de sa sincérité ?

Il cligna des yeux.

— Parce qu'il la regarde comme je te regarde.

Je sentis ma gorge se serrer, et réprimai les sanglots qui me venaient.

— Declan…

Noah toqua à ma fenêtre, me faisant sursauter. Declan était vraiment l'homme le plus frustrant qu'il m'ait été donné de rencontrer. D'ordinaire froid comme le marbre, il disait parfois des trucs qui me donnaient envie de lui sauter au cou et de ne plus le laisser partir.

Declan sortit de son côté, et moi aussi. Matthias resta à trois mètres de moi, les mains croisées devant lui.

— C'est bon, dit Declan.

Matthias lui jeta un coup d'œil perplexe.

— Tu peux t'approcher, précisa-t-il. Je veux te donner quelque chose.

— Quoi ? demanda le vampire avec prudence.

— L'adresse de la femme qui s'occupe de ta fille.

Matthias fronça les sourcils.

— Pourquoi ferais-tu ça pour moi ?

— Parce que tu as le droit de savoir.

— Après ce qui s'est passé la nuit dernière avec Jillian, je pensais que… (Il s'interrompit.) J'étais persuadé que tu ne me le dirais jamais.

Declan tira de sa poche un bloc-notes et un stylo, puis se mit à griffonner sur la feuille.

— J'ai affronté des tas de vampires jusqu'à aujourd'hui. Aucun n'a jamais manifesté la moindre once de remords. Mon intuition m'a déjà induit en erreur, mais… (Il poussa un soupir.) Ne t'avise pas de te moquer de moi, Matthias. Si tu touches un cheveu de la gamine, je te pourchasserai et t'éliminerai moi-même, je le jure.

Il lui tendit le morceau de papier. Matthias l'observa un moment avant de s'approcher pour étudier l'adresse de plus près.

— Elle est là ?

— Oui. C'est la sœur de Carson. Elle a pris soin de moi quand j'étais petit. Sans elle, j'aurais été bon à interner. C'est une femme admirable. Je te conseille vivement de lui confier Sara pour l'instant, mais si tu souhaites la voir, je ne chercherai pas à t'en empêcher.

Matthias hocha la tête.

— J'apprécie cet acte plus que tu ne l'imagines.

Quel immense soulagement ! À présent que Matthias savait où se trouvait sa fille, il m'apprendrait peut-être comment sauver Declan. C'était bon de se dire que tout n'était pas perdu.

Matthias fourra le papier dans sa poche et considéra l'entrée du parc.

— Je connais bien le clan qui gère l'endroit. Il vaudrait mieux ne pas tomber nez à nez avec eux.

Malgré son ton léger, je ne pus me retenir de frissonner. Leur dérober une dhampire de grande valeur en trompant leur vigilance risquait de les mettre de travers.

— On fera vite. Jill a une photo. (Il tendit la main et je la lui donnai.) Noah, attends avec Jill près de la voiture tandis que Matthias et moi localisons la dhampire. Au moindre signe de danger, fuyez !

Je voulais les aider. Je détestais l'idée de devoir faire le pied de grue dehors sans savoir ce qui se passait, mais je gardai le silence.

— Ça me va. (Noah se frotta le torse.) Sérieusement. J'ai vécu assez de drames pour les dix prochaines années, et je ne me suis pas encore remis de ma dernière blessure mortelle.

Matthias croisa les bras.

— Le clan vit sous terre, comme moi, mais leur demeure est beaucoup plus petite. Ils emploient des humains pour s'occuper du parc. Ça leur sert de couverture.

Declan acquiesça.

— Alors il va falloir descendre sous terre pour y regarder de plus près.

Je me sentais mal d'avoir fait tout ce chemin pour me retrouver sur le carreau, mais la partie rationnelle de mon cerveau comprenait que c'était la meilleure solution. Le parc d'attractions était bondé. Il fourmillait d'enfants, d'adolescents, de familles et de couples. Noyés dans la masse, on était plus en sécurité. Ce qui n'aurait pas été le cas dans les repaires souterrains des vampires hostiles aux intrus. Sans oublier que mon sang les attirait comme le miel les abeilles.

Ma présence à leur côté ne ferait que les entraver. Je le comprenais. Ça ne me plaisait pas, mais je comprenais.

Je touchai le bras de Declan.

— Soyez prudents.

Declan soutint mon regard quelques instants avant de hocher la tête, puis Matthias et lui entrèrent dans le parc. Je les vis disparaître dans la foule, et frissonnai malgré la douceur nocturne.

— Tout ira bien, déclara Noah. Sérieux. Ces deux-là ensemble ? C'est la mort incarnée.

— Ce n'est pas très rassurant.

Il s'adossa à la voiture volée par Declan et me dévisagea avec attention.

— Comment te sens-tu ce soir ?

— Ça va. Mais la nuit dernière... Noah, je n'avais pas ressenti une telle douleur depuis plus d'une semaine. Jusqu'ici, j'avais mal au ventre, mais hier, mon crâne m'a élancé si fort que j'ai cru qu'il allait exploser.

— Par chance, ce n'est pas arrivé, répondit-il d'une voix étranglée.

Je me tournai aussitôt vers lui et remarquai que sa lèvre inférieure tremblait.

— Que se passe-t-il ?

Il secoua la tête.

— Je déteste voir les gens souffrir.

— Je ne souffre pas pour l'instant.

— J'aimerais avoir une autre solution à te proposer !

Je déglutis.

— Je sais.

Noah s'essuya le visage.

— Je t'apprécie, Jill. Tu le sais, hein ? Je ne veux pas qu'il t'arrive une tuile. Tu ne le mérites pas.

— Je ressens la même chose pour toi.

— En tout cas, je pense que tu es en sécurité pour le moment.

— Qu'est-ce que tu en sais ?

— Il y a tellement d'odeurs dans l'air, bonnes et mauvaises, que même un vampire aurait du mal à te localiser.

— Bizarrement, ça me rassure.

— Heureux de pouvoir t'aider.

Il avait raison. La musique et les effluves de fête foraine si familiers nous provenaient malgré la distance et me transportaient en enfance. Comme l'entrée était gratuite, il n'y avait pas de file d'attente, et on pouvait avoir une vue d'ensemble au premier coup d'œil.

À notre droite, une dame souleva son fils pour qu'il puisse frapper une balle de base-ball. Le petit manqua sa cible, mais la mère le félicita quand même. Le forain offrit au garçon une peluche pour le récompenser de ses efforts.

Une crinière rousse attira mon attention lorsqu'une femme les dépassa. Elle se tourna légèrement, et j'aperçus son visage.

Je cessai de respirer.

— Aïe ! Qu'est-ce que tu fais ? s'écria Noah.

J'avais enfoncé les ongles dans son bras sans m'en rendre compte. Je desserrai un peu mon étreinte.

— Noah, c'est elle.

— Qui ça ?

— Jade. La rouquine, là-bas. J'en suis sûre.

Il fronça les sourcils.

— Je croyais qu'elle était retenue prisonnière sous terre.

Jade tenait par la main une blondinette qui mangeait une glace. Je les regardai faire la queue pour la grande roue, puis m'en approchai quand le manège commença à bouger, élevant Jade et la petite dans les airs.

— J'appelle Declan pour lui dire qu'on l'a trouvée.

Noah tira son portable de sa poche et composa le numéro avant de coller le combiné à son oreille.

— Répondeur, dit-il au bout de quelques secondes. Il ne décroche pas. Je vais lui envoyer un message.

Comme je ne voulais pas qu'elle m'échappe, je la suivis une fois leur tour terminé, alors qu'elles se fondaient de nouveau dans la foule.

— Jade !

Elle s'arrêta, tourna lentement la tête vers moi et me dévisagea avec surprise.

C'était bien elle. Pas de doute possible. Sa couleur de cheveux resplendissante sortait de l'ordinaire. Son visage semblait plus vieux sans affecter sa beauté. Elle promena sur moi son regard gris. Un mélange d'appréhension et d'euphorie me tenailla l'estomac. Matthias et Declan cherchaient au mauvais endroit. Elle n'était pas séquestrée dans une cachette souterraine. Elle était là, en face de moi. Et si on ne m'avait pas demandé d'attendre près des voitures, je ne l'aurais jamais vue.

Elle paraissait normale, complètement normale, et en pleine possession de ses moyens. L'espoir s'empara de moi tandis que j'avançais vers elle.

— Pardonnez-moi, dit-elle en fronçant les sourcils. Je vous connais ?

Ce n'était pas ainsi que j'avais imaginé notre rencontre, mais je pouvais m'en contenter. En fait, c'était carrément mieux qu'entrer par effraction pour la sauver.

— Je m'appelle Jill. Lui, c'est Noah, bafouillai-je.

Je manquais de préparation et ne savais vraiment pas quoi lui dire. J'étais toujours agrippée au bras de Noah, mais il ne s'en plaignait plus.

— Nous devons vous parler. C'est très important, ajoutai-je.

— Je suis navrée, Jill, mais ma fille et moi étions sur le point de rentrer.

Elle tourna les talons.

— Attendez ! Je sais ce que vous êtes.

Elle se figea et me jeta un coup d'œil.

— Qui êtes-vous ?

Mon cœur battait la chamade.

— Une amie.

Elle hésita, puis s'accroupit devant la fillette et posa les mains sur ses épaules.

— Je vais discuter un peu avec cette gentille dame, d'accord ? Va trouver ton père.

— Oui, maman.

La petite lécha sa boule de glace, me dévisagea avec curiosité, puis disparut dans la foule.

Je la regardai s'éloigner.

— Est-ce vraiment une bonne idée ? Elle est si jeune.

— Ne vous inquiétez pas, nous sommes chez nous ici. Nous habitons avec des personnes qui veillent sur nous.

Je me tournai vers Noah. Il ne parlait pas, mais sa présence me rassurait.

— Écoutez, Jade…

— Que savez-vous sur moi ?

Je retins ma respiration pendant un moment avant d'expirer.

— Vous êtes une dhampire.

Je me crispai dans l'attente de sa réaction, mais après quelques secondes de silence elle esquissa un léger sourire.

— C'est exact. Mais j'ignore toujours qui vous êtes et pourquoi vous êtes là.

Cet aveu m'étourdit un peu.

— Je veux simplement vous aider.

— Je n'ai pas besoin d'aide.

Elle serrait les dents, même si cela pouvait passer inaperçu, et détourna le regard pour scruter la foule.

Je n'étais pas folle. Elle était prisonnière. Elle avait beau se promener dans le parc avec sa fille comme si de rien n'était, cette femme était retenue ici contre son gré. Je n'aurais su dire ce qui se tramait au juste. Peut-être les vampires s'en prendraient-ils à sa fille si elle essayait de s'enfuir ? C'était une menace suffisante pour la forcer à bien se tenir. Cela expliquerait son comportement.

— J'aimerais vous présenter quelqu'un, déclarai-je. C'est un dhampire, lui aussi.

Elle écarquilla les yeux.

— Un autre comme moi ?

J'acquiesçai.

— Je n'en ai jamais rencontré. Il est ici ?

Je hochai la tête.

— Il n'est pas loin. M'accompagnerez-vous ? Pour lui parler ?

Elle balaya les alentours du regard.

— Ce n'est pas sûr ici. Venez avec moi. Vite ! Ils pourraient nous entendre et ça ne leur plairait pas.

À l'extrême gauche du parc se trouvait un grand immeuble avec une porte en fer. Arrivée devant le bâtiment, Jade sortit une clé accrochée à une longue chaîne en or qu'elle portait sous son chemisier et déverrouilla la serrure.

Si elle possédait le moyen de s'échapper, elle devait rester par crainte pour sa fille. Ces enfoirés devaient menacer de tuer la petite si Jade tentait de s'évader. Je sentis une colère noire me gagner et jurai de faire tout mon possible pour les tirer de ce guêpier dès ce soir.

Elle poussa la lourde porte.

— Suivez-moi en vitesse.

On lui emboîta le pas et la porte se referma derrière nous. Une fois dans la vaste pièce, je regardai Noah.

— As-tu réussi à joindre Declan ?

Il scruta l'écran de son téléphone.

— Il n'a pas encore répondu. Je ne peux même pas réessayer, je ne capte aucun réseau ici.

Dès que Noah parviendrait à contacter Declan, on mettrait les voiles. Si seulement la fillette était avec nous ! Declan avait dit qu'on pouvait partir sans lui. Noah avait ses clés de voiture. C'était sans doute la meilleure chose à faire.

— Où est votre fille ? demandai-je, m'enfonçant davantage dans la pièce qui servait à entreposer les attractions usées ou cassées. (Je remarquai à ma gauche quelques autos tamponneuses rouillées.) Elle est allée retrouver son père, c'est ça ? Se trouve-t-il aussi dans le parc ?

Jade recoiffa ses cheveux roux.

— Oh, non. Il est décédé depuis longtemps.

Je clignai des yeux.

— Pardonnez-moi, il est mort ?

— Oui.

— Mais alors comment peut-elle...

— Elle s'appelle Patricia.

— Comment Patricia peut-elle voir son père s'il n'est plus en vie ?

Question pertinente, si vous voulez mon avis.

Jade arbora une expression des plus sereines et pressa la main contre sa poitrine.

— Parce qu'il est dans son cœur. Et nos cœurs ne nous quittent jamais, n'est-ce pas ?

— D'accooord, dit Noah en me lançant un regard perplexe.

Ce n'étaient pas les paroles d'une personne sensée. Le regain d'énergie et d'espoir qui m'avait revigorée s'estompa. La terreur s'apprêtait déjà à les remplacer.

— Patricia est-elle en sécurité toute seule ? Ne devrions-nous pas essayer de la retrouver ?

Jade sourit.

— Patricia est tout à fait capable de se débrouiller, ne vous en faites pas pour elle. C'était très gentil à vous de vouloir faire ma connaissance. Il me tarde de rencontrer votre ami dhampire. Je suis sûre qu'il est charmant.

— Charmant n'est sans doute pas l'adjectif que je choisirais pour qualifier Dec, marmonna Noah.

Je réprimai ma frustration.

— Il y a une autre raison à notre présence, Jade. Nous sommes là pour vous aider.

— M'aider. (Elle inclina la tête.) Et comment comptez-vous vous y prendre ?

Je relâchai enfin Noah, et nos regards se croisèrent.

— Je sais qu'ils vous retiennent ici par la force ou par l'usage de menaces. Nous sommes venus vous secourir.

Jade huma l'air.

— Vous dégagez une fragrance originale. Elle contient des notes inhabituelles, il me semble.

Je ne m'en étais pas aperçue dehors, mais à présent je ne pouvais pas le manquer. Jade divaguait. Il est vrai qu'être l'otage d'un groupe de vampires pouvait altérer votre santé mentale.

À l'autre bout de cet entrepôt mal éclairé se trouvait un escalier. Elle s'arrêta sur la première marche et m'observa tandis que je m'approchais d'elle avec prudence.

— Je ne voulais pas m'attarder dans le parc, mais rester le temps que Patricia mange sa glace.

Elle ferma les yeux et inspira à pleins poumons.

— Oui, c'est ça. Vous sentez la crème glacée. Un parfum sucré, suave, délicieux. C'est votre sang, n'est-ce pas ? Oh ! Je pense qu'ils vous aimeront.

Un filet de sueur froide ruissela dans mon dos.

— De qui parlez-vous ?

— De ma famille. (Elle regarda l'escalier.) Ils m'attendent dans le salon. Je suis un peu en retard, mais je n'y suis pour rien. Patricia voulait sa glace. Elle est très tenace, vous savez. C'est une enfant adorable, mais elle est son propre maître.

Jade était folle. Cette soudaine prise de conscience me fit monter les larmes aux yeux. Matthias avait dit qu'avec l'âge les dhampires devenaient violents ou fous. Elle ne faisait pas exception à la règle comme je l'avais cru, et ne nous serait d'aucune utilité. Elle ne faisait que confirmer les recherches de Declan et les théories prônées par Carson.

J'avais souhaité qu'elle soit différente.

J'étais désolée pour Jade. Ce n'était pas sa faute. Elle aurait dû être suivie par un psychiatre et internée, non pas séquestrée par un clan de vampires sans foi ni loi.

Néanmoins, malgré la compassion qu'elle m'inspirait, j'étais bel et bien décidée à en finir.

— Je ne veux pas rencontrer votre famille, rétorquai-je d'une voix calme mais ferme. Nous devons partir sur-le-champ. Je vous promets que tout ira bien, mais d'abord nous devons retrouver Patricia.

Jade se tourna vers la porte.

— C'est inutile. Elle est déjà de retour. Elle n'aime pas être loin de moi.

J'entendis la porte en fer grincer derrière moi et vis la fillette entrer dans la pièce. Elle portait, elle aussi, une clé autour du cou.

— Maman, te voilà !

— Oui, ma puce, je suis là. Viens, allons présenter nos invités à la famille.

Noah se racla la gorge avec nervosité.

— Euh, Jill ? Je crois qu'il est temps de s'éclipser.

— Oui, d'accord.

Merde ! Je ne voulais pas que ça finisse comme ça, mais on n'avait pas le choix. Nous devions retrouver Declan et Matthias pour les avertir. Je voulais éviter à tout prix que Jade, la bouche en cœur, annonce notre présence aux vampires tapis sous terre.

— Il a l'air gentil, maman.

Je regardai avec méfiance la petite s'approcher de Noah et lever les yeux vers lui.

— Qui, moi ? (Noah pointa le doigt sur lui-même.) Je n'en sais rien. J'essaie d'être un brave gars. Je n'y arrive pas toujours. Mais les gamins m'aiment bien, en général. C'est un don.

Jade acquiesça.

— Il a l'air gentil, en effet, Patricia.

Patricia lui tendit la main.

— Tu veux bien être mon nouveau papa ?

— Euh… (Noah me jeta un coup d'œil comme pour me demander conseil.) Je ne suis pas sûr que ce soit une bonne idée. Je suis plutôt un homme à chiens.

Quand Patricia gloussa, j'entraperçus enfin ses crocs.

— Oh, merde ! marmonnai-je dans ma barbe tandis que mon cœur cognait dans ma poitrine.

Guidée par mon instinct, je reculai vers l'escalier afin que Patricia ne puisse pas me sentir. Les effluves de la fête foraine ne pouvaient plus masquer mon odeur à présent.

— Jade, que faites-vous ? Nous sommes là pour vous aider.

Elle acquiesça.

— Vous êtes trop aimable. Vous devez rester dîner. J'insiste ! Et rencontrer les autres.

— Noah ! Éloigne-toi d'elle, c'est une vamp…

Jade me repoussa avec violence, affichant pour la première fois sa force de dhampire.

Je dégringolai les marches et, avant que ma tête ne heurte la rampe, j'entendis Noah hurler.

Chapitre 8

À mon réveil, j'avais mal partout. Je restai immobile et tâchai de me concentrer afin de déterminer si je m'étais cassé quelque chose. A priori, non. J'étais couchée sur le dos dans une pièce froide et sombre. L'air était lourd et vicié.

— Noah ? appelai-je d'une voix éraillée. Tu es là ?

Je hurlai lorsqu'on m'attrapa par les cheveux pour me mettre debout. Je chancelai sur mes jambes engourdies tandis qu'on continuait de me traîner sans ménagement. Enfin, on me jeta droit devant et j'atterris par terre, sur les genoux.

Je dégageai les mèches qui me barraient la vue et aperçus aussitôt Noah. Il était assis à trois mètres de moi, adossé au mur dans un coin. Son cou était lacéré et couvert de sang, ses yeux brillants, mi-clos, rivés sur moi. Les mouvements de sa cage thoracique étaient rapides et pénibles, mais je ne discernais rien de plus. On aurait dit qu'un animal l'avait attaqué et laissé à l'agonie.

— Que lui avez-vous fait ? m'écriai-je.

— J'en ai grignoté un bout, rétorqua une petite voix. Je terminerai plus tard.

Je luttai pour respirer et regardai lentement vers ma gauche. J'y vis la fillette qui tenait la main d'un homme brun, grand, aux yeux gris pâle. Un autre, aux cheveux blonds coupés très court, se dressait à côté d'eux. Ils m'observaient avec attention tandis que je me relevais.

Des vampires. Ceux-là mêmes qu'on était censés éviter d'après Matthias.

Ce n'était pas le moment de céder à la panique, même si je crevais de trouille. Noah était en train de mourir, et nous étions pris au piège dans le sous-sol d'un parc d'attractions en compagnie d'un clan de monstres assoiffés de sang.

— Qui êtes-vous ? demanda l'individu aux cheveux noirs.

— Je... je m'appelle Jill. (Je détournai le regard de Noah.) Qui êtes-vous ?

— Je m'appelle Isaiah. Voici Ethan. Et vous connaissez déjà Patricia, je crois. (Il m'étudia longuement.) Pourquoi êtes-vous ici, Jill ?

J'humectai mes lèvres desséchées.

— Je suis venue secourir Jade.

Parfois la vérité pouvait vous libérer. Ce qui ne risquait sûrement pas d'arriver aujourd'hui, mais à quoi bon mentir à des vampires ? Il leur suffirait d'un coup d'œil pour me forcer à avouer la vérité. Et s'ils découvraient que je les avais menés en bateau, je pouvais dire adieu à mes chances de réchapper de ce trou en un seul morceau.

Montrer ma peur dès maintenant ne ferait que me positionner en victime. Je pris une profonde inspiration et expirai lentement. Je devais gagner du temps. Et trouver le moyen d'aider Noah le plus vite possible. Sa blessure me paraissait vraiment très grave.

Si Declan et Matthias étaient dans les parages, ils pourraient nous prêter main-forte.

Une horrible pensée m'effleura l'esprit. Peut-être avaient-ils reçu le message de Noah et quitté le parc pour nous chercher, persuadés que tout allait bien. Et s'ils croyaient que nous avions retrouvé la dhampire et mis les voiles depuis belle lurette ?

Merde.

— Pourquoi vouloir la secourir ? demanda Isaiah.

Je me redressai avec difficulté et fus surprise d'y parvenir sans me découvrir une cheville cassée ou une blessure encore plus sérieuse. J'étais secouée et meurtrie, rien de plus. C'était déjà ça.

— Parce que séquestrer quelqu'un afin de pouvoir vous en repaître à votre guise ne me semble pas très juste.

Je sentis la bile remonter dans ma gorge à la vue de mon ami exsangue dans un coin de la pièce. Je ravalai mes larmes. *Noah, je suis désolée !*

— Vous êtes honnête envers moi, déclara Isaiah. Vous m'étonnez.

Je me forçai à soutenir son regard.

— Si je ne l'étais pas, vous pourriez me subjuguer pour que je dise la vérité.

— En effet. Vous avez donc décidé d'entrer dans mon parc pour me voler ma dhampire.

— C'était le plan initial, oui.

Il pinça les lèvres, le regard froid et distant comme s'il étudiait à la loupe un minuscule insecte.

— Tuez-la.

Un autre vampire, que je n'avais pas encore vu, sortit de l'ombre derrière moi et m'agrippa avec violence. Je me débattis, mais il m'inclina la tête sans difficulté et je sentis son souffle frais sur mon cou.

— Non ! Attendez ! Mon sang est empoisonné !

— Stop ! (Isaiah leva la main.) Pardon ?

L'énergumène qui me retenait ne me relâcha pas, mais il ne me mordit pas non plus.

— Mon sang est toxique pour vous, répétai-je d'une voix tremblante.

Ce que j'avais considéré comme un atout n'en était pas un. Si le vampire derrière moi me mordait, il en mourrait, et mon secret serait révélé sur-le-champ. Ils étaient beaucoup trop nombreux dans la pièce. Ils m'exécuteraient avant que je puisse en achever un de plus. Avouer la vérité de but en blanc était ma seule chance de survie.

— Elle sent si bon, s'exclama mon tortionnaire, le nez pressé contre mon cou. Je dois y goûter. Ça me rend fou.

— Essaie et je te tuerai de mes mains.

Isaiah s'approcha de moi à pas lents, prudents, et décrivit un cercle autour de nous. Je le scrutai avec méfiance, reportant de temps à autre mon attention sur Noah. Il m'inquiétait. Si j'y passais, il subirait le même sort. Quoi qu'il advienne, je devais rester forte pour nous deux.

Isaiah me regarda dans les yeux.

— Vous êtes celle dont tout le monde parle, l'humaine légendaire destinée à nous éradiquer tous. On vous a envoyée pour me supprimer ?

Son pouvoir m'enveloppa. Il ne chercha pas à dissiper ma peur, mais me paralysa de sorte que je fus incapable de me débattre. Je devins aussi molle qu'une poupée de chiffon.

— Je ne sais même pas qui vous êtes.

Il s'adressa au vampire derrière moi d'un signe du menton, et ce dernier me relâcha enfin, l'envie lisible sur son visage. Puis Isaiah m'empoigna la gorge si fort que mon souffle se bloqua. Je ne pouvais pas bouger, même pas pour lui saisir le poignet. Lorsqu'il inspira, ses pupilles se dilatèrent et des veines saillirent sur son front et sur ses joues.

— Vous représentez une réelle menace pour nous.

Il desserra à peine son étreinte pour me laisser respirer. Il pointa la tête en direction de Noah.

— Comment s'appelle-t-il ?

— C'est… Noah. Il est blessé. Je vous en prie, autorisez-moi à aller chercher du secours. Il va mourir.

— Oui, vous avez raison.

— La fillette l'a mordu.

Je refoulai mes larmes. De toute évidence, elle ne s'était pas contentée de le mordre. Le petit monstre lui avait rongé et déchiqueté la gorge au lieu d'y planter simplement les crocs.

— Cette fillette est bien plus dangereuse qu'il y paraît, déclara Isaiah. Elle a plus de cent ans, elle est plus vieille que moi.

Je hoquetai.

— On dirait une enfant.

— C'en est une. Coincée pour toujours à l'âge mental et physique de cinq ans, mais dotée d'une insatiable soif de sang, et incapable de suivre les règles que nous édictons pour nos pensionnaires. Nous faisons preuve de vigilance pour qu'elle n'attaque personne. Voilà ce qui risque d'arriver si on la laisse sans surveillance. Elle ne comprend pas qu'on puisse se nourrir de façon bien plus civilisée.

— J'ai essayé de lui inculquer les bonnes manières de table.

Lorsque j'entendis la voix de Jade, je voulus me tourner vers la gauche, mais Isaiah me maintint en place jusqu'à ce que la dhampire entre dans mon champ de vision.

— Mais c'est une vilaine fille, parfois, reprit Jade. Et elle n'utilise pas sa serviette pour s'essuyer après l'heure du thé. Ça fait des saletés partout.

Je déglutis avec difficulté.

— Pourquoi Jade croit-elle que Patricia est sa fille ?

Isaiah poussa un soupir.

— Elle a perdu son enfant des années plus tôt lors d'un accident et ne s'en est jamais remise. On préfère lui passer ses excentricités, car cela nous facilite la vie à tous.

— Elle a besoin d'aide.

— Non, pas du tout. Et puis, Patricia apprécie d'avoir une mère aussi dévouée tout autant que le fait de vivre aussi près d'un parc d'attractions. Ah, les enfants ! (Il sourit, exposant ses crocs.) De si simples créatures.

En toute honnêteté, je me fichais éperdument de Jade, seul m'importait Noah. Ça me faisait de la peine qu'elle soit folle et coincée dans un nid de vampires, mais mes priorités venaient de changer. Je refusais de perdre espoir malgré les minutes qui s'égrenaient à vitesse grand V.

— Votre sang est enivrant…

Isaiah retroussa la lèvre supérieure, découvrant ses dents. Il paraissait vraiment monstrueux.

— Mordez-moi et vous le regretterez. À votre place, je ne négligerais pas cet avertissement. J'aurais pu laisser votre ami mourir.

Il se crispa.

— Oui, bien sûr. Pardonnez ma grossièreté. J'apprécie votre geste.

Il pressa une lame en argent aiguisée contre ma gorge. Je sentis un léger pincement, puis gémis lorsque le sang chaud coula sur ma peau. Après l'avoir touché, il examina ses doigts maculés d'un liquide presque noir.

Je serrai les dents.

— Vous devez me libérer.

— Impossible.

La panique m'envahit.

— Je vous ai dit qui j'étais. Je vous ai prévenu au sujet de mon sang. À présent, vous devez me laisser aider mon ami. Nous ne reviendrons pas. Je vous le jure.

Isaiah secoua la tête. Sans cesser d'étreindre mon cou, il appuya son arme contre ma jugulaire.

—Non. Ce que je dois faire, c'est vous tuer.

—Non!

—Je promets de faire vite…

Il manqua de trébucher en posant un pied en avant, et me repoussa vers l'arrière. L'ascendant qu'il exerçait sur moi s'évanouit soudain comme si on venait de me lancer un seau d'eau glacée au visage. Je m'éloignai d'un bond de mon tortionnaire lorsque sa main retomba de côté en même temps que le couteau. Un gémissement rauque et plaintif s'échappa de sa gorge.

J'ignorais ce qui avait changé pour qu'il me relâche, mais je compris lorsqu'il se retourna. J'aperçus un poignard et reconnus la garde sculptée qui saillait de son crâne. Isaiah tenta de s'en emparer. Quand il tira dessus, la lame sortit avec un désagréable bruit de succion. Il tomba à quatre pattes sur le sol dur et froid.

Je m'attendais à ce qu'il explose même si je savais que toucher leur cerveau ne suffisait pas à les éliminer. Même si l'arme en question était en argent. Je levai les yeux et vis Declan debout sous le porche voûté qui menait vers l'immense pièce souterraine. Il semblait assez remonté pour faire un massacre après avoir lancé son couteau – suffisamment fort pour le planter dans la boîte crânienne du vampire – comme si tout cela n'avait été qu'une partie de fléchettes.

Declan me jeta un coup d'œil.

—Je croyais t'avoir demandé de rester dans cette satanée voiture.

Un point pour lui.

Sans me laisser l'occasion de rétorquer quoi que ce soit, trois vampires, dont Ethan, se ruèrent sur lui.

Declan bougea juste à temps pour esquiver le couteau pointé vers sa gorge. Il l'arracha des mains de son assaillant et le lui enfonça en plein cœur. Avant même que ce dernier n'explose dans une pluie de braises et de cendres, Declan brandit son pieu en argent, prêt à dégommer l'adversaire suivant.

Celui-ci grogna et s'accroupit comme un lutteur avant de fondre sur Declan puis de l'agripper pour le propulser au sol. Cette fois, je ne vis pas le contact de l'arme, seulement le vampire se désagréger. Le pieu glissa par terre et atterrit à quelques centimètres de moi.

Ethan planta son poing dans la mâchoire de Declan, qui bascula en arrière avant de percuter le mur derrière lui, désarmé. Je m'empressai de ramasser le pieu.

— Declan !

Quand il me regarda, je le lui lançai. Il le saisit au vol et le plongea dans le cœur de son agresseur.

Tout cela s'était produit en moins de quinze secondes.

Declan saignait de la tête. Il tamponnait la blessure sur sa tempe d'un geste absent, comme si c'était une banale égratignure.

Je pensais que la bataille était terminée, mais c'est alors que Patricia traversa la pièce en courant et poussant des hurlements stridents comme une possédée. Declan l'attrapa par ses longs cheveux blonds pour la maintenir à distance.

— Qu'est-ce que c'est que ce truc ? grommela-t-il.

— Une vampire.

Patricia criait de toutes ses forces.

— Lâchez-moi ! Vous êtes un méchant monsieur ! Je vous déteste !

Declan me dévisagea avec horreur et dégoût.

— Quel genre de monstre infligerait ça à une enfant sans défense ?

Mon visage était crispé.

— Regarde un peu ce que cette enfant sans défense a fait à Noah.

Il lui jeta un coup d'œil par-dessus l'épaule, et sa révulsion se mua en profonde inquiétude. Il relâcha Patricia comme si elle le brûlait, et elle s'éloigna de lui en toute hâte, griffant les airs comme une chatte enragée.

Jade était restée tapie dans l'ombre, sans parler ni bouger, mais n'avait pas raté une miette du spectacle. Cette femme me rendait nerveuse. Elle finit par s'approcher en se tordant les doigts.

— Ce n'est pas bien, dit-elle en secouant la tête. Tout ce que je voulais, c'était vous présenter à ma famille. Ce n'est pas bien du tout. Ils sont tous morts maintenant, et qui viendra dîner ? La grande roue tourne et tourne encore, et plus personne n'y montera avec nous.

Declan la dévisagea pendant un moment.

— C'est elle la dhampire ?

Elle leva les yeux vers lui.

— Oh ! là, là ! Oui. Dhampire. Une dhampire. C'est ce que je suis. Vous êtes comme moi, on est pareils. Nous serons d'excellents amis, n'est-ce pas ? Je veux que nous nous entendions tous à merveille, comme une famille unie. Serait-ce possible ? S'il vous plaît ! Voulez-vous rester dîner, monsieur ? Nous préparerons un succulent buffet et effacerons la mémoire de notre nourriture après manger.

L'expression sinistre de Declan qui observait la foldingue me fendit le cœur. Il n'en avait rien laissé paraître, mais il avait dû entretenir l'espoir de la retrouver en vie et bien portante, inoffensive et saine d'esprit. Je vis cet optimisme le déserter à mesure que la désaxée déblatérait devant lui. Celle qui détenait des indices sur son futur n'était pas en mesure de tenir une conversation cohérente.

— Declan, ce n'est pas grave, dis-je. Il faut aider Noah.

Il inspira.

— Tu as raison.

Il se tourna vers Isaiah, qui se remettait lentement de sa blessure à la tête.

— Achève-moi, haleta le vampire. Qu'on en finisse !

— Pourquoi voudrais-je supprimer un vieil ami ? demanda Matthias.

Il venait d'entrer dans la pièce, qu'il balaya du regard.

— Majesté.

Isaiah leva les yeux vers le roi déchu.

— Je pensais bien que ton clan se trouvait ici, Isaiah, mais je n'en étais pas sûr. Ça ne m'étonne pas que tu aies établi ton camp près d'une source de nourriture potentielle. Tu as toujours été paresseux sur ce point.

— J'ai respecté les règles, Majesté. Nous ne tuons pas les humains quand nous nous en repaissons. Et nous leur effaçons la mémoire sur-le-champ. On ne fait de mal à personne.

Matthias jeta un coup d'œil à Noah, dont la respiration était à peine perceptible.

— Vraiment ? On ne dirait pas.

— C'était une erreur, et ça reste rare. Personne n'est parfait.

Isaiah tenta de se mettre debout, sans succès. La plaie à l'arrière de son crâne avait déjà commencé à cicatriser, mais il semblait toujours mal en point. Même un vampire avait besoin de temps pour récupérer après s'être fait réduire le cerveau en bouillie.

Qu'attendaient-ils, bon sang ? Je m'efforçai de ne pas bouger et refoulai l'inquiétude que j'éprouvais pour Noah. Je refusais de penser qu'il était trop tard. Si on le conduisait à l'hôpital, il avait peut-être une chance de s'en sortir.

— Je sais que tu collabores avec les partisans de Kristoff, déclara Matthias.

Isaiah parut soudain très agité.

—C'est un mensonge.

—Tu n'as pas idée de l'erreur que vous commettez…

Soudain, Matthias se prit la tête entre les mains et poussa un cri déchirant avant de s'effondrer.

—Matthias !

Je me précipitai à son côté et l'attrapai par l'épaule, puis me tournai vers Declan qui nous observait, les sourcils froncés.

—Qu'est-ce qu'il a ?

—Je n'en sais rien. Matthias ! Que vous arrive-t-il, enfin ?

Matthias fit volte-face et agrippa mes bras si fort que je crus qu'il allait me les arracher. La seconde d'après, Declan nous avait rejoints et il repoussait Matthias.

—C'est Kristoff. (On aurait dit que Matthias venait d'avoir une vision terrifiante.) On est en train de le ranimer, je le vois. Je perçois tout, la moindre pensée qui le traverse. On ne peut plus l'arrêter désormais. Il a bu le sang d'une dizaine de victimes humaines. Il en est couvert. Il en a plein la bouche, les mains, les sens… L'odorat, le goût, le toucher… Il est réveillé. Il peut me voir à cet instant même… Et il veut me tuer.

Il me filait la chair de poule. Je détestais le voir comme ça, paralysé par la peur et la douleur. Je préférais de loin le puissant et présomptueux roi vampire en pleine possession de ses moyens, et non terrassé par le désespoir. L'échec. À cause d'une image qu'il avait vue dans sa tête. Son frère jumeau et lui entretenaient un lien psychique. Je trouvais ça super flippant.

Il cligna des yeux.

—Ça a déjà quitté mon esprit. Tout a disparu, comme si Kristoff refusait de m'en dévoiler davantage. La connexion est plus forte qu'avant.

—Il est libre, soupirai-je.

—Toutes ces années, j'ai essayé d'empêcher cela, en vain. Kristoff est de nouveau roi, et tous les vampires doivent lui obéir s'ils ne veulent pas être traqués et ramenés devant lui pour encourir sa colère. Et ça ne fait que commencer.

Il se releva lentement, puis, le visage crispé et terrifiant, il se dressa devant Isaiah.

— Tu préféreras te ranger de son côté plutôt que du mien ?

L'intéressé secoua la tête.

— Je me soumets au roi. Je n'ai pas le choix.

— Non, tu as sans doute raison. Moi non plus, je n'ai pas le choix. (Il jeta un coup d'œil à Jade.) J'ai besoin du sang de ta dhampire pour guérir mes blessures.

Isaiah serra les dents.

— Si je te la donne, me laisseras-tu la vie ?

— Oui, j'y consens.

— Alors prends-la. Prends tout ce que tu veux. Tue-la s'il le faut.

Matthias n'hésita pas une seconde. Il s'avança vers Jade et lui saisit le poignet avec fermeté. Elle poussa un cri d'effroi presque inhumain.

— Vous ne pouvez pas tuer ma maman ! hurla Patricia avant de traverser la pièce à la vitesse de l'éclair.

J'observai la scène, abasourdie.

— Attention, Matthias ! Elle a un poignard !

Mais il était trop tard.

La fillette se jeta sur lui et lui planta l'arme dans le dos. Il grogna de douleur, relâchant Jade, et frappa l'enfant vampire qui s'écroula au sol, inerte.

Matthias jura à voix haute et tendit le bras en arrière pour retirer le couteau, comme l'avait fait Isaiah à peine quelques minutes plus tôt.

Jade s'éloigna de lui et alla rejoindre Patricia.

— Viens par là.

— Il est méchant.

Patricia s'était relevée et cherchait à récupérer son poignard. Malgré sa petite taille, elle ressemblait à un monstre capable et désireux de tuer. D'ailleurs, elle était prête à le faire.

Declan l'attrapa par l'arrière de sa chemise alors qu'elle s'apprêtait de nouveau à attaquer Matthias, cette fois en visant son torse. Elle poussa des sifflements stridents et essaya de s'en prendre à Declan, mais il lui arracha l'arme, qu'il lança de côté avant de reposer la fillette par terre avec fermeté.

— Tiens-toi tranquille, grommela-t-il.

Isaiah rampa vers elle.

— Je suis navré, Majesté. Patricia nous fait honte à tous. Ce qu'elle a infligé à votre ami et son agression envers vous sont inexcusables.

Matthias le fusilla du regard.

— Nous avons plus important à faire pour le moment. Je m'en remettrai.

— Non. Elle doit être punie sur-le-champ.

Je le vis ramasser le poignard. Puis j'entendis un cri aigu à vous glacer les sangs, et aperçus une petite explosion de poussière rougeoyante.

Un silence de mort plana dans la pièce pendant plusieurs minutes tandis que j'assimilais avec horreur l'acte d'Isaiah.

Un gémissement atroce m'emplit les oreilles. Jade s'avança à tâtons puis se mit à recueillir les cendres de Patricia. Les larmes ruisselaient sur ses joues.

— Salaud ! Tu as tué mon bébé !

Isaiah la regarda avec pitié.

— Ce n'était pas ton bébé. C'était une abomination qui n'aurait jamais dû avoir le droit de…

Soudain, Isaiah se désintégra sous mes yeux. Lorsque les résidus se dissipèrent, Declan apparut derrière lui, le pieu à la main, une fureur noire sur son visage d'ordinaire impassible.

— Declan…

Son nom resta coincé dans ma gorge.

— Cet enfoiré de monstre a tué une enfant.

— Ce n'était pas une enfant. Elle avait un siècle… C'était une vampire comme les autres.

Declan laissa tomber son arme et ferma les yeux.

— Voilà ce qui arrive quand j'accepte d'aider un vampire. (Il les rouvrit et désigna Jade.) Tu ne peux pas boire son sang, Matthias.

Ce dernier redressa les épaules, même si cela semblait le faire souffrir. Sa nouvelle blessure mettrait un peu plus longtemps à cicatriser.

— Tu ne comprends donc pas ? Mon frère est réveillé. Tu sais ce que ça signifie.

— Tout ce que je sais, c'est ce que tu nous as raconté.

— C'est la vérité.

— Tu crois vraiment que le sang de cette dhampire suffira à te procurer la force nécessaire pour combattre Kristoff ?

Matthias lui décocha un regard glacial.

— Précisément. Et si tu t'y opposes, il y aura des répercussions.

— J'arrêterai Kristoff tout seul, lança Declan.

— Tu ne peux pas !

Declan se renfrogna.

— Comment peux-tu être si sûr de toi, bordel ?

— Parce qu'il aura un ascendant sur toi, dhampire. Et il n'hésitera pas à l'exercer.

— Un ascendant sur moi ? Pourquoi ?

— Parce que c'est ton père.

Je me sentis paralysée, comme lorsque Isaiah m'avait subjuguée. Comment Matthias le savait-il ? Je ne lui avais rien dit. Il était déjà parti quand le docteur Gray m'avait révélé cette information.

Declan réagit à la nouvelle comme à un coup de poing dans le ventre. Il recula même d'un pas.

— Qu'est-ce que tu viens de dire ?

— Il y a vingt-neuf ans, avant que je ne l'emprisonne, Kristoff a eu une liaison avec Monica. Il a été son unique amant. Elle lui appartenait corps et âme. Il était si jaloux et possessif que personne n'aurait osé le provoquer. Tu es son fils, j'en suis certain.

Declan se tourna vers moi et parut surpris par ma mine maussade. Il resta muet pendant quelques instants.

— Tu le savais ?

Mon estomac se noua. J'avais voulu le lui dire, mais le moment m'avait toujours semblé mal choisi. J'aurais dû le lui avouer malgré tout.

— Je ne voulais pas que tu l'apprennes de cette façon.

— Tu le savais.

Sa voix était à peine audible.

Je crus que j'allais vomir.

— Noah a besoin d'aide. Tout de suite. Je t'en prie, Declan. Tout le reste peut attendre.

Je me précipitai vers Noah et m'accroupis à son côté. Son pouls était faible. Son front, froid et moite. Son cou lacéré saignait à torrents. J'ignorais s'il avait perdu connaissance ou s'il n'avait pas la force de garder les yeux ouverts.

Declan s'agenouilla de l'autre côté pour écouter le cœur et les poumons de Noah avant de secouer la tête.

— On ne peut plus rien pour lui.

— Non ! (Je suffoquai.) Il ne peut pas mourir !

— Il a déjà perdu trop de sang.

— Il faut faire quelque chose ! Comment est-on censé se débrouiller sans lui ?

Declan m'observa et je décelai une expression étrange sur son visage.

— Noah gît au sol à se vider de son sang après que tu l'as embarqué dans ce merdier, et tout ce qui t'inquiète, c'est qu'il ne pourra plus nous aider s'il meurt ?

Je luttai pour respirer.

— Ce n'est pas ce que j'ai voulu dire.

Vraiment. Je n'étais pas guidée par mon intérêt personnel. Je ne me souciais pas que de mes besoins et de mes problèmes. Noah comptait beaucoup pour moi, mais il était aussi une pièce maîtresse de ce puzzle. Je n'avais pas encore baissé les bras. Je gardais espoir pour moi, pour Declan, pour tout. Et je refusais d'abandonner Noah à son sort funeste.

Pourtant, Declan ne semblait pas le comprendre. Il se releva, me laissant seule par terre.

— Je suis désolé pour votre ami, dit Matthias. Mais cela ne change rien. Kristoff doit être arrêté, et il me faut le sang de la dhampire. T'opposeras-tu à moi ?

Declan poussa un long soupir.

— Si tu la tues ou lui fais mal, je te briserai en deux.

Il sortit sans prononcer un mot de plus.

Je restai immobile et muette, puis tournai la tête, m'accrochant au bras de Noah, lorsque les cris paniqués de Jade emplirent la pièce. Je ne pleurai pas. Engourdie et tremblotante, je m'efforçai de ne pas entendre l'ignoble bruit de succion tandis que Matthias se repaissait de sa victime. Je me concentrai de toutes mes forces pour me retenir de vomir.

La main de Matthias sur mon épaule quelques minutes plus tard me fit sursauter. Je levai les yeux vers lui, m'attendant à voir sa bouche ensanglantée, mais elle ne l'était pas.

— C'est bon, déclara-t-il. J'ai pris ce qu'il me fallait.

Je déglutis.

— Elle a arrêté de hurler.

Il regarda derrière lui.

— Elle s'est évanouie, mais elle s'en remettra.

— Ça a fonctionné ?

— Je l'ignore pour l'instant. Mais je vous remercie, Jillian. Sans vous, j'aurais pu faire une croix dessus. Je vous dois une fière chandelle.

Je hochai la tête et croisai les bras. Mon estomac se révulsait.

— Pouvez-vous me rendre la pareille tout de suite ?

Il me dévisagea.

— Bien sûr. Que puis-je pour vous ?

Je reportai mon attention sur Noah qui, à peine une heure plus tôt, s'était tant soucié de mon bien-être que l'idée de me savoir à l'agonie lui avait été insoutenable. Il m'était arrivé de le prendre pour mon ennemi, de croire qu'il me trahirait à la première occasion, mais il n'était pas comme ça. C'était un gentil garçon qui n'avait rien mérité de tout ça.

Et oui, je le reconnaissais : j'avais encore besoin de lui, de ses talents de chercheur et de ses connaissances sur tout ce qui avait trait à la Belladone et aux dhampires.

Je sentis une détermination farouche me gagner, me procurant la force nécessaire pour poursuivre.

Je ne le voulais pas, mais je n'avais pas le choix.

Je regardai Matthias droit dans les yeux.

— Je veux que vous fassiez de Noah un vampire.

Chapitre 9

Un silence suivit ma requête. Pendant un moment, je n'entendis rien d'autre que les rapides battements de mon cœur.

Matthias serrait les dents.

—Noah n'a pas demandé ça.

—Il ne le peut pas. Et il risque de mourir d'une minute à l'autre si vous ne l'aidez pas. Vous avez dit me devoir une fière chandelle, eh bien voilà ce que je vous demande.

Il baissa les yeux vers Noah.

—J'ai toujours évité de perpétuer l'espèce. En quatre siècles, je n'ai engendré qu'une poignée de néophytes. Il est très difficile de contrôler un vampire à ses débuts, leur pouvoir fraîchement acquis peut leur monter à la tête. Il arrive que la soif les submerge. Noah est déjà très affaibli, je ne suis pas certain qu'il y survive. Il vaudrait peut-être mieux pour lui que vous le laissiez partir.

J'avais l'impression d'avoir un sac de nœuds à la place de l'estomac.

—Dois-je comprendre que vous refusez ?

—Êtes-vous vraiment sûre de vous, Jillian ? Je vous préviens, les résultats pourraient vous déplaire.

Je reniflai et me frottai le nez.

—Entre la mort et la vie, je choisis la vie. Pour moi et tous ceux que je considère comme ma famille. Noah en fait partie. Alors oui, j'en suis sûre.

Il hocha la tête.

— Dans ce cas, attendez-moi à l'extérieur.

J'écarquillai les yeux.

— Vous allez le faire ?

— Oui. Maintenant, sortez avant que je ne change d'avis.

À cet instant précis, j'étais persuadée en mon âme et conscience d'avoir pris la bonne décision. J'aimais beaucoup Noah et je voulais qu'il vive. Les paroles de Meyers sur le parking du motel me revinrent en mémoire. Il souhaitait être engendré par un roi afin d'être plus puissant. Matthias avait été roi. Cela me suffisait.

Noah serait fort. Il se remettrait. Il survivrait.

C'était la seule issue possible.

Declan attendait dehors, derrière le porche voûté, à dix mètres de l'étroit couloir mal éclairé le long duquel je me rappelais vaguement avoir été traînée par l'un des vampires à présent disparu. Je ralentis à mesure que je m'approchais. Declan m'observait avec hostilité et une certaine tristesse.

Le voir manifester ces émotions était plus déstabilisant qu'encourageant.

— Tu aurais dû rester dans la voiture, siffla-t-il.

Les larmes me montèrent aux yeux, mais je les refoulai.

— Mais je ne l'ai pas fait.

— Non, tu ne l'as pas fait.

— Tout ira bien.

— « Bien », répéta-t-il avec ironie. Tu estimes que tout va bien, là ?

— On a trouvé Jade.

— Elle est folle à lier.

— D'accord, mais…

— Et maintenant, elle est traumatisée parce que sa famille adoptive s'est fait descendre sous son nez.

— C'étaient des vampires, lui rappelai-je. Et ils ont failli nous tuer. Je croyais que tu ne les aimais pas ? Que tu te fichais de mettre un terme à leur existence ?

— Je les hais. Mais voir cette gamine devenir poussière… (Il déglutit avec difficulté et serra les poings.) À une époque, elle n'était vraiment qu'une enfant vulnérable, incapable de s'opposer au taré qui a décidé de la vampiriser. (Il se frotta le cuir chevelu.) Merde ! Je ne ressens pas les effets du sérum. Et je le regrette.

— Il te facilite la vie.

— Ouais. (Il poussa un soupir et jeta un coup d'œil en direction de la pièce.) Matthias a intérêt à ne pas lui faire de mal.

— Ne t'en fais pas pour elle.

— Je peux retrouver Kristoff. Peu importe ce qu'il a dit sur le fait que c'était mon… (Il se renfrogna.) Même si c'est la vérité, ça ne change rien. Je ne serai pas sa marionnette. Je suis mon propre maître.

Je lui touchai le bras, et fus étonnée qu'il ne le retire pas.

— Je ne veux pas que tu partes à sa poursuite et que tu te fasses tuer.

Il avala sa salive.

— Pourquoi ? Parce que tu as besoin de moi ?

— Non, parce que je t'…

Je m'interrompis et regardai mes pieds. J'ignorais d'où c'était sorti. Declan était furieux contre moi pour l'instant. Et il avait raison. Ce n'était ni l'heure ni l'endroit pour lui révéler la profondeur de mes sentiments. En toute franchise, je n'étais pas prête à me l'avouer non plus.

Ma phrase inachevée ne lui avait pas échappé.

— Jill, c'est n'importe quoi.

Je ris presque.

— Comme si je ne le savais pas.

Il repoussa la mèche noire sur mon front, et je remarquai qu'il s'était radouci.

— Pourquoi ne m'as-tu rien dit au sujet de mon père ?

Je grimaçai, rongée par la culpabilité.

— Je suis désolée. J'aurais dû t'en parler. Tu avais déjà vécu des moments difficiles après la mort de Carson et du docteur Gray. Je m'inquiétais pour toi, j'appréhendais ta réaction.

Il resta muet pendant quelques secondes.

— Tu me protégeais.

— J'essayais.

Je me mordis la lèvre inférieure. Je devais lui dire pour Noah, mais je ne voulais pas qu'il se précipite dans la pièce pour empêcher Matthias de poursuivre.

— J'aurais dû le savoir. Je dois...

Son soudain changement d'expression m'effraya.

— Quoi ?

— Bon sang, Jill ! Tu saignes de nouveau !

— Oh, merde !

Je touchai mon visage. Cette fois, c'était mon nez. Je portai mes doigts tremblants à mes yeux pour étudier de plus près le liquide rouge-noir.

La douleur s'empara de moi. Je la voyais m'envelopper sans pouvoir y échapper. Elle resserra son étreinte et me submergea comme une vague d'acide, m'arrachant la peau pour me laisser les chairs à vif, en train de hurler. J'avais l'impression qu'on me coinçait la tête dans un étau.

Mes jambes cédèrent et Declan me rattrapa.

— Ce n'est rien, dit-il en me plaquant contre lui. Tout va bien se passer.

Il mentait. Ne m'avait-il pas promis d'être toujours sincère ? Ce n'était pas possible qu'une telle agonie ne soit pas grave.

Je ne me rappelais pas m'être évanouie cette fois, mais ce devait être le cas.

Quand je rouvris les yeux, nous n'étions plus dans les galeries souterraines de Funtown. J'étais allongée sur un canapé beige dans une pièce de la même teinte. Une table basse en verre jonchée de magazines, dont un programme télé, trônait à un mètre de moi.

La douleur s'était tue, mais je la sentais encore, comme un fantôme vorace tapi dans les recoins de mon esprit. Elle reviendrait réclamer son dû. À cette pensée, j'eus envie de me rouler en boule et de pleurer, mais je n'avais pas le temps pour les sanglots. Il allait falloir les caser dans une autre vie.

— Tu es réveillée.

Je déglutis avec difficulté, car j'avais la bouche pâteuse. Je m'essuyai le nez, mais ne vis pas une goutte de sang, ce qui me soulagea aussitôt.

— Où sommes-nous ?

— Je nous ai dégotté un hébergement temporaire. Les propriétaires sont en vacances.

La voix caverneuse de Declan était redevenue atone. Il avait retrouvé la maîtrise qui lui avait fait défaut auparavant. Entretenir une relation avec lui, c'était comme gérer une personne bipolaire. Tout était noir ou blanc, sans nuances de gris. Et il pouvait passer de l'un à l'autre en une fraction de seconde.

J'observai la pièce. Elle semblait tout droit sortie d'une brochure publicitaire pour banlieues résidentielles. De jolis pavillons bourgeois destinés à des couples heureux en ménage avec deux enfants.

— Depuis quand sommes-nous ici ?

— Tu es restée dans les vapes pendant deux heures.

Il se redressa à côté du canapé, remplissant mon champ de vision. Un homme grand aux épaules larges, habillé en noir, avec des cicatrices et un bandeau sur l'œil. Il détonnait dans ce décor.

Peut-être nous trouvions-nous au paradis. Peut-être ma dernière crise m'avait-elle achevée. J'avais été envoyée ici, dans la maison la plus beige du pays, avec Declan comme ange gardien. Ça m'allait très bien.

Dommage que ça ne soit pas le cas.

— Pourquoi je perds connaissance, maintenant ? Ça ne m'arrivait pas avant de prendre l'agent synthétisant, même quand je souffrais le martyre.

— Ton corps…, commença-t-il avant de s'interrompre. Ton corps se rebelle. Pour l'instant, il entre en léthargie, mais d'ici peu…

— Quoi ?

— Tu ne te réveilleras plus.

Son visage était de marbre, mais une lueur d'émotion transparaissait dans son œil gris.

— Je vais bientôt mourir, n'est-ce pas ?

C'était plus un constat qu'une question.

Quoi qu'il en soit, Declan fit mine de n'avoir rien entendu.

— Je vais t'administrer le sérum. J'aurais préféré le faire quand tu étais évanouie.

Je me crispai.

— Tu crois vraiment que l'agent synthétisant fera une différence ?

— Oui. Une injection hebdomadaire stabilisera ton état. La dernière fois, l'effet a duré sept jours, on se tiendra donc à ce calendrier.

Je gardai le silence pendant un moment avant de hocher la tête.

— D'accord.

Devoir supporter une piqûre de cette substance par semaine ne me réjouissait guère, mais mieux valait ne pas trop expérimenter. Je me sentais comme une patiente atteinte d'une maladie invalidante obligée de suivre un traitement régulier. Ce qui n'était pas très éloigné de la réalité.

— Où est Matthias ? demandai-je.

— Quand tu t'es évanouie, je suis parti sans me retourner. Je lui ai donné notre emplacement par texto.

— Je ne savais même pas qu'il avait un portable.

— C'est un monstre qui vit avec son temps.

Je voulus sourire, mais n'y parvins pas.

— La dhampire…

— Elle est toujours dans le parc. J'ai dû la laisser… avec lui.

Cela semblait le contrarier.

— Mais, Declan, tu souhaitais la voir, lui parler.

Il se raidit.

— Il n'y a pas urgence. J'irai la chercher plus tard, même si je doute que ça me soit utile. Elle n'avait pas l'air d'avoir toute sa tête. Et de toute façon, ça peut attendre que tu ailles mieux. Essaie de te détendre.

Il releva mon tee-shirt pour découvrir mon ventre et je sentis un pincement quand l'aiguille s'enfonça dans la chair sous mon nombril. Ça ne me fit pas trop mal. Ce n'était vraiment rien comparé à tout ce que j'avais déjà enduré.

Si ça se passait comme la dernière fois, j'avais un quart d'heure avant que le sérum ne fasse effet et soude mes cellules sanguines à la Belladone. C'était quand elles se séparaient que survenaient les problèmes. Mon organisme cherchait à rejeter le poison. Comment lui en vouloir ?

Quand l'agent synthétisant commencerait à agir, je le saurais. La douleur que j'avais ressentie dans le parc n'était qu'un amuse-bouche.

Je n'en comprenais pas le mode de fonctionnement, mais le médicament était efficace. Comme c'était un produit de la xénochimie, pour moi c'était tout comme de la magie. Rien à voir avec les tours de passe-passe et autres disparitions intempestives mis au point par ce bon vieux Houdini. Pas d'abracadabra non plus ni de sorts à la Harry Potter. Mais seul le paranormal pouvait expliquer le fait que je sois encore en vie alors qu'un épais sang noir coulait dans mes veines. C'était cette magie-là qui me maintenait en vie et qui permettait de tuer un vampire lorsqu'il goûtait à ce liquide contre nature.

Declan prit ma main dans la sienne, chaude et calleuse, et la serra fort. Je posai la tête sur son épaule et fermai les yeux.

Je me laissai aller à cet instant de douce sérénité en pleine tempête. Ça me faisait vraiment bizarre d'être assise sur ce canapé avec Declan au beau milieu du salon d'une maison normale et traditionnelle de Los Angeles. Non, pas bizarre. En fait, c'était agréable. Je pourrais m'y habituer très vite. Même si, bien entendu, les propriétaires risquaient d'y trouver à redire.

Je cherchai un sujet de conversation n'incluant ni le sang ni la mort.

— Tu as dit que Sara était avec la femme qui t'a élevé.

— Oui. Elle s'appelle Emily.

— Elle semble gentille.

Il poussa une sorte de grognement.

— Elle pouvait l'être. Et parfois, c'était une vraie peau de vache. Froide et sévère. J'avais l'impression de vivre avec un sergent instructeur.

Ses paroles étaient dures, mais une profonde affection transparaissait malgré tout dans sa voix.

— J'ai habité chez elle jusqu'à l'âge de dix ans.

— Que s'est-il passé ensuite ?

— Emily… Je crois que je l'effrayais. Elle ignorait tout des vampires ou des dhampires. La première fois que je me suis blessé en tombant d'un arbre, elle a paniqué quand elle m'a vu cicatriser en un temps record. Je me suis fait ça. (Il toucha une petite marque blanche sur sa tempe droite.) J'ai perdu tellement de sang, il paraît, qu'elle a cru que j'allais y rester. Elle m'aimait beaucoup, mais c'en était trop pour elle. Alors Carson m'a récupéré.

Il racontait ça comme si c'était arrivé à un autre, comme si c'était une histoire banale et non le récit d'un abandon.

— Et tu avais dix ans ?

— Oui. Puis on a passé les huit années suivantes à sillonner le pays tandis qu'il m'entraînait à devenir un tueur.

— Ça n'a vraiment pas l'air drôle. Tu es allé à l'école ?

— Carson me faisait cours. Sur les sujets qu'il jugeait importants. J'ai appris le nécessaire.

— Des amis ?

— Les gamins des autres tueurs. Aucun ami proche. Regarde les choses en face, Jill, j'ai toujours été un solitaire. Je ne suis pas une personne très sociable.

Je reculai pour l'observer, puis effleurai la cicatrice sur sa tempe avant de laisser mes doigts glisser sur sa joue et sa barbe de trois jours rugueuse.

— On ne peut pas dire que tu aies eu beaucoup de chance.

Il haussa les épaules.

— Ça n'a plus d'importance, maintenant.

— Bien sûr que si. Ce genre d'enfance, c'est carrément traumatisant !

Il esquissa un sourire.

— À l'évidence.

Je posai la main sur son torse. Il ne me repoussa pas.

— Vu ton passé et l'éducation que tu as reçue, je trouve que tu t'en es plutôt pas mal sorti.

— Oh oui ! Je suis le gendre idéal ! rétorqua-t-il avec ironie, ce qui me fit rire.

— D'accord, pas tout à fait.

— À ton avis, que penserait ta famille de moi ? (Il se rembrunit soudain.) Je suis désolé. Tu m'avais dit que tes parents étaient décédés.

J'acquiesçai.

— Il y a cinq ans. C'était dur. Mais s'ils étaient en vie... je n'en sais rien. Ils ne sauraient sans doute pas à quoi s'en tenir.

— Avec une brute laide dans mon genre.

Je lui décochai un regard assassin.

— Quoi ? C'est la vérité, Jill.

Je secouai la tête.

— Je ne te savais pas aussi vaniteux.

Il se cala dans le canapé.

— En quoi reconnaître ma laideur est-elle signe de vanité ?

J'inclinai la tête.

— D'après moi, tu te sers de tes cicatrices pour garder tes distances.

— C'est votre théorie, docteur Conrad ? railla-t-il sur un ton désinvolte, même si je décelai une certaine prudence dans son œil gris.

Declan était un gros dur qui trucidait les vampires sans états d'âme, mais les moments calmes et les conversations intimes avaient tendance à l'embarrasser. Néanmoins, un peu de pratique avait suffi à l'habituer à ces domaines qui l'avaient toujours rebuté.

— Et pour info, je ne te trouve pas laid. Et je ne te vois pas comme une brute.

Il cligna des yeux.

— Alors que suis-je ?

Je me penchai pour lui chuchoter à l'oreille :

— Chaud comme la braise.

Il éclata de rire.

— Ouais, c'est ça. Et j'ai toute ma place dans ta vie.

— Peut-être pas mon ancienne vie, mais on s'en fiche ! Aujourd'hui, il n'y a qu'un seul lieu où j'ai envie d'être. Et c'est ici, avec toi.

— À squatter une maison en compagnie d'un dhampire instable couvert de cicatrices en attendant que l'agent synthétisant fasse effet.

— C'est ça.

Je me blottis contre lui et essayai de me vider la tête. Seul m'importait ce moment, que je voulais savourer le plus longtemps possible.

Il me caressa les cheveux.

— Je dois retourner au parc plus tard pour récupérer le corps de Noah. (Sa voix s'étrangla.) Bon sang ! C'était un bon gars. Comme si une balle dans le thorax, ce n'était pas assez ! C'est vraiment injuste.

Je me crispai. Je ne l'avais pas encore informé de ma requête auprès de Matthias. Je pouvais dire adieu à mon instant de douce sérénité.

— Declan…

— Chut, Jill.

Il s'éloigna de moi et se leva. Ses lourdes bottes résonnèrent sur le parquet massif. Il sortit son poignard en argent du fourreau accroché à sa cuisse.

— Quelqu'un est là, ajouta-t-il.

Soudain, la porte s'ouvrit et Matthias entra. Il balaya la pièce du regard, avant de s'arrêter devant moi.

— Pas parfait, mais mieux que cette chambre de motel sordide.

Je m'agrippai au dossier du canapé pour me relever à mon tour. Je me sentais encore faible.

—Qu'as-tu fait à la dhampire ? s'enquit Declan sur un ton autoritaire.

—Elle s'est enfuie alors que j'étais accaparé par une autre tâche. Tous les membres du clan ne sont pas morts cette nuit. Elle s'en sortira.

Declan serrait les dents.

—Tu l'as drainée, hein ?

Matthias sourit.

—Tu sais, j'ai toujours été fin connaisseur en matière de sang humain, mais c'était avant de goûter à celui des dhampires. Il s'avère que c'est un cru exceptionnel. À ta place, je ferais attention, Declan. J'ai soif à intervalles réguliers.

Declan le fusilla du regard.

Ça n'avait pas fonctionné. Je le savais. Noah était trop faible, il avait perdu trop de sang, et il nous avait quittés.

—Le corps de Noah est resté dans le parc ? demanda Declan au bout d'un moment.

Matthias me jeta un coup d'œil.

—Son corps ?

—Oui, je dois l'enterrer…

Declan blêmit lorsque le cadavre en question se traîna lentement jusqu'à la porte. Soudain, mon cœur se mit à battre à toute allure. Il faisait peur à voir. La blessure sur sa gorge était encore là, même si elle avait cessé de saigner et semblait doucement cicatriser. Il avait le visage décharné, et ses iris noisette étaient noirs.

—Noah…, commençai-je.

Il braqua le regard sur moi et écarquilla les yeux. Ses lèvres s'entrouvrirent. Je ne voyais pas encore de crocs, mais ses dents paraissaient plus pointues qu'avant.

—Sang.

Il ne dit rien d'autre, mais ce mot suffit à me pétrifier. Sa voix éraillée ressemblait plus à celle d'un monstrueux bébé dhampire qu'à celle de mon ami.

« Êtes-vous vraiment sûre de vous, Jillian ? Je vous préviens, les résultats pourraient vous déplaire. »

J'avais été avertie, mais je n'avais pas écouté.

Noah se rua sur moi, s'approchant si près que je pus sentir sa main effleurer ma gorge, mais Matthias le rattrapa par la chemise et le propulsa vers l'arrière. Le tout jeune vampire valsa à travers la pièce et se cogna la tête contre le mur. Un cadre contenant la photo des pauvres propriétaires tomba et se brisa en mille morceaux. Noah s'effondra au sol, inconscient.

Je me couvris la bouche pour m'empêcher de hurler.

— Toutes mes excuses.

Matthias baissa les yeux sur le corps inerte de Noah.

— C'est difficile pour moi de me trouver trop près de Jillian. J'imagine la torture que ce doit être pour un néophyte.

Je vis à peine Declan bouger, mais il fondit sur Matthias, qu'il agrippa par le col avant de le projeter contre la rampe de l'escalier. Il pressa son poignard contre le torse du vampire jusqu'à ce que j'aperçoive une tache rouge maculer sa chemise blanche.

— Non, Declan !

Je titubai jusqu'à eux.

— Lâche-moi ! siffla Matthias.

— C'est toi qui lui as fait ça, beugla Declan, ivre de rage. Tu l'as transformé en monstre suceur de sang. Je vais te buter !

Je le retins par le bras.

— Declan ! Arrête ! Ne lui fais pas de mal !

— Tu ne vois pas ce qu'il a fait ? hurla-t-il, la voix pleine d'émotion.

Je compris alors que le sérum permanent qu'on lui avait injecté n'était plus d'aucune utilité. Je ne savais pas en quoi consistait la nature dhampirique de Declan ni vers quoi elle tendait, mais elle ne pouvait plus être réprimée à l'aide de médicaments.

Ça n'aurait pas pu tomber plus mal. Le Declan impassible et imperturbable aurait été contrarié par cette situation, mais le Declan actuel semblait prêt à ravager la moitié de la ville dans le seul but de planter une lame d'argent dans le cœur de Matthias.

— Si, je vois, répondis-je, la gorge serrée. Noah est un vampire à présent, et tu dois te calmer avant de blesser quelqu'un.

— Pourquoi faire une chose pareille ? hurla Declan, hors de lui. Pourquoi le transformer en un monstre comme toi ?

— Declan…

Il tourna brusquement la tête vers moi.

— Quoi ?

Je croisai son regard furieux.

— Il l'a fait parce que je le lui ai demandé.

Chapitre 10

— Tu as fait quoi ?

Je me tortillai les doigts.

— Il ne pouvait pas mourir, Declan. C'était inconcevable ! C'était la seule solution.

Il me dévisagea comme si j'étais une parfaite étrangère, comme si nous n'avions pas passé les quinze derniers jours ensemble, parfois vingt-quatre heures sur vingt-quatre. Declan haïssait les vampires. Il appréciait Noah. Et désormais, son ami était un vampire. Pas étonnant qu'il se sente tiraillé.

J'avais demandé à Matthias d'engendrer Noah, car je pensais vraiment que c'était la meilleure chose à faire. Je n'avais pas fléchi, je n'avais pas ressenti d'états d'âme, jusqu'à cet instant.

J'avais été incapable de garder un boulot parce que je ne suivais pas les règles. Je me donnais de la peine, mais ça ne collait jamais. Selon Declan, j'aurais dû laisser Noah mourir. J'avais enfreint la loi, et devais donc répondre de mes actes.

Declan éloigna son poignard du torse de Matthias. Ce dernier lui décocha un regard assassin. Il semblait prêt à lui arracher la tête pour s'en servir comme presse-papiers. Menacer un ancien roi à l'arme blanche n'avait rien de respectueux.

J'avais la gorge nouée, mais je devais lui expliquer les raisons de mon geste.

— Je t'en prie, essaie de comprendre que c'est pour le mieux.

— Noah est un monstre, par ta faute.

Je tressaillis. La confiance que j'avais en ma décision s'estompait vite. J'aurais souhaité pouvoir discuter avec lui, mais j'étais à court d'arguments. Je ne m'étais pas attendue à voir un zombie ressemblant vaguement à Noah passer la porte.

Declan se tourna vers Matthias.

— Qu'y gagnes-tu dans l'histoire ? Pourquoi as-tu fait ça ?

— Jillian m'a demandé de sauver son ami. J'ai accepté.

— Par pure bonté ?

— Est-ce si difficile à croire ?

— Oui, je le crains. Surtout au vu des résultats.

Declan regarda le vampire évanoui du coin de l'œil et jura dans sa barbe.

— Il ne devrait pas rester dans cet état, répliqua Matthias.

— Tu n'as pas l'air convaincu à cent pour cent.

— Soit les néophytes deviennent de vrais vampires au bout d'un jour, soit ils meurent. Noah était très mal en point, affaibli et exsangue. J'espère qu'il tiendra le coup.

— Ce n'est pas assez, désolé.

— Il y a des sujets plus importants à traiter, je vous rappelle, déclara Matthias d'une voix dénuée de sympathie ou de compassion. Mon frère a été réveillé. Ton père.

Declan se raidit.

— Où est-il ?

— Je l'ignore. Grâce à notre lien, je l'ai perçu, je l'ai vu, puis toute image a déserté mon esprit. Cependant, dès que j'aurai découvert son repaire, il faudra le mettre hors d'état de nuire.

— Je ne peux pas m'occuper de ces conneries maintenant. Je dois retrouver Jade. (Il se frotta les tempes.) Je sens la violence gronder en moi comme le tonnerre. Ça empire à chaque seconde qui passe. Je dois trouver un moyen de me maîtriser ou ce sera la catastrophe.

Il tendit la main vers la poignée de la porte.

— Declan ! (Je courus jusqu'à lui et lui agrippai le bras.) Ne pars pas ! Je t'en prie. Je sais que tu es énervé, mais essaie de comprendre…

— Ne me touche pas !

Il s'empara de mon poignet et je hurlai de douleur. Je perçus la fureur dans ses yeux tandis qu'il le serrait encore plus fort. Il grogna et me repoussa sans ménagement. Je trébuchai en arrière.

— Merde !

Il fit volte-face et planta son poing dans le barreau inférieur de l'escalier, le brisant en deux. Puis il revint vers moi et m'attrapa par les épaules avant que je puisse fuir. Il me plaqua contre le mur assez fort pour me bloquer la respiration.

— Declan, non…

Son regard empreint de raison et de compassion n'était plus qu'un lointain souvenir. À présent, il brillait d'une rage noire. J'avais l'impression de revivre l'incident de la nuit dernière au motel, juste avant qu'il ne saccage la chambre. Sa nature violente et incontrôlable de dhampire avait été réveillée, et elle était focalisée sur moi. J'avais pris la décision de faire de Noah un vampire. Il me tenait pour unique responsable.

La haine que je perçus dans son œil froid me glaça les os. Ce n'était pas réel. Ce n'était pas Declan. Je devais pouvoir faire ou dire quelque chose.

— Lâche-moi.

Je m'efforçais de paraître forte et déterminée.

— Je veux te tuer, gronda-t-il avant de refermer la main sur mon cou. Merde ! Je n'arrive pas à me maîtriser.

Je secouai la tête, et des larmes chaudes roulèrent sur mes joues.

Matthias attrapa Declan par le bras, sans parvenir à le repousser.

— Tu lui fais mal, dhampire. Ce n'est pas ce que tu cherches, je le sais. Arrête avant que je t'y contraigne, déclara-t-il d'une voix étonnamment calme.

La cage thoracique de Declan se souleva, son visage rouge reflétait sa fureur à peine contenue. J'observai pendant un moment interminable ses yeux pleins de cruauté, d'amertume et de violence, jusqu'à ce qu'il me libère enfin. J'inspirai avec difficulté et portai la main à ma gorge meurtrie.

Je perçus alors une once de regret dans son regard.

— Je suis désolé. Je… Il faut que je m'éloigne de toi. Tout de suite.

Il tourna les talons et sortit, claquant la porte derrière lui.

Matthias reporta son attention sur moi.

— Laissez-le partir, Jillian.

Je l'aurais fait… si ça n'avait pas impliqué d'obéir aux règles.

Je courus derrière Declan et le rattrapai au bout de l'allée.

— Attends !

Il s'arrêta et me jeta un coup d'œil par-dessus l'épaule.

— Pourquoi me suis-tu après ce que je viens de faire ?

Je déglutis avec peine et m'essuyai le visage.

— Ce n'était pas toi.

— Si, c'était moi. Et je le sens encore, Jill. Ne t'approche pas de moi. Je ne veux pas te blesser.

La rage dans sa voix avait disparu et cédé la place à l'affliction.

— Je t'en supplie, Declan, rentre avec moi pour qu'on discute.

— Je dois retrouver Jade. Je dois comprendre ce qui m'arrive avant qu'il ne soit trop tard, et régler le problème sans l'aide de personne.

Je croisai les bras.

— Tu seras de retour d'ici à deux heures, hein ?

Il demeura muet pendant un moment avant de secouer la tête.

— Je ne reviendrai pas.

Je pantelai.

— Quoi ? Tu ne peux pas dire ça !

— Si j'ai décidé de rester avec toi, c'était pour te protéger, pour assurer ta sécurité. Ne vois-tu pas que je suis une menace pour toi ? Ce que je ressentais à l'instant, ce que je ressens toujours… (Ses traits étaient durs et figés.) Je suis dangereux. Pour toi. Je préfère partir avant de provoquer un incident similaire. J'ai assez de sang sur les mains sans y ajouter le tien.

J'avais de plus en plus de mal à respirer.

— Tu es resté pour me protéger ? C'est l'unique raison ?

— C'est mieux comme ça, crois-moi. Je m'en sortirai mieux seul, et toi aussi.

Je secouai la tête, gagnée par la panique.

— Il doit y avoir une autre solution.

— Il n'y en a pas.

— Declan…

Il serra les dents.

— Tu as demandé à cette saleté de vampire d'engendrer Noah et tu as vu le résultat. Et tu refuses encore de reconnaître que c'était une décision pourrie.

— J'ai fait ce qui me semblait le mieux. Ce n'est pas pour ça que tu dois partir.

— C'était la goutte d'eau qui m'a permis d'ouvrir les yeux, assena-t-il sans broncher. (Il semblait décidé, et n'exprimait ni hésitation, ni remords, ni regrets.) Ne rends pas les choses plus compliquées.

Une vague de colère finit par monter en moi. Il se comportait de façon déraisonnable et impulsive à fuir la queue entre les jambes dès que le contrôle lui échappait.

— Bien. Va-t'en. Je peux me débrouiller sans toi. Tu tenais à veiller sur moi parce que tu te sentais responsable. Tout est ta faute. (J'accentuai chaque mot pour le blesser tout comme il m'avait blessée.) De toute façon, je suis restée avec toi pour que tu me protèges. Je n'ai plus besoin de toi désormais, surtout dans cet état. J'ai Matthias.

Un rictus sardonique lui retroussa les lèvres.

— Voilà, enfin la vérité ! Dès que j'ai su ce qui s'était passé entre vous deux, j'ai compris que tu en pinçais pour le vampire. Je ne peux pas vraiment t'en vouloir. Il est tout ce que je ne suis pas. Va donc t'envoyer en l'air avec lui ! Je n'en ai plus rien à faire.

Ses paroles, bien plus cruelles que ne seraient jamais les miennes, me brisèrent le cœur.

— Tu n'étais pas censé partir ?

— Je suis parti depuis longtemps, Jill. Tu ne t'en es pas encore rendu compte, c'est tout.

Il marcha vers la voiture, y monta et démarra.

Je restai là, bouleversée et meurtrie. Il avait promis de ne jamais me quitter, mais il était parti et ne reviendrait pas. Je touchai les larmes qui roulaient sur mes joues pour m'assurer qu'elles n'étaient pas de sang. Non. C'étaient de vraies larmes.

De retour à la maison, j'observai Matthias sans parvenir à déchiffrer son expression. Il était accroupi à côté de Noah comme s'il vérifiait ses fonctions vitales.

— Il est parti ? demanda-t-il.

J'acquiesçai.

Puis l'agent synthétisant fit effet. Je tombai à genoux, en proie à une vive douleur à laquelle je n'avais pas eu le temps de me préparer. Ce coup-ci, je n'eus même pas la chance de sombrer dans le coma. Au moins, quand j'étais évanouie, je ne souffrais pas. Maigre consolation.

Cette fois, j'en bavais. Et en mon for intérieur, je savais que je le méritais.

Je mourais. C'était la seule explication. La douleur ne s'atténuait pas. Elle paralysa mon esprit. Plus d'images de Declan qui m'avait abandonnée à mon sort sur l'allée, plus d'inquiétudes au sujet de Kristoff sortant de sa torpeur pour dominer le monde, plus de soucis pour l'existence gâchée de Noah. L'agonie pure.

Il ne fallut pas longtemps – des minutes, des heures peut-être – avant que je commence à supplier la mort de me prendre.

—Je vous en prie…

Je me tordais dans tous les sens, m'agrippais aux draps. Matthias m'avait portée jusqu'à la chambre à coucher du premier étage. Il y faisait noir et frais, mais cela n'y changeait rien.

Il m'attrapa le visage.

—Ouvrez les yeux, Jillian.

Je gémis et essayai d'obéir. Les larmes me brouillèrent la vue, mais je parvins malgré tout à discerner son expression sinistre.

—Pourrez-vous y survivre ? s'enquit-il.

Je secouai la tête.

—Non. C'est trop. Finissons-en… je vous en conjure. Achevez-moi.

Il crispa la mâchoire et jura dans sa barbe.

— C'est inenvisageable.

Puis il disparut, me laissant seule dans le lit. La douleur montait par vagues. Soit je hurlais, soit je récupérais pendant quelques secondes avant qu'elle ne m'étreigne à nouveau.

Soudain, il posa la main à l'arrière de mon crâne pour me soulever.

— Regardez-moi, Jillian.

Il essuya mes larmes avec un mouchoir afin que je puisse le voir.

— Pouvez-vous soulager ma souffrance ? demandai-je.

— Oui. Mais je dois vous subjuguer.

Je me contentai d'acquiescer et sentis ses yeux se concentrer sur moi comme s'ils me pénétraient. J'eus l'impression étrange de m'enfoncer dans un abîme, et la douleur augmenta jusqu'à atteindre son pic d'intensité.

— Non... Que faites-vous ?

Je m'agrippai à lui, incapable de détourner le regard de ses iris gris. Mes bafouillages pathétiques parvenaient à mes oreilles.

— Rassurez-vous, Jillian. Ça va bien se passer. Je ne vous laisserai pas mourir. Pas comme ça.

— Mais pourquoi ?

— Cela vous aidera. Buvez.

Il porta un verre à mes lèvres et l'inclina en arrière. Je toussai et m'étouffai, mais réussis à avaler quelques gorgées.

— Maintenant, reprit-il, reposez-vous. Je reviendrai vous voir plus tard.

Il rompit enfin l'ascendant qu'il exerçait sur moi et qui, me semblait-il, n'avait pas eu le moindre effet. Je le regardai quitter la pièce, le verre à la main. Quelques secondes plus tard, j'entendis la porte se refermer derrière lui, je fermai les yeux et plongeai dans un sommeil paisible.

À mon réveil, la douleur était partie. Du moins, l'atroce agonie causée par l'agent synthétisant. Mon cœur, lui, saignait encore du départ de Declan, qui avait juré de ne jamais revenir.

C'était fini. Il avait été clair. J'ignorais jusqu'à aujourd'hui ce qu'il pensait de la situation. Je m'étais laissé bercer par l'illusion que notre relation dépassait celle du garde du corps et de sa protégée. Il avait réussi à me faire déchanter.

Pourtant, je refusais de m'y résoudre, j'essayais de trouver un sens à des choses qui n'en avaient pas. À en croire ses dernières paroles, Declan se fichait complètement de ce que je pouvais faire, et avec qui.

Soit.

Il n'avait pas été là quand j'avais frôlé la mort. Il ne m'avait pas tenu la main tandis que j'avais plongé tête baissée dans un océan de douleur comme je n'en avais jamais ressenti. Matthias, lui, était resté à mes côtés. Son ascendant, le pouvoir qu'il avait exercé sur moi, m'avait permis de surmonter l'enfer. Et je lui en serais reconnaissante à tout jamais.

Declan avait juré de ne jamais me quitter. Et pourtant, je me retrouvais toute seule. Il m'avait menti après m'avoir promis de ne jamais le faire. À présent, je devais me débrouiller sans l'aide de personne. Comme, a priori, je respirais toujours, je devais veiller à ce que ça continue le plus longtemps possible.

Je pensai à ma sœur. Je visualisai une image d'elle, claire comme la dernière fois que je l'avais vue. Elle me ressemblait beaucoup, elle ressemblait à l'ancienne Jillian. Blonde, les yeux bleus, souriante. Elle représentait mon objectif. Quand je reverrais Cathy, je pourrais enfin pousser un soupir de soulagement et m'assurer, pour de bon, que j'avais réussi à survivre à ce cauchemar. Et je me battrais sans relâche jusqu'à ce que ce jour arrive.

Un coup d'œil à la montre m'apprit qu'il était presque midi, j'avais donc dormi plus de douze heures. Je me brossai les dents et me douchai, me délectant de l'eau brûlante sur mon corps meurtri. Mon cerveau fonctionnait bien mieux quand je n'étais pas couverte de sang. De mon fourre-tout je sortis mon unique tenue de rechange : un pantalon de yoga noir et un débardeur jaune poussin. Mon estomac gargouilla, et je me préparai à affronter une nouvelle crise, mais elle ne vint pas. J'avais faim, tout simplement.

Une fois en bas, je me crispai à la vue de Noah assis sur les dalles en céramiques de l'entrée. Matthias lui avait attaché les poignets à la rampe d'escalier. Il me dévisagea lorsque je passai devant lui, en l'évitant soigneusement. Il ne tira pas sur ses liens, ne chercha pas à se libérer, mais je savais qu'il pouvait me sentir. Les veines qui signalaient la faim d'un vampire formaient un réseau bien visible sur l'ensemble de son visage et fonçaient quand je m'approchais de lui.

Sa respiration était rapide, haletante comme celle d'un chien. Ses yeux étaient toujours noirs et vides.

Était-ce normal pour un néophyte ? Matthias avait mentionné quelque chose à ce sujet. Je balayai du regard le rez-de-chaussée pour le retrouver et lui poser la question, mais je ne l'aperçus nulle part.

Kristoff voulait engendrer une flopée de jeunes vampires afin de soumettre l'humanité. Des milliers, des millions de néophytes aussi imprévisibles que Noah allaient fouler la terre. Des vampires incapables de raison, avides de sang, semblables aux monstres dhampires.

Cette pensée me glaça les os et rendit ce tableau d'autant plus réel.

Ma décision avait fait de mon ami une créature dotée de son visage, mais ne ressemblant en rien au Noah que j'avais connu, et cela me fendait le cœur.

— Noah, murmurai-je. Tu es là ? Je t'en prie, dis-moi que tu m'entends.

Il posa ses yeux noirs sur moi. Il huma l'air et ses veines s'assombrirent. Il finit par tirer sur ses liens pour s'approcher de moi.

— Sang.

Je me couvris la bouche et réprimai un sanglot. C'était une erreur. Jamais je n'aurais dû infliger ça à une personne que j'affirmais aimer. Si j'avais su ce qui l'attendait…

— Jill…

Cette fois, son intonation s'était radoucie. Noah s'était renfrogné comme s'il souffrait lui aussi.

J'inspirai avec difficulté.

— Noah, c'est vraiment toi ?

Il hocha la tête.

— Où est Declan ?

— Parti.

Je n'en dis pas plus, et m'efforçai de transformer à nouveau mon chagrin en colère. Je devrais le faire chaque fois que je penserais à lui désormais si je ne voulais pas péter les plombs.

Noah poussa un gémissement rauque.

— Il déteste les vampires. Il me hait maintenant.

— Non, ne dis pas ça. C'est faux.

— Il va me tuer.

— Je l'en empêcherai.

Il hoqueta d'un rire étouffé.

— J'aimerais t'y voir !

Je m'approchai de lui.

— Recule ! cria Matthias dans mon dos.

J'ignorais où il était tapi, mais il devait se trouver dans la maison. Il ne pouvait pas sortir en plein jour. Le contact du soleil sur leur peau ne les réduisait pas en cendres, mais les vampires le craignaient, car il leur brûlait les yeux et les rendait aveugles. Les verres fumés n'y changeaient rien.

Je croisai les bras. J'éprouvais de la gêne, de l'embarras, de la peur, ainsi qu'un étrange élan de gratitude envers Matthias pour m'avoir aidée la veille. Je m'efforçai de réprimer tous ces sentiments, car aucun ne m'était utile.

— Pourquoi, Jill ? demanda Noah

Les veines s'estompèrent un peu. Il n'avait pas besoin de préciser sa pensée.

— Parce que… (Je me mordillai la lèvre inférieure.) Parce que je ne voulais pas te perdre. J'ai été stupide et égoïste, mais je ne pouvais pas supporter de te voir te vider de ton sang après avoir été attaqué par Patricia.

Il poussa un grognement à peine audible.

— Tu es trop sentimentale.

— Faut croire.

Il grimaça.

— Tu n'as pas idée de l'odeur qui émane de toi maintenant, hein ?

Je secouai la tête.

— Tu dois te maîtriser, Noah. Je sais que tu en es capable. Si tu me mords…

— Je meurs. J'ai compris.

— Alors… (Je reniflai et m'essuyai le nez du dos de la main.) Remets-toi et gère la situation comme un homme. On a besoin de toi, ne t'avise pas de nous lâcher !

— Pétasse.

— Exact.

Il me décocha un regard sinistre. Ses yeux noirs me terrifiaient.

— Le bon côté des choses, c'est que je ne dépasserai jamais les vingt-quatre ans. C'est mon anniversaire aujourd'hui.

Je pinçai les lèvres et les gardai pressées un moment tandis que je luttais pour ne pas craquer devant lui.

— Joyeux anniversaire.

Il rit un peu plus fort.

— J'aimerais pouvoir dire que j'ai envie d'un gros gâteau. J'ignorais que l'odeur du sang était comme une drogue.

Je me forçai à faire volte-face et me dirigeai vers l'escalier.

— Je suis navrée, Noah.

— Ne le sois pas. Contente-toi de rester sur tes gardes quand je suis près de toi, d'accord ? Je ne sais pas si j'arriverai à bien gérer ce truc.

Il paraissait terrifié et inquiet.

Je hochai la tête.

— Tu peux compter sur moi.

Il esquissa un sourire qui tenait plus de la grimace et ferma les yeux. J'en profitai pour m'éclipser et m'empressai de rejoindre l'étage, gravissant les dernières marches au pas de course.

Il allait s'en sortir. Oui, il s'en sortirait. Je refusais d'envisager le contraire.

Chapitre 11

Arrivée dans la chambre au premier, je regardai par la fenêtre qui donnait sur la rue sans trop savoir ce que j'espérais voir.

Declan ne revint pas.

Je détestais l'attente. C'était l'une des choses que je haïssais le plus. Pourtant, elle faisait partie intégrante de la vie. Faire la queue pour s'acheter un café le matin, se rendre au travail pendant les heures de pointe, faire le pied de grue dans un restaurant bondé jusqu'à ce qu'une table se libère… Tout était question de patience, et cette qualité n'était vraiment pas mon fort. Peu importaient les heures que je passerais à guetter son retour, je savais que Declan m'avait quittée pour de bon. J'avais franchi une limite avec lui dont j'ignorais l'existence. J'avais éveillé ses instincts de dhampire, provoquant sa colère qui s'était muée en rage incontrôlable. Voilà pourquoi il était parti, à la fois pour me protéger et pour s'éloigner.

À la mort de mes parents, la peine que j'avais éprouvée s'était transformée en une langueur lugubre qui peu à peu m'avait conduite à me blesser afin de faire cesser cette souffrance. Je n'avais pas su gérer la profonde douleur causée par ce funeste accident d'avion. Tellement soudain, tellement inattendu. Declan avait ravivé ce sentiment. Je me sentais à nouveau seule et perdue.

Je me regardai dans la glace de la salle de bains et coinçai les mèches rebelles derrière mes oreilles. J'avais toujours eu les cheveux blonds jusqu'à l'injection du sérum. À ma naissance, ils avaient été platine. Ils avaient foncé avec le temps, mais j'avais veillé à conserver leur éclat en me rendant souvent chez le coiffeur. Je vivais en Californie où le blond était de rigueur. Le noir corbeau ne m'allait pas vraiment. Ça faisait ressortir la pâleur et la maigreur de mon visage.

Heureusement, ma chevelure avait gardé une texture soyeuse et tombait en cascade sur mes reins. Elle sentait comme avant, du moins pour moi. Mais apparemment, elle embaumait à présent l'odeur de la Belladone, ce qui ne manquait pas d'attiser la faim des vampires et de les attirer à moi.

Il était dangereux d'arborer une crinière pareille, surtout avec Noah dans les parages. Il n'était pas en mesure de se maîtriser, je devais donc lui faciliter la tâche par tous les moyens.

Je fouillai avec frénésie dans l'armoire à pharmacie à la recherche d'une paire de ciseaux. Je tins une mèche entre les lames avant de les presser l'une contre l'autre. Une longue boucle noire tomba dans le lavabo. La vision me satisfit.

Je m'apprêtais à couper le reste lorsqu'une main se posa sur la mienne pour m'en empêcher.

— Ce n'est pas nécessaire, déclara Matthias.

Il m'avait surprise. Je ne l'avais pas vu entrer. L'absence de reflet chez les vampires était un mythe, le miroir lui renvoyait bien le sien, mais le store sur la minuscule fenêtre était fermé, et la salle de bains plongée dans la pénombre. De plus, Matthias se déplaçait à pas furtifs.

Je serrai les ciseaux de toutes mes forces.

— Je dois les couper.

— Non. (Il s'empara de l'instrument.) J'aime vos cheveux tels qu'ils sont.

J'essuyai mes larmes et lui décochai un regard assassin.

— Pourquoi ne me fichez-vous pas la paix ?

— Si je vous avais fiché la paix, la nuit dernière vous seriez morte.

Voilà qui me clouait le bec. Je savais qu'il avait raison.

— Ce que vous avez fait m'a permis de tenir le coup le temps que l'agent synthétisant agisse. Je vous en remercie.

J'essayai de reprendre mon souffle après avoir été sur le point de craquer. Je mis quelques minutes à retrouver une respiration normale.

— L'ascendant d'un vampire s'apparente à l'hypnose.

— Oui, mais c'est tout de même différent.

Je ricanai.

— Houdini serait jaloux.

— Oh, il l'était.

J'appréciais ce changement de sujet.

— Vous ne donnez pas beaucoup dans la magie, sauf lorsqu'il s'agit de défier la mort.

Il haussa un sourcil.

— Je pourrais sortir une pièce de derrière votre oreille si j'en avais envie, mais je pense que ni vous ni moi ne sommes d'humeur. J'espère que vous vous sentez mieux à présent ?

Je restai immobile et muette pendant un moment, à l'écoute du moindre tiraillement, à l'affût de la moindre crampe, sondant mon corps pour m'assurer que ce n'était pas juste le calme avant la tempête. Tout semblait normal.

— Beaucoup mieux. C'est bizarre. Je ne m'étais pas sentie aussi bien depuis longtemps. D'habitude, la douleur ne disparaît jamais vraiment, elle continue de m'envelopper, même quand l'agent synthétisant fonctionne. Mais ce n'est plus le cas.

— Bien.

Je passai la main dans mes cheveux fraîchement lavés qu'il m'avait empêché de couper.

— Declan est parti.

— Tant mieux. Bientôt, ces éclats de rage inopinés lui seront coutumiers.

Je me mordillai la lèvre inférieure.

— Vous m'avez dit que vous saviez comment l'aider.

— Il est parti. Cela n'a plus d'importance.

— Avez-vous menti pour qu'on vous apprenne la cachette de Sara, ou existe-t-il réellement un moyen ? Je veux connaître la réponse, même si vous êtes convaincu qu'elle ne me plaira pas.

Il serra les dents.

— Il n'aurait jamais accepté. Pas après avoir vu Noah dans cet état.

Je fronçai les sourcils, m'efforçant de comprendre. Soudain, tout devint clair, et un frisson glacé me parcourut.

— La seule façon de le sauver, c'est d'en faire un vampire, n'est-ce pas ?

Matthias hocha la tête.

Je fermai les yeux. J'avais espéré une potion ou un médicament. Tout sauf ça.

— Il n'acceptera jamais, déclara Matthias comme s'il sondait mon esprit.

Je rouvris les yeux.

— Non, jamais.

— Il nous méprise.

— Plus que tout.

— Navré de n'avoir pas réussi à l'amadouer grâce à mon charme légendaire. Il me haïssait plus que n'importe qui, je crois. J'en ai déduit que c'était par jalousie, vu l'évidence de votre désir pour moi.

Je me rappelai les dernières paroles de Declan. C'était ce qu'il pensait, lui aussi.

— Je ne vous ferai pas le plaisir d'émettre le moindre commentaire.

— Pourquoi le nier, Jillian ? Cela devient épuisant, à la fin.

Je n'avais vraiment aucune envie de réfléchir à la question ou de discuter de ce sujet-là pour l'instant. J'avais rejeté l'idée depuis le moment partagé dans sa chambre. Ça n'avait pas été réel. Il m'avait hypnotisée, point. Et pourtant, face à cet homme qui avait éradiqué ma douleur après que Declan m'avait abandonnée, mes arguments semblaient vains.

Il s'approcha de façon à se dresser juste derrière moi, si près qu'il décupla ma nervosité.

— Je dois le reconnaître, je suis un peu surpris.

J'étudiai son reflet avec circonspection.

— À quel propos ?

— J'aurais pu jurer que le dhampire tenait à vous.

Je clignai des yeux et regardai ma mèche de cheveux dans le lavabo. Ma gorge se serra.

— Il faut croire que vous aviez tort.

Je sursautai lorsqu'il me recoiffa, me dénudant la nuque.

— Qu'est-ce que vous faites ?

— Je me mets à l'épreuve.

Aussitôt, je redoublai de vigilance. Je me retournai pour lui faire face, mais il ne recula pas pour me laisser de l'espace, m'obligeant à m'adosser au meuble pour éviter de le toucher. Si son corps avait dégagé de la chaleur, j'aurais pu la sentir m'envelopper tout entière.

— Pourquoi vouloir vous mettre à l'épreuve ?

— Pourquoi pas ?

— Je ne suis pas d'humeur à jouer aux devinettes, Matthias.

— Moi non plus.

Il emmêla ses doigts dans mes cheveux. Ses yeux avaient foncé, et les fines veines noires saillaient sur son visage. Je ne pensais pas qu'il allait me mordre. C'était le seul vampire que je connaissais capable de sang-froid en ma présence. Cela me donna l'occasion d'étudier sa faim de plus près. Elle était tout aussi effrayante qu'à distance.

— Vous savez ce qui vous attend si vous me mordez, l'avertis-je. Vous n'êtes plus immortel.

— Je sais.

Je m'agrippai au rebord froid du lavabo.

— Dans ce cas, pourquoi faites-vous ça ?

— Vous voulez dire, pourquoi je m'autorise à vous approcher d'aussi près ?

— Oui.

— Comme je vous l'ai dit, je me mets à l'épreuve.

Je déglutis avec peine.

— Je me rappelle la dernière fois que vous vous êtes mis à l'épreuve. Ça s'est mal terminé.

Il esquissa un sourire.

— Permettez-moi de vous contredire. Le goût de votre corps est gravé dans ma mémoire à tout jamais.

Mes joues s'enflammèrent à ce souvenir.

— Vous m'avez forcée à vous désirer.

— Le désir ne peut être contraint. Mais puisque vous affirmez m'avoir désiré, je vais prendre cela comme un compliment.

Ses paroles ne firent que m'inquiéter davantage. Je voulais nier l'attraction que j'éprouvais pour Matthias, mais elle existait bel et bien, et à cet instant précis je la sentais plus fort que jamais. Une partie de moi le désirait, et cela m'effrayait au plus haut point.

— J'ai entendu ce qu'il vous a dit dehors. Mon ouïe est très développée. J'espère que vous ne m'en voulez pas d'avoir écouté.

— Ce qu'a dit Declan ?

— Il se fiche de ce qui peut se passer entre nous. Savoir que votre ancien amant ne sera pas jaloux si nous sommes ensemble devrait vous aider à faire votre choix.

J'inspirai avec difficulté.

— Je ne suis pas amoureuse de vous, si c'est ce que vous croyez.

Il se pencha un peu et approcha son visage du mien.

— Les humains sont toujours obsédés par l'amour, mais c'est une émotion très instable. Si vous aviez vécu aussi longtemps que moi, votre point de vue serait plus pragmatique. Savoir que tout change en permanence facilite la prise de décision. Rien n'est immuable, ni les partenariats, ni les amitiés, ni les amants, ni même la famille.

Un léger parfum de rose émanait de sa peau. Je ne l'avais jamais remarqué. C'était la première fois que je me trouvais si près de lui en état de lucidité.

— Ce n'est pas une vision très romantique des choses.

— Non, en effet. Deux éléments demeurent constants, cela dit. Ils régissent tous les comportements humains et non humains.

— Quels sont-ils ?

— Plaisir et douleur. On recherche le plaisir et on essaie d'éviter la douleur. C'est ce qui nous motive du lever jusqu'au coucher.

Il avait raison à propos de la douleur. Je le savais d'expérience, et j'aurais fait n'importe quoi pour y échapper.

— Où voulez-vous en venir ?

Il sourit, et j'aperçus la pointe de ses crocs acérés.

— Voilà pourquoi je m'évertue à rester près de vous, Jillian. À cause de votre corps… de votre sang. (Il s'approcha davantage et effleura mon oreille du bout des lèvres.) Il m'a procuré une telle jouissance quand j'ai eu la chance d'y goûter. Du moins, lors de ce moment de pur bonheur avant que la douleur l'emporte. Vous ignorez ce que j'ai enduré pendant une semaine, le temps que je récupère suffisamment pour vous retrouver. Seules la sécurité de ma fille et la nécessité d'anéantir Kristoff m'ont aidé à m'accrocher à la vie. La logique voudrait que je vous évite pour ne plus jamais supporter pareille torture. Et pourtant, je suis là.

Ma respiration s'était accélérée, mon cœur battait la chamade. Ses paroles décrivaient l'horreur, mais une incroyable sensualité émanait de sa voix. Une telle proximité éveillait en moi des sensations étranges et malvenues. Elle suscitait des émotions que je n'avais pas envie d'éprouver. Je me revis allongée sur son lit tandis qu'il explorait le moindre centimètre carré de ma peau. Cette image s'insinua dans mon esprit, et comme une réplique, le désir que j'avais ressenti alors me gagna à nouveau.

— Vous essayez encore de m'embrumer le cerveau, n'est-ce pas ? murmurai-je avant de me retourner vers le miroir dans l'espoir que cela suffise à rompre l'envoûtement.

— Non, je ne fais rien du tout.

Il porta son regard sur mon reflet dans la glace et le fixa sur mes mamelons dressés bien visibles sous mon fin débardeur. Je croisai machinalement les bras pour me couvrir.

— Pourquoi résister, Jillian ? demanda-t-il, me prenant les mains pour les éloigner de mon corps.

« Va donc t'envoyer en l'air avec lui ! Je n'en ai plus rien à faire. »

Je me remémorai les dernières paroles assenées par Declan et grimaçai. Il avait vu que j'avais des sentiments pour Matthias, alors même que j'essayais de les nier. Et j'aurais continué jusqu'à la fin de ma vie si seulement il était resté avec moi.

Mais il était parti. Afin de se débarrasser de moi, il m'avait quasiment jetée dans les bras du roi vampire déchu. Un homme qui avait eu un nombre incalculable de maîtresses, qui ne croyait ni à l'amour ni au romantisme et ne jurait que par le plaisir et la douleur.

— Je ne vous force à rien, murmura Matthias. Le dhampire vous a repoussée, mais je suis là, et moi, je vous désire. Laissez-moi vous montrer à quel point.

Il enroula les bras autour de ma taille.

Je devais me ressaisir, organiser mes pensées qui tourbillonnaient dans la pièce comme une nuée de papillons. Je n'avais plus mal, je me sentais bien pour la première fois depuis qu'on m'avait injecté la Belladone. Mais j'avais des problèmes beaucoup plus importants à régler, et je me serais volontiers passée d'une telle distraction.

Je n'aimais pas Matthias, ça, j'en étais sûre.

Declan m'avait quittée. Il n'avait pas souhaité rester avec moi. Il avait refusé mon aide, et il détestait ce que j'avais infligé à Noah.

Matthias était là, lui. Il avait annihilé ma souffrance. Et, à présent, il voulait me donner du plaisir.

Il se colla à moi et la preuve de son excitation me fit chavirer. Dans le miroir, je vis que ses yeux étaient encore noirs sous l'effet de la faim. Il glissa ses mains froides sous mon débardeur, me caressa le ventre et remonta jusqu'à mes seins nus. Je poussai un petit gémissement lorsqu'il en titilla la pointe.

Je le désirais. Cette fois, je n'étais pas sous son emprise. Mes émotions étaient authentiques. Il n'y avait là nulle illusion, nul tour de magie, et jamais je ne l'aurais envisagé jusqu'à aujourd'hui. Étrange comme les choses peuvent évoluer en un instant.

J'avais eu envie de Matthias pour ainsi dire dès notre rencontre, et les rêves qui me hantaient depuis une semaine le confirmaient. Il était beau, puissant et dangereux : un mélange envoûtant. Cela ne changeait rien à mes sentiments pour Declan, ou plutôt à ce que j'avais éprouvé pour lui jusqu'à ce qu'il s'en aille et me pousse dans les bras d'un autre en décrétant qu'il s'en fichait. Éclats de rage ou non, notre relation était malsaine.

Cependant, celle que j'entretenais avec Matthias frisait la perversion.

— N'est-ce pas une torture pour vous ? parvins-je à articuler.

Il avait soif de mon sang, et en présentait encore tous les signes.

Il sourit contre mon visage.

— C'est une expérience inédite. Avant, je considérais votre proximité comme une épreuve intéressante. Mais à présent, je sais que si je perdais le contrôle, j'en mourrais.

Je me léchai les lèvres.

— Et vous êtes tellement désaxé que ça vous excite.

— Être aussi proche de la seule chose capable de m'anéantir pour de bon ? Rien ne pourrait m'exciter davantage.

Il remonta sans ménagement mon débardeur, découvrant ma poitrine, et je le regardai me caresser avec audace sans chercher à l'arrêter. Puis il glissa la main sous la taille de mon pantalon et descendit jusqu'à mon entrejambe. Je haletai, me cramponnant de toutes mes forces au rebord du lavabo tandis que ses doigts allaient et venaient entre mes cuisses.

— Oui. (Il sourit.) Je savais que vous me désiriez. Je le sens. Vous ne pouvez plus le nier ni prétexter mon influence sur votre esprit. Vous avez envie de moi, avouez-le, Jillian.

Je me forçai à faire volte-face dans ses bras pour le regarder dans les yeux. C'était mal, et je me haïssais de ressentir quoi que ce soit pour ce vampire. Pourtant c'était le cas. Il me fallut du temps pour parler.

— Vous avez gagné.

Puis je l'attirai à moi pour l'embrasser. Ses lèvres étaient fraîches, mais pas froides. Il poussa un râle guttural lorsque je glissai la langue dans sa bouche, effleurant la pointe acérée de ses crocs avant qu'il recule.

Il ne souriait plus.

— Vous êtes plaisir et douleur en même temps, Jillian.

Je ne voulais plus réfléchir. J'avais juste besoin d'oublier. Profiter de l'instant et m'abandonner. Je déboutonnai sa chemise et la fis descendre sur ses épaules avant de caresser son torse lisse, puis son abdomen que j'avais vu entaillé à peine deux nuits plus tôt. Il ne restait plus une cicatrice, rien qu'une peau de velours sur des muscles d'acier. Je m'aventurai vers sa braguette, que je défis avant de baisser son pantalon, puis collai à nouveau son visage contre le mien pour l'embrasser.

— Faites-moi oublier, Matthias, murmurai-je. Faites-moi tout oublier !

Il ne dit rien pendant un moment.

— L'oublier, lui.

Je hochai la tête.

— S'il vous plaît.

Il serra les dents.

— Vous pensez que c'est si facile ? Si je vous prends sur-le-champ, vous croyez que ça gommera tout souvenir du dhampire ? Comme par magie ?

— C'est vous le magicien, pas moi.

— Je ne suis pas magicien. Ces quelques tours n'ont rien à voir avec la magie.

Je fis glisser mes mains sur son torse et je serais descendue plus bas s'il ne m'avait pas attrapé les poignets.

— Qu'est-ce que vous attendez ? demandai-je.

— Vous voulez l'effacer de votre esprit.

— Oui.

J'avais la gorge nouée, j'allais éclater en sanglots. Merde. Je détestais ça. Que Declan soit parti sans me laisser l'aider, qu'il ait affirmé se ficher que je couche avec Matthias… Ça m'était insupportable !

— Il serait si simple de prendre ce qui m'appartient déjà. (Il soupira.) Mais si vous pensiez que j'accepterais d'être utilisé pour vous permettre d'oublier celui que vous désirez vraiment, vous vous êtes fourvoyée.

Il s'éloigna de moi, remontant son pantalon et sa chemise.

Je m'empressai de me ressaisir et rajustai mes vêtements, tandis que mon visage s'échauffait.

Le sien était de marbre.

— Le dhampire vous a poussée vers moi afin de vous faciliter la tâche à tous les deux. Néanmoins, je ne doute pas une seconde qu'il finira par revenir vers vous, tôt ou tard… quand il aura recouvré ses esprits.

Mon cœur se serra.

— Matthias…

— Nous irons rendre visite à ma fille dès la tombée de la nuit. Soyez prête, je vous prie.

Il sortit sans se retourner, me laissant toute seule.

Si je le connaissais mieux, j'aurais juré d'avoir froissé son ego.

Chapitre 12

Lorsque je descendis après avoir passé l'après-midi isolée dans la chambre, je trouvai les cordes qui attachaient Noah à la rampe d'escalier par terre. Il avait disparu.

Je me figeai.

— Il vient avec nous, déclara Matthias.

Je me retournai lentement, et le vis devant la porte d'entrée.

— Ce sera un bon test pour lui. Vous savez à quel point j'adore ce genre d'épreuves.

Oui, je ne le savais que trop bien.

J'aperçus alors Noah, accroupi dans un coin, en train de se balancer d'avant en arrière comme un aliéné.

— Je n'en suis pas sûr, marmonna Noah. Le sang de Jill… C'est trop difficile d'y résister. Je ne suis pas assez fort.

— Tu peux y arriver. L'esprit domine la matière.

— Ouais. Si tant est que mon esprit domine quoi que ce soit, grommela-t-il. C'est tout le problème. Il ne domine rien, rien du tout.

— Que diable cherchez-vous à faire, Matthias ? m'écriai-je enfin.

— Ce que vous avez vu hier soir est un comportement typique pour un tout jeune néophyte. Mais la transformation remonte à presque vingt-quatre heures, et il commence à gagner en maîtrise. Son corps s'habitue à être un vampire. Il n'y a pas eu d'incidents, ce qui est bon signe.

— Vous oubliez qu'il a tenté de m'attaquer.

— Le premier jour, tous les néophytes sont affamés et violents. Inutile d'essayer de les raisonner. Néanmoins, nous avons arrêté Noah avant qu'il ne commette un acte répréhensible. Même s'il mettra plusieurs mois à s'accommoder de sa nouvelle condition, il devrait être en mesure de fonctionner aussi bien que d'habitude. Si ce n'est mieux.

Ces paroles ne me rassurèrent pas vraiment.

— Et si ce n'est pas le cas ?

Matthias jeta un coup d'œil à Noah.

— S'il vous mord, il meurt. Le problème sera résolu. J'espère que son désir de vivre surpassera son besoin de goûter votre sang.

— Oh, Seigneur ! grommela Noah. Ça craint !

Je serrai les poings.

— Encore un de vos jeux ?

Matthias cligna des yeux.

— Non, je fais preuve de pragmatisme.

— Vous voulez rendre visite à votre fille accompagné d'un néophyte. Et vous appelez ça être pragmatique ?

— S'il ose toucher un cheveu de Sara, je lui arracherai le cœur. Compris, Noah ?

Noah se racla la gorge avec nervosité.

— Oui, monsieur, c'est clair comme de l'eau de roche.

J'avais un mauvais pressentiment, mais je n'avais pas vraiment d'autre choix. Moi aussi, je voulais voir Sara. Je m'étais inquiétée pour elle depuis que Declan l'avait emmenée sans me révéler sa cachette. Les couches, les biberons et le vomi ne me manquaient pas, mais le bien-être du bébé m'importait. Savoir qu'une personne comme Emily veillait sur elle, même si je ne la connaissais pas, m'apaisait l'esprit.

Nous quittâmes la maison sans prononcer un mot de plus. Après ce qui s'était passé entre Matthias et moi, je me sentais mal à l'aise. Ce qui m'avait semblé le moyen idéal pour oublier Declan me paraissait à présent irresponsable et impudique. Au bas mot. Je ne détestais pas l'ancien roi vampire, je n'étais même plus sûre de l'avoir détesté un jour, mais me jeter dans ses bras avait été stupide, en dépit de mon attirance pour lui. Désormais, mes relations avec les hommes seraient fondées sur l'amour. Ma libido m'avait causé des ennuis par le passé, mais j'avais pris de la bouteille depuis lors. J'étais plus sage. J'avais appris de mes erreurs. Matthias avait été l'une d'elles.

Il aurait pu coucher avec moi malgré tout, mais il ne l'avait pas fait. Il avait arrêté à temps. Je devrais sans doute l'en remercier.

Un jour, qui sait…

Nous nous dirigeâmes vers Toluca Woods, une banlieue pour classes moyennes de Burbank. La nuit était douce, mais pas chaude, une brise agréable soufflait. La maison d'Emily, un pavillon de brique rouge avec un cyprès à l'avant et un jardin de rocaille à la place de la pelouse, se trouvait au bout d'une impasse. Matthias gara la voiture à côté du trottoir.

De tout le trajet, je ne pus oublier la présence de Noah, assis en silence sur la banquette arrière. Il était resté collé à la portière côté conducteur pendant une demi-heure, les bras croisés si fort qu'il semblait en souffrir.

À la vue de ce quartier, un flot d'émotions me submergea soudain. Je me rappelai l'endroit où habitaient ma sœur et mes nièces, non loin de là. Ma gorge se serra et j'eus du mal à avaler ma salive.

Je devais la contacter. J'avais repoussé ce moment un nombre incalculable de fois, mais j'en revenais toujours à ce que me dictait mon instinct. Un bref coup de fil ne la mettrait pas en péril. Cela pourrait l'angoisser, mais au moins elle serait soulagée de savoir que j'étais en vie. Il fallait que je lui parle. Cela ne prendrait que quelques minutes. Le simple son de sa voix suffirait peut-être à me redonner les forces qui me manquaient.

Oui, c'était la bonne décision. Le nœud que j'avais dans l'estomac se desserra un peu à cette seule idée. J'allais téléphoner à Cathy. Tout de suite.

—Allez-y, dis-je à Matthias et Noah. Je vous rejoins dans une minute.

Matthias me dévisagea.

—D'accord.

Il ne chercha pas à me questionner, ce que j'appréciai. Ils sortirent de la voiture, Noah un peu à contrecœur, et je restai assise pendant un moment, m'efforçant de trouver le courage de faire ce que j'aurais dû faire une semaine plus tôt.

J'avais le portable de Noah dans la main. Je composai délicatement le numéro avant de coller le téléphone à mon oreille.

C'était peut-être la dernière fois que je parlais à Cathy. Je voulais la revoir, me dire qu'à cet instant précis tout était revenu à la normale. Il se pouvait que l'occasion ne se représente jamais. Si mon sang me tuait, ou plutôt quand il me tuerait, au moins je mourrais avec l'assurance d'avoir fait mes adieux. Le fait que je me sente bien aujourd'hui comparé aux derniers jours ne signifiait rien à long terme. Mes heures étaient comptées, je le savais.

Pendant un instant, je pensai tomber de nouveau sur la messagerie, mais non.

—Allô ?

C'était la voix de ma sœur.

Je n'arrivais plus à articuler. Les mots restèrent coincés dans ma bouche, et je déglutis avec peine.

— Qui est-ce ? s'enquit Cathy après un moment de silence.

— C'est… (Je m'humectai les lèvres.) C'est moi, Cathy.

— Jill ? Oh, Seigneur ! C'est vraiment toi ?

Les larmes me brûlèrent les yeux, mais l'entendre me procura un immense soulagement.

— Oui, c'est moi.

— Tu vas bien ?

Elle semblait étonnamment calme. C'en était même inquiétant.

Je fronçai les sourcils.

— Je vais bien. Et toi ? Tu vas bien ?

— Oui.

— Et les filles ? Meg et Julie ?

Les enfants de Cathy. Mes nièces âgées de huit et six ans. J'ignorais pourquoi je sentais une peur noire m'envahir.

Il y eut une pause.

— Tu n'es pas au courant ?

Je m'agrippai au téléphone de toutes mes forces.

— De quoi ?

— Il était très gentil, Jill. De si beaux yeux. J'aurais pu les contempler pendant des heures.

Même si la vitre était baissée, j'avais l'impression de suffoquer.

— De qui parles-tu ?

— Il était ici il y a quelques heures avec des amis. Il m'a juré que tout irait bien, et je le crois. Il a dit que tu étais en vie, mais que tu avais été malade, et qu'il te tardait de revoir Meg et Julie. Je me suis rongé les sangs pendant ces quinze derniers jours, mais je suis vraiment soulagée de savoir que tout ira pour le mieux.

Je pouvais à peine respirer. J'étais pétrifiée.

— Qui était-ce, Cathy ? Je t'en prie, essaie de te concentrer. Dis-moi son nom.

Elle demeura silencieuse pendant un moment.

— Il ne s'est pas présenté de façon officielle, mais l'un de ses amis l'appelait Chris. Chris quelque chose.

— Kristoff ?

Je manquai de m'étrangler.

— Oui, voilà !

Kristoff s'était rendu chez ma sœur et avait kidnappé mes nièces. J'ignorais comment il avait découvert leur existence. Il ne m'avait jamais rencontrée.

— Elles sont en sécurité, me forçai-je à articuler.

— Bien entendu.

Le vampire avait pris possession de l'esprit de Cathy. D'ordinaire, elle n'aurait jamais réagi avec calme et distance alors qu'on lui avait pris ses filles. Il lui avait suffi de regarder Kristoff dans les yeux pour croire que tout était normal. Voilà pourquoi elle n'avait pas prévenu la police ni lancé d'alerte enlèvement dans tout l'État.

J'étais sur le point de vomir.

— Je dois y aller. Tout va bien se passer, Cathy. Je te le jure. Je te rappelle très vite.

Je raccrochai. Je tremblais si fort que je mis quelques secondes à trouver la touche adéquate.

Kristoff avait kidnappé les enfants de ma sœur et lui avait donné de mes nouvelles. Comment était-ce possible ?

Les rumeurs sur moi, la femme au sang empoisonné, allaient bon train, et beaucoup de vampires semblaient l'avoir entendue. Ma réputation me précédait. Mais la plupart d'entre eux ne devaient connaître ni mon nom ni mon visage. Kristoff avait été réveillé hier. Tout cela n'avait aucun sens.

Matthias.

Je me couvris la bouche de la main. Les deux frères partageaient une connexion psychique, un lien, comme l'avait nommé Matthias. Je me rappelai la douleur fulgurante qui l'avait assailli quand Kristoff avait été tiré de sa torpeur. Matthias avait dit qu'il pouvait sonder l'esprit de son jumeau, lire la moindre de ses pensées, ressentir chacune de ses émotions. Et vice versa.

La transmission avait été interrompue peu de temps après, et Matthias n'y avait plus jamais fait allusion. Il ignorait où se trouvait Kristoff. Il attendait que ce dernier recouvre ses forces et frappe le premier. Kristoff brûlait d'assouvir sa vengeance sur l'homme qui l'avait séquestré pendant trente ans.

À l'instant où ils s'étaient ouverts l'un à l'autre, Kristoff avait dû glaner toutes les informations à mon sujet. Qui j'étais, quelle menace je représentais pour lui, mon nom. Et il s'en était servi pour traquer mes seuls proches encore en vie. Il avait kidnappé mes nièces pour les utiliser comme moyen de pression. Kristoff savait que j'avais une sœur à cause de l'article dans le journal. Découvrir qu'elle avait deux filles n'avait pas dû lui poser de problème. Elles étaient mon unique famille, les personnes qui comptaient le plus pour moi. Je réprimai un haut-le-cœur et sentis la terreur m'envahir.

S'il s'en était pris à mes nièces, la fille de Matthias courait un grand danger.

J'écarquillai les yeux. S'il avait suffi à Kristoff de fouiller les pensées de Matthias pour apprendre l'existence de ma famille, il devait déjà être au courant pour Sara. Et vu la haine féroce qu'il vouait à son frère, ce n'était vraiment pas une bonne nouvelle.

Un bébé. Une fille. Une dhampire. L'enfant du frère qui l'avait privé du trône.

J'ouvris la portière avec difficulté et me jetai dehors si vite que je faillis me tordre la cheville. Je fonçai jusqu'à la maison et vis la porte entrouverte. L'intérieur était plongé dans la pénombre et le silence.

— Matthias ? chuchotai-je, craignant de hurler. Noah ? Où êtes-vous ?

Je longeai le couloir principal. Lorsque je bifurquai vers la cuisine, j'étouffai un cri d'horreur.

Une femme aux cheveux grisonnants âgée d'une soixantaine d'années gisait sur le carrelage dans une mare de sang qui s'écoulait de sa gorge tranchée. Ses yeux vitreux grands ouverts étaient fixés sur le plafond.

— Emily.

Terreur et douleur m'envahirent à la vue du cadavre.

Declan avait refusé de révéler l'adresse à Matthias, pensant qu'il était celui que nous devions craindre. Moi je savais qu'il ne ferait pas de mal à Sara, et j'avais réussi à convaincre Declan de lui révéler la cachette de sa fille.

Il n'aurait pas pu prévoir ce qui allait se passer. Qu'on retrouverait celle qui l'avait en partie élevé inerte sur le sol de sa cuisine parce qu'elle avait accepté de l'aider par pure bonté.

Un profond chagrin pour cette femme que je n'avais jamais rencontrée m'assaillit, mais je n'avais pas le temps de m'arrêter.

Je me dirigeai vers l'escalier et montai les marches, m'agrippant solidement à la rampe. Il n'y avait pas un bruit dans la maison. La pouponnière se trouvait au premier étage, au bout du couloir.

Voir Matthias la main sur le berceau, les épaules tendues, me procura un maigre soulagement. Il faisait très noir dans la pièce baignée par le clair de lune. Je m'approchai de lui à la hâte et observai avec épouvante les couvertures et les animaux en peluche.

Sara n'était pas là.

Je réprimai mes sanglots.

— Il était là, n'est-ce pas ? C'est lui qui a tué Emily.

— Tout est la faute de mon frère.

J'essayai de réfléchir, d'élaborer un plan d'attaque.

— Ma sœur, je viens de lui parler au téléphone. Elle m'a dit qu'il lui avait rendu visite. Il a kidnappé mes nièces et l'a hypnotisée afin qu'elle ne panique pas. Elle pense que tout va bien alors que c'est l'inverse. Et maintenant, il a enlevé Sara. (Mes mains tremblaient.) C'est à cause de votre lien télépathique. Il a tout découvert en sondant votre esprit. Tout ce que vous savez, il l'a vu et il va s'en servir contre nous.

Matthias me serra contre lui avec fermeté. Je ne résistai pas. Je me sentais engourdie. L'enfant qu'il avait juré de protéger lui avait été arrachée avant même qu'il ait pu voir son visage. Je ne pouvais m'empêcher de ressentir sa peine. Et je la partageais.

— Il faut le retrouver, Matthias. Il n'y a pas une seconde à perdre.

Il s'éloigna un peu, caressant les cheveux noirs qui me barraient le front avant de les coincer derrière mes oreilles.

— Ce plan comporte une petite faille, Jillian.

Je le regardai dans les yeux.

— Lequel ?

Il enserra mon menton entre ses mains.

— Je ne suis pas Matthias.

Chapitre 13

La terreur s'empara de moi. Je reculai, chancelante, jusqu'à ce que mon pied heurte quelque chose. Je baissai les yeux et vis Matthias, le vrai, allongé sur le sol, inerte.

— Votre ami est en bas. (Il pencha la tête vers la gauche.) Mais ne vous en faites pas, il n'est pas mort.

Les deux frères se ressemblaient comme deux gouttes d'eau. En y regardant de plus près, je remarquai que Kristoff portait des vêtements différents. La pièce n'était pas éclairée, et j'avais la tête ailleurs quand je m'y étais précipitée.

— Vous avez perdu votre langue ? demanda-t-il au bout d'un moment.

— Qu'avez-vous fait de mes nièces ? ripostai-je d'une voix éraillée. Où est Sara ?

Il prit un petit agneau en peluche du berceau et l'observa avec attention.

— Les enfants vont bien.

Kristoff avait toujours représenté une menace tapie dans l'ombre, un danger lointain qu'on affronterait à ma place. Je ne pensais pas me trouver face à lui un jour. J'étais abrutie par la panique.

Il ferma les yeux et inspira en gonflant les narines. Les signes de la faim saillirent autour de sa bouche et sur ses tempes. Exactement comme chez Matthias. J'avais cru que chacun avait sa marque, une façon particulière d'exprimer sa soif, mais à l'évidence les jumeaux partageaient leur signature tout comme le reste de leur apparence.

Malgré la peur, cela me rappela que ce vampire aussi avait son talon d'Achille. Il pouvait être affecté par mon sang. S'il me mordait, il perdrait son immortalité tout comme Matthias, et nous aurions une chance de le tuer. Je me porterais volontaire. C'est drôle, mais avant qu'il ne se dresse devant moi, cette idée m'avait paru raisonnable. À présent, elle me semblait dangereuse et fatale. Néanmoins, il n'y avait plus de retour en arrière possible.

Si je parvenais à lui faire boire mon sang, il suffirait d'un pieu en bois ou en argent pour le détruire.

Je m'obligeai à ne pas reculer tandis qu'il s'approchait de moi.

— Votre odeur est aussi alléchante qu'on le prétend.

Il repoussa les cheveux sur mon cou et se pencha plus près. Je me crispai lorsque je sentis la fraîche caresse de ses lèvres avant que ses crocs acérés ne m'effleurent la peau. Mon cœur s'emballa soudain. Il allait le faire.

Mais je devais l'arrêter. Une pensée surgit comme une révélation. Je ne pouvais pas le laisser me mordre, pas encore. J'ignorais où se trouvaient les enfants.

Je devais garder mon calme. Il s'éloigna, un petit sourire identique à celui de Matthias sur le visage.

— Ne soyez pas effrayée, Jillian. En dépit de vos attraits exceptionnels, vous n'êtes qu'une simple humaine, je le sais. Vous n'êtes pas une meurtrière. Vous faites partie des innocents dans cette histoire. Je vous ai aperçue dans son esprit. Une femme qui nous paraît si dangereuse, mais qui en réalité a besoin qu'on la protège. Vous êtes aussi fragile que létale. Je comprends pourquoi vous l'intriguez tant.

Matthias me jugeait vulnérable et fatale. Une fleur délicate dotée d'un arrière-goût délétère. Je n'étais pas sûre de partager son opinion. Je n'étais pas sans défense, mais peut-être était-ce un vœu pieux. Le vampire me connaissait-il mieux que je ne le pensais ?

Je cherchai quelque chose à lui rétorquer.

— C'est une torture pour lui de se trouver près de moi. Vous avez dû le voir grâce à votre lien télépathique. Vous devriez garder vos distances, je suis vénéneuse.

— J'ai tout vu, Jillian. Il a suffi qu'il m'ouvre son esprit pendant quelques minutes et j'ai pu y glaner tout ce que j'avais besoin de savoir. Votre odeur est une torture. Et je sais que vous représentez un danger pour moi.

Il décrivit un petit cercle autour de moi, me jaugeant des pieds à la tête tandis que je restais là, les bras croisés avec fermeté, incapable de bouger. De respirer.

Je l'observai avec méfiance.

— Vous n'allez pas me tuer.

Il arqua un sourcil.

— Ah non ?

Je secouai la tête.

— Vous ne vous seriez jamais donné la peine de kidnapper mes nièces si vous comptiez m'éliminer. Vous voulez m'utiliser. Et vous pensez que je me tiendrai à carreau si vous menacez les gens que j'aime.

— Jillian. (Il ne se départit pas de son sourire.) Vous gâchez ma surprise.

— Qu'attendez-vous de moi ?

— Vous le saurez en temps et en heure.

Sa nonchalance ne m'aidait pas à me détendre le moins du monde. En fait, elle me terrifiait bien plus que s'il avait été fou à lier.

J'entendis un bruit de pas dans le couloir, et lorsque je regardai par-dessus mon épaule, j'aperçus trois hommes debout devant la chambre. L'un d'eux était Meyers, l'ancien serf de sang de Matthias qui avait arraché la clé de ses entrailles avec une brutalité inouïe.

— Majesté ? demanda-t-il, écarquillant les yeux à ma vue.

— Emmenez-les, elle et les autres.

L'un de ses sbires avança vers moi et m'agrippa le bras si fort que je hoquetai de douleur.

— Mais soyez gentils avec elle, ajouta Kristoff. Je ne veux pas qu'elle ait de bleus.

Ils collèrent du ruban adhésif sur ma bouche et me traînèrent de force hors de la pouponnière, puis dans l'escalier, avant de me jeter à l'arrière d'une fourgonnette stationnée dans l'allée. J'étais indemne mais ébranlée. Quelques minutes plus tard, les corps inertes de Matthias et Noah me rejoignirent.

J'avais l'esprit embrouillé, mais je m'efforçai de rester calme et de garder espoir. J'étais vivante. Par conséquent, j'avais encore une chance de m'en sortir. J'avais tendance à baisser les bras pendant les périodes de vide, quand j'avais trop le temps de réfléchir au poison dans mes veines et à l'influence qu'il aurait sur mon avenir. Lorsque j'étais en danger, je battais des records d'optimisme et me laissais guider par mon instinct de survie.

Je devais me montrer forte non seulement pour moi, mais aussi pour mes nièces et Sara, pour Matthias et Noah.

Kristoff me voulait vivante. Pour l'instant. Et d'après les informations qu'il avait récoltées dans l'esprit de Matthias, il ne me considérait pas comme une menace tant qu'il évitait mon sang. Ce qui m'allait très bien.

La fourgonnette n'avait pas de vitres, je ne pus voir où ils m'emmenaient. Au bout d'une heure de trajet, le véhicule freina brusquement et la portière arrière s'ouvrit. D'abord, j'aperçus l'océan, noir et vaste, dans lequel se reflétait la lune. À ma gauche se trouvait une villa cossue dépourvue de vis-à-vis. C'était le genre de maison digne d'une vedette de cinéma. D'une superstar qui pouvait se permettre de dilapider une fortune pour s'offrir un pied-à-terre face au Pacifique.

Les hommes de main de Kristoff me poussèrent jusqu'à la porte, qui s'ouvrit avant qu'on ne l'atteigne. Une jeune fille mince aux cheveux châtain clair se tenait derrière, un bébé dans les bras. Sara. Mon cœur se serra et j'essayai de m'approcher d'elle, mais la brute me retint avec fermeté. C'était lui qui décidait de mes moindres faits et gestes. La fille nous sourit et j'aperçus ses crocs.

— L'enfant de mon frère va bien, comme vous pouvez le constater, déclara Kristoff dans mon dos tandis qu'on me dirigeait de force jusqu'à l'entrée. Quant aux autres, elles sont ici.

Je tournai la tête à droite et vis une porte ouverte donnant sur une pièce immense. Meg et Julie se trouvaient à l'intérieur. Assises devant une énorme télévision à écran plat, elles regardaient *Le Monde de Nemo* sans en perdre une miette. Elles semblaient indemnes. Quand je les entendis rire, je me demandai si je devais vomir ou me sentir soulagée. Elles s'amusaient ! Elles ignoraient où elles étaient et n'avaient pas la moindre idée de ce que cela signifiait.

Kristoff était devant moi lorsque je fis volte-face.

— Laissez-moi vous enlever ça.

Il m'arracha le ruban adhésif, ce qui me fit un mal de chien.

— Vous devez les libérer. Je vous en supplie. Je ferai tout ce que vous voudrez.

— Venez.

Il se retourna et continua de parcourir la maison, s'éloignant des enfants, jusqu'à atteindre une grande pièce qui ressemblait à une salle de réception agrémentée d'un gigantesque lustre. D'immenses peintures à l'huile d'apparence onéreuse représentant des scènes bucoliques ornaient les murs bordeaux. Une moulure en or habillait le plafond.

Au fond de la pièce vide se dressait un énorme fauteuil rouge aux bras et aux pieds recouverts d'or. Une salle du trône dans une villa de Malibu.

— Bienvenue chez moi, déclara Kristoff en suivant mon regard tandis que j'étudiais mon environnement. C'est bon de retrouver l'océan. Mon frère avait choisi de vivre sous terre. Je ne suis pas mon frère. J'aime l'air frais et l'odeur de l'iode.

J'avais la bouche sèche.

— S'il vous plaît, nous devons…

Il leva la main.

— Un instant, Jillian. Je dois d'abord m'occuper d'une autre affaire.

On fit entrer Matthias. Le vampire derrière lui le poussa si fort qu'il tomba à genoux sur le parquet. La terreur s'insinua en moi lorsque je le vis si vulnérable. Il avait bu le sang de Jade afin de recouvrer ses forces et combattre son frère. Une démarche vaine, de toute évidence.

Ils se ressemblaient trait pour trait. Sauf que l'un était affalé par terre et l'autre le dévisageait, juché sur son trône.

Kristoff semblait soucieux, ce qui ne manqua pas de m'étonner.

— Tu n'es pas en forme.

Matthias le fusilla du regard.

— Je vais bien.

— J'avais senti que tu avais faibli. Je ne pensais pas que c'était à ce point.

— Tu es désolé pour moi ? (Matthias se releva.) C'est si gentil à toi de t'inquiéter.

— Ta langue est devenue plus acérée pendant ces trente années. Malheureusement pour toi, ce n'est pas une arme très efficace.

— Je suppose que tu veux me tuer, affirma Matthias sans détour, ce qui me tracassa.

Avait-il déjà abandonné tout espoir de vaincre son frère ? En reconnaissait-il la supériorité ?

— Comment puis-je tuer un immortel ? demanda Kristoff, les yeux rivés sur Matthias dans l'attente de sa réponse.

Matthias et moi échangeâmes un regard.

— Le rituel.

— Je sais qu'il a fonctionné, comme je l'avais dit. Tu as douté de moi. Tu n'aurais pas dû. (Il remarqua mon expression dégoûtée à la mention du rituel d'immortalité.) Tu lui as raconté, n'est-ce pas ?

— C'est ignoble, m'écriai-je, incapable de tenir ma langue.

— Quoi donc ?

Kristoff voulait que je le clame haut et fort.

— Vous avez massacré votre propre enfant pour accéder à la vie éternelle.

Un coup dans mon dos me fit tomber à terre, et je me cognai les genoux.

— Fais gaffe à ce que tu dis, pétasse ! Vermine humaine ! siffla le vampire derrière moi. L'unique raison pour laquelle tu es encore en vie, c'est parce que le roi t'y autorise.

Kristoff inspira doucement avant d'expirer.

— Je croyais avoir demandé que Jillian soit bien traitée ?

L'expression féroce du vampire changea.

— Mais, Majesté…

— Emmenez-le, je vous prie, et occupez-vous-en. Tout de suite !

Je regardai derrière moi, et vis que la brute qui m'avait bousculée se faisait traîner hors de la pièce par l'un des cinq vampires qui nous escortaient. Le roi parlait et ses sujets obéissaient. Voilà qui n'était pas pour me rassurer.

Les yeux gris de Kristoff étaient perdus dans le lointain.

— Je n'ai jamais pris à la légère le sacrifice accompli pour le rituel. Être roi implique de faire des choix difficiles que personne ne comprend. C'est ce que vous avez fait il y a peu. Vous avez décidé de faire de votre ami Noah l'un des nôtres plutôt que de le laisser mourir.

— Comment le sais-tu ? s'écria Matthias. Tu n'as eu accès à mon esprit qu'une seule fois, et c'était avant cet événement.

— Trente ans de torpeur ne m'ont pas affaibli comme tu aurais pu le croire. Ils m'ont renforcé. Tu es faible. Par conséquent, je peux sonder tes pensées sans que tu t'en rendes compte.

— Oubliez un peu la télépathie ! (Je déglutis avec amertume.) Vous ne pouvez pas comparer ce qui s'est passé avec Noah à ce que vous avez fait à votre fille, ça n'a rien à voir ! Ne ressentez-vous aucune culpabilité ? Il s'agissait de votre enfant !

— Bien sûr que je me sens coupable, Jillian. (Il fronça les sourcils, l'air grave.) Cet acte pèse encore sur ma conscience.

J'étais surprise de constater sa peine, mais cela ne changeait rien.

— Le regrettez-vous ?

— Cela ferait-il la moindre différence à vos yeux ?

— Probablement pas.

— La magie noire, comme celle qui a été pratiquée lors du rituel d'immortalité, exige que le sang soit versé. Pendant tout ce temps, je me suis demandé s'il avait fonctionné comme on me l'avait assuré, ou si ma fille avait donné sa vie pour rien.

Le regard de Matthias était glacial.

— Il a fonctionné. Vu que rien ne t'échappe, tu dois aussi savoir que j'ai bu le sang de Jillian. Je n'ai pas succombé au poison qui tue tous les autres vampires.

— Je suis au courant.

Matthias expira avec mépris.

— Tu m'as forcé à prendre part au rituel. Tu as fait de moi un monstre, comme toi. Tu n'as jamais pu te satisfaire de ce que tu possédais déjà.

Kristoff soupira.

— Et toi, tu es la noblesse incarnée, n'est-ce pas ? Ou du moins voudrais-tu que tout le monde le croie.

Deux vampires gardaient l'arcade qui s'ouvrait sur la pièce, et deux autres surveillaient l'entrée principale. Cet endroit ressemblait à une chambre forte. J'ignorais comment j'allais réussir à m'enfuir avec les enfants, mais je devais trouver un moyen le plus vite possible.

— Si vous l'avez obligé à boire ce sang, je ne peux pas vraiment lui en vouloir.

Kristoff arpenta la salle avant de revenir sur ses pas. Son visage reflétait l'anxiété et la rancune.

— Matthias a protesté pour la forme. Après avoir goûté à son sang, il a fallu l'arracher de force au corps inerte de ma fille. C'est lui qui l'a tuée, et pourtant il s'acharne à rejeter la faute sur moi.

Je regardai Matthias avec horreur, les paroles de Kristoff ne faisant qu'accroître ma répulsion.

La mine renfrognée, Matthias gardait les yeux rivés au sol.

— Tu m'as piégé pour que je l'achève contre mon gré afin d'utiliser ma culpabilité contre moi. Encore une de tes manipulations pour que je me tienne à carreau, pour m'ôter toute envie de devenir roi.

Il s'agissait là d'une ancienne lutte de pouvoir entre les deux frères. Une opposition qui remontait à des siècles. Je pouvais le sentir. L'amour qui les avait unis par le passé s'était tari, ne laissant plus qu'aigreur, amertume et haine. Cela me rappela Abel et Caïn, l'un bon et l'autre mauvais, dont la profonde rivalité avait mené au premier meurtre de l'humanité.

Kristoff se leva de son siège et s'avança vers son frère afin de lui faire face.

— Nous étions si proches pendant si longtemps. Nos pensées, nos actes étaient identiques. Cet événement importun aura fini par nous séparer. Je pensais que ce serait le contraire. J'avais partagé ma découverte avec toi. Je voulais que tu vives à jamais tout comme moi sans crainte de la mort. Et toi, tu m'as volé mon trône, t'estimant meilleur que moi. Et qu'y as-tu gagné ?

— La possibilité de faire les choses à ma manière, pour une fois.

Matthias braqua ses yeux gris sur moi.

— Tu crois que tu n'es plus immortel à cause du sang de Jillian.

Je perçus dans le regard de Matthias une ombre de désespoir. Kristoff savait tout ce qui lui passait par la tête. S'il connaissait tous les secrets de son frère, alors il n'y avait aucune chance qu'il boive mon sang au vu des conséquences.

Kristoff l'étudia avec attention.

— C'est vrai, n'est-ce pas ? Tu penses qu'un pieu dans le cœur mettra fin à ton existence.

— Pourquoi me le demandes-tu puisque tu sais déjà ce que je ressens ?

— En effet. Il suffit donc d'un peu de poison pour effacer tout ce que nous avons accompli, réduire à néant tout ce que nous avons sacrifié. (Kristoff s'approcha pour lui chuchoter à l'oreille.) Voyons si tu as raison.

Il avait un poignard en argent dans la main droite. Je l'aperçus une fraction de seconde avant qu'il l'enfonce dans le cœur de son frère.

Chapitre 14

Je hurlai.

Matthias vacilla, le couteau planté dans la poitrine. En plein cœur. Il le retira avec difficulté et l'arme retomba avec fracas. Matthias bascula sur les genoux.

— Non, Matthias !

J'avais le souffle bloqué, je n'arrivais plus à réfléchir. Il allait mourir sous mes yeux. Son regard croisa le mien et j'y perçus colère et peine. Je me préparai à le voir exploser en un nuage de flammes et de cendres, disparaître à jamais.

Mais rien.

Matthias s'écrasa simplement au sol, à quatre pattes. Du sang coulait de son torse et formait une petite mare. Il n'était pas mort. Il ne s'était pas évaporé. Il était encore là, alors qu'il aurait dû être détruit depuis longtemps. Une lame d'argent dans le cœur… Kristoff ne plaisantait pas, il voulait vraiment le tuer. Matthias avait une mine de déterré, mais il était encore vivant.

Kristoff ramassa le poignard et l'essuya sur un mouchoir.

— Il faut croire que tu avais tort. Tu es toujours immortel, comme moi.

J'écarquillai les yeux à mesure que je comprenais la signification de cette scène. Malgré la douleur et la faiblesse qu'il avait éprouvées, boire mon sang empoisonné ne l'avait pas privé de son immortalité.

J'ignorais les dégâts que son organisme pouvait supporter avant de succomber. Peut-être n'y avait-il aucune limite. Peut-être ne pouvait-il pas mourir. Jamais. Soudain, la pensée de vivre éternellement me parut bien plus effrayante que de mourir jeune.

Je m'avançai vers lui et touchai son visage. Je perçus une étincelle de vie dans ses yeux, mais il ne bougea pas. Je me forçai à regarder Kristoff. Cet homme, en apparence raisonnable dans sa façon de s'exprimer, mais qui était capable d'infliger les pires tortures ou la mort sans ciller, m'inspirait une profonde crainte.

— Ce n'était pas nécessaire.

Les mots pesaient dans ma bouche.

Il se rassit sur son trône.

— Il était convaincu de sa vulnérabilité, et je n'avais aucun autre moyen de m'en assurer. Considérez cela comme une expérience. Grâce au sacrifice malencontreux de ma fille, nous avons la chance de vivre pour toujours.

Je songeai à Sara, et la peur me glaça les os.

— Voilà pourquoi vous avez enlevé sa fille. Vous comptez l'offrir à la Guilde Amarantos afin qu'elle suive vos traces ?

Il fronça les sourcils.

— Pour quel genre de monstre me prenez-vous ?

— C'est une question piège.

— La Guilde Amarantos n'est pas de mon côté, et elle l'a prouvé en me laissant croupir dans un cercueil pendant trois décennies. Je ne lui dois rien. (Il jeta un coup d'œil en arrière.) Amenez-la.

Je pensais qu'il faisait allusion à Sara, mais une personne que je n'attendais pas entra dans la pièce. J'aperçus en premier lieu une crinière rousse.

Jade, la dhampire. À présent, elle ne portait que des sous-vêtements noirs. Elle était beaucoup plus fine qu'il n'y paraissait à première vue. Deux vampires la tenaient par les bras, mais elle ne se débattait pas.

Je poussai un cri de surprise quand je la vis dévêtue. À la différence de Declan, qui avait écopé de nombreuses blessures, à l'arme blanche ou par balle, à la suite de ses combats, les cicatrices de Jade ne lui couvraient que les bras et les cuisses, de petites perforations blanches qui marquaient les endroits où on l'avait mordue tout au long de sa vie. Je songeai à sa douleur, et mon cœur se serra. Elle ne ressemblait pas à celle endurée par Declan, mais le traumatisme devait être le même. Je me demandai alors si sa folie pouvait être imputée à sa seule condition de dhampire, ou si les horreurs qu'elle avait vécues avaient eu leur rôle à jouer.

Mon empathie céda vite la place à l'affolement.

Declan était censé la retrouver lorsqu'il m'avait quittée la nuit dernière. Ce devait être sa première escale. Elle était peut-être déjà partie quand il était retourné au parc d'attractions.

— Vous la séquestrez ici afin de vous en repaître, déclarai-je tout bas. Vous avez vu dans l'esprit de Matthias comment il comptait s'y prendre pour recouvrer sa vigueur.

— Oui, en effet. Et je boirai son sang, mais je ne l'ai pas encore fait. Je me sens bien pour le moment. Je préfère, néanmoins, la garder sous le coude.

Kristoff désigna son frère de la main, et ses sbires conduisirent Jade devant Matthias qui gisait au sol.

— Son sang t'aidera à récupérer de ta nouvelle blessure. C'est le moins que je puisse faire.

Je le dévisageai avec méfiance, mais gardai le silence. C'était tout ? Pas davantage de torture pour le responsable de ces trente années d'isolement ?

Kristoff brandit à nouveau son poignard. Les hommes maintinrent Jade immobile tandis qu'il en passait la pointe acérée sur son avant-bras. Aussitôt, le sang jaillit.

— Ne lui faites pas mal, parvins-je à articuler.

Kristoff me décocha un coup d'œil.

— Je n'y songerais même pas. Elle est bien trop précieuse. Tout comme vous.

Cela ne me rassura pas pour un sou.

Jade fut forcée de porter son bras ensanglanté devant la bouche de Matthias. Elle ne fit pas le moindre bruit, cette fois, et je redoutai qu'elle ait perdu sa combativité.

Moi, j'étais résolue à lutter. Pour le moment.

— D'accord, Kristoff. Qu'attendez-vous de moi ? demandai-je à brûle-pourpoint.

— Patience, Jillian.

— Je suis à court de patience, voilà le problème ! Je suis mourante. La Belladone, le poison en moi, est en train de me tuer à petit feu. Peu importe le sort que vous me réservez, décidez-vous vite !

Pour toute réaction, il croisa les doigts et m'observa avec attention.

— Je n'ai rien vu de tel dans l'esprit de Matthias.

— Il ne doit guère se soucier de ma mortalité. Tout ce que je sais, c'est que mes jours sont comptés. Alors peu importe ce que vous voulez de moi, peu importe ce que je dois faire pour ramener mes nièces chez leur mère, vous feriez mieux de me le dire sans tarder.

Il resta silencieux si longtemps que je commençai à m'inquiéter d'avoir dépassé les limites, d'avoir enfreint trop de règles, d'être allée trop loin. Je me surestimais si je pensais qu'il souhaitait me garder en vie. En réalité, il avait simplement ordonné à ses sbires de ne pas m'infliger davantage de bleus.

Et dire que mon plan initial avait été de me planter devant lui pour qu'il me morde ! Cet homme-là ne manquait pas de maîtrise. Il en avait à revendre. Alors qu'il se tenait à deux mètres de moi, la distance habituelle pour inhaler une bonne bouffée de Belladone, il ne semblait guère affecté par mon odeur. Jamais il ne serait vulnérable au point de céder à la tentation. Il ne perdrait jamais ses moyens vu ce qu'il savait sur mon sang.

Et même dans le cas contraire, cela ne ferait aucune différence. Il serait toujours immortel.

La situation était désespérée, et j'ignorais que dire ou faire pour l'améliorer. L'idée du preux chevalier qui venait tirer la demoiselle en détresse du pétrin dans lequel elle s'était fourrée m'avait toujours laissée de marbre, mais, je l'avoue, je priais à présent pour que Declan surgisse dans la pièce, mitraillant tout sur son passage, et nous sauve.

Cela n'arriva pas.

— Eh bien ? m'enquis-je après un long silence. Allez-vous enfin me révéler votre grand projet ? Pourquoi avez-vous kidnappé mes nièces ?

— C'est pourtant évident. (Il se pencha un peu plus vers moi.) Je veux que vous tuiez quelqu'un pour moi.

Je blêmis.

— Je ne suis pas un assassin.

— Je sais. (Il sourit.) Voilà pourquoi l'expérience devrait s'avérer fort intéressante.

Matthias avait ses épreuves, Kristoff ses expériences.

Je m'humectai les lèvres.

— De qui s'agit-il ?

— Le dirigeant de la Guilde Amarantos que vous avez mentionnée auparavant. Un ennemi qui devrait tenter de me barrer la route maintenant que je suis de retour. Je veux sa tête, et je veux savoir si vous êtes capable de l'achever pour moi. Vous me rapporterez sa bague comme preuve de sa mort. En retour, vos nièces seront relâchées avec pour seul souvenir une soirée mémorable passée à visionner des films et à jouer dans la villa d'un lointain parent.

— Je l'amène à me mordre et c'est tout ?

— Oui.

— Où est le piège ?

Même si cela semblait horrible et dangereux, et que je n'avais aucune envie de m'y coller, la tâche était claire.

— Eh bien, d'après ce que j'ai pu lire à votre sujet dans les pensées de mon frère, je doute que vous soyez à la hauteur. (Il tendit le bras pour me caresser la joue et je m'efforçai de ne pas reculer.) Vous êtes trop douce. Trop gentille.

J'observai le vampire effondré par terre, le torse maculé de sang, le visage pâle et creusé, aux portes de la mort. Il croisa péniblement mon regard.

— Douce et gentille ? demandai-je à Matthias.

— Vous l'êtes, répliqua-t-il.

— Je peux vous procurer la force nécessaire. Regardez-moi, dit Kristoff, et dès que je me tournai vers lui il captura mon attention.

Persuadée de succomber aussitôt à son emprise, je sentis mon cœur s'enfoncer dans ma poitrine. L'idée qu'il puisse diriger mes moindres faits et gestes à mon insu m'horrifiait. Il braqua les yeux sur les miens, et j'attendis que la vague de chaleur me submerge tandis qu'il prenait possession de mon esprit, mais rien ne se passa. Son expression se fit perplexe.

— Je n'y arrive pas. (Kristoff fronça les sourcils avant de comprendre.) Oh, Matthias ! Qu'as-tu fait ?

— Mon simple devoir.

Matthias avait fini par se redresser, et pressait la main contre sa blessure. Je me demandai s'il mettrait longtemps à cicatriser. Il avait déjà enduré son lot d'épreuves, mais de là à supporter un poignard en plein cœur… La plaie me semblait plus grave, mais je n'étais pas une spécialiste. Il était plus pâle que d'habitude, et un voile de sueur lui recouvrait le visage.

Jade s'assit à côté de lui, les genoux repliés contre la poitrine, la tête baissée. Elle se balança d'avant en arrière en marmonnant, mais je ne pus discerner ses paroles.

Kristoff m'empoigna le menton et me força à le regarder dans les yeux.

— Mon frère ne cesse de m'étonner. Je n'avais pas vu ça. Ce doit être nouveau.

Je reculai d'un pas.

— De quoi parlez-vous ?

— Matthias vous a revendiquée.

Je secouai la tête.

— Je ne comprends pas.

— Une fois au cours de son existence, un vampire peut revendiquer un humain. On réserve cet acte pour un serf de sang privilégié ou un amant qui refuse d'être transformé. C'est un lien que seule la mort, la sienne ou la vôtre, peut briser. Et comme Matthias est immortel, votre lien est éternel.

Je dévisageai Kristoff avec horreur. Il ne se fichait pas de moi, il était sincère. C'était la vérité.

— Comment ? Quand ?

— La nuit dernière, avoua Matthias d'un ton las.

Je baissai les yeux vers lui, toujours à genoux par terre.

— Pourquoi faire une chose pareille ?

— Oui, je suis curieux de le savoir, moi aussi. (Kristoff glissa son poignard dans le fourreau accroché à sa ceinture.) Es-tu amoureux d'elle ?

Je retins mon souffle, même si je connaissais déjà la réponse. Il ne m'aimait pas. Alors pourquoi ce cirque ?

— Elle était au seuil de la mort. Elle n'aurait pas passé la nuit. Je l'ai vue rendre l'âme. Je voulais la sauver, je n'ai pas réfléchi davantage. J'ai uni nos esprits et elle a bu mon sang pour sceller le pacte.

J'allais rétorquer que je n'avais jamais rien fait de tel quand je me souvins du verre qu'il avait porté à mes lèvres. J'étais tellement à l'ouest que je n'avais pas remarqué ce que je buvais. Après, la douleur avait disparu.

Je commençais à comprendre.

— Êtes-vous en train de dire que je ne vais pas succomber à la Belladone grâce à vous ?

Matthias m'étudia pendant un long moment.

— Vous pouvez toujours être tuée, mais pas par ce poison ni aucune autre maladie ou défaillance humaines. Et dorénavant, nul autre vampire que moi ne pourra vous subjuguer.

— Seulement vous.

Je déglutis.

— Oui.

— Ça ne me rassure pas pour autant.

Je le dévisageai, abasourdie par ces révélations. Il m'avait « revendiquée » pour me sauver la vie. J'étais liée à lui pour l'éternité. Je ne savais pas quoi en penser. J'étais furieuse qu'il ne m'ait rien dit, à défaut de demander mon autorisation pour réaliser un acte si lourd de conséquences, mais je lui étais reconnaissante d'avoir tant donné pour que je continue de respirer. J'avais besoin de temps pour m'y faire. Malheureusement, je ne pouvais me permettre ce luxe.

Lentement, Matthias se releva, et je vis que ça le faisait souffrir. Même s'il avait de nouveau bu du sang de dhampire, et j'ignorais quelle quantité il avait ingurgitée, il n'allait pas récupérer de sitôt.

Kristoff l'observait avec attention, les sourcils froncés.

— Je crois deviner tes motivations profondes. Tu l'as sauvée pour ce qu'elle est, et ce dont elle est capable. Tu pensais l'employer à ma destruction. Morte, elle perdait tout son intérêt. J'ai raison, n'est-ce pas ?

Matthias le fusilla du regard.

— Je ne peux rien te cacher.

— En effet, tu ne peux pas.

Voilà qui expliquait tout ! J'étais surprise que ça m'ait échappé.

J'aurais dû lui en vouloir de m'avoir utilisée, mais je ne pouvais m'empêcher d'éprouver une étrange gratitude envers lui. Après tout, il avait grillé son unique joker pour moi. Un cadeau généreux mais motivé par des intentions douteuses. Et, au final, cela n'avait servi à rien.

— Nous en avons terminé, déclara Kristoff, s'adressant à ses sbires d'un signe de tête. Emmenez-le.

Ils s'emparèrent de Matthias et le traînèrent hors de la pièce.

Je serrai les poings sur les côtés.

— Que vont-ils lui faire ?

Il recoiffa ses cheveux châtain clair, les yeux rivés sur son frère.

— Ne vous inquiétez pas pour lui. Il a de la ressource.

Je n'en étais pas convaincue. Kristoff avait passé trente ans enfermé Dieu sait où. Un poignard dans le cœur, inefficace au demeurant, ne suffisait pas à remettre les compteurs à zéro. Matthias courait un grave danger.

— Vous n'avez pas accepté ma requête, reprit Kristoff. Malheureusement, comme Matthias vous a revendiquée, il faudra vous débrouiller sans mon influence. Quoi qu'il en soit, la tâche doit être accomplie.

— Vous pensez que je vais échouer.

— J'espère que vous ferez de votre mieux.

À croire qu'il parlait d'une répétition de piano et non d'un meurtre avec préméditation.

Je croisai les bras avec fermeté.

— Et si je refuse, vous tuerez Meg et Julie ?

Il me regarda comme s'il m'était poussé une deuxième tête.

— Je ne m'attaque pas aux enfants, Jillian.

La frustration m'envahit.

— Je ne veux pas qu'on leur fasse de mal.

— Si vous ne m'obéissez pas, vos nièces ne reverront jamais leur mère. C'est la seule menace. Elles sont en sécurité ici. J'adore les enfants. Et si vous formulez ces suppositions à cause du rituel d'immortalité…

— En effet.

— Je vous ai dit que c'était Matthias le responsable de la mort de ma fille.

— Pas pour moi.

Les larmes me brûlaient les yeux. Je devais me montrer forte, mais j'étais déstabilisée et extrêmement vulnérable.

— On l'a forcé à agir contre son gré, et ça s'est mal passé, repris-je.

Il inclina la tête.

— Vous vous souciez de lui, n'est-ce pas ?

— Je me soucie de beaucoup de personnes.

— Comme Declan.

Je me figeai.

— Pardon ?

— Quand je l'ai vu dans l'esprit de Matthias, j'ai été surpris. J'ignorais que Monica était enceinte. Je n'ai pas eu l'occasion de l'apprendre avant qu'on m'enferme pendant des années sans la moindre goutte de sang.

La peur l'emporta sur toutes les autres émotions que j'essayais de refouler.

— Où est-il ?

— Ici, depuis hier soir.

Mon cœur se serra comme si quelqu'un l'étreignait de toutes ses forces.

— Que lui avez-vous fait ?

— Il est très dangereux, Jillian. Vous le savez, n'est-ce pas ?

Je secouai la tête.

— C'est faux.

— C'est la vérité. Il était enragé lorsqu'on me l'a amené. Incontrôlable. Il s'est très vite laissé dominer par sa nature de dhampire, et il n'y a plus de retour en arrière possible. Mes hommes voulaient le tuer sur-le-champ, mais je leur ai ordonné d'attendre. Je savais que vous souhaiteriez le voir.

Declan était là. J'avais refusé de croire qu'il s'était trouvé avec Jade quand elle avait été enlevée, et pourtant... Il avait été ici pendant tout ce temps, et je ne m'étais doutée de rien. Cette idée me donna la nausée.

— Suivez-moi. Le temps presse.

Kristoff sortit, me laissant dans la pièce, en état de choc. Je dus courir pour le rattraper, talonnée par deux de ses sbires. On longea un couloir avant de descendre l'escalier menant à un sous-sol dont les murs en ciment brut étaient dépourvus de décors luxueux, contrairement au rez-de-chaussée. Une grande porte en fer se dressait devant moi, et l'un des vampires l'ouvrit pour son roi.

Elle conduisait à une immense salle semblable à une chambre d'hôpital, toute de blanc et d'inox, stérile et froide.

Declan était allongé sur un lit étroit, les poignets et les jambes attachés. Une sangle en cuir cernait son torse nu et son cou. Une perfusion se trouvait à côté de lui, et un liquide clair s'écoulait dans le tube fixé à son bras. Ses paupières étaient closes.

Je me précipitai à son chevet et lui caressai le visage d'une main tremblante.

— Qu'est-ce que ça veut dire ? Que lui est-il arrivé ?

Kristoff serra les dents.

— Comme je vous l'ai dit, il était incontrôlable. Il a fallu le maîtriser avant qu'il ne s'en prenne à lui-même ou aux autres.

— Declan, murmurai-je. Est-ce que tu m'entends ?

Au bout de quelques instants, il ouvrit péniblement les yeux et les posa sur moi.

— Jill… tu es là…

— Oui. Tout va bien.

— Non, rien ne va.

J'eus envie de sourire. J'étais tellement soulagée de le retrouver en vie.

— Tu as peut-être raison.

— Je n'aurais jamais dû te laisser hier soir, je suis un crétin. Mais voir Noah dans cet état…

— Je comprends.

C'était la vérité. Je m'étais sentie froissée, trahie, et cette combinaison m'avait embrouillé l'esprit à tel point que j'avais failli succomber au charme de Matthias, mais à présent tout me paraissait limpide.

— Non, j'ai fait une erreur. Je n'aurais pas dû partir, mais j'avais peur de te blesser. Cette rage, elle ne me quitte jamais. Je n'arrive plus à la contenir. Je n'aurais jamais pu me le pardonner s'il t'était arrivé malheur.

— Alors tu as préféré fuir et tu es tombé sur…

Je jetai un coup d'œil à Kristoff, dont la frappante ressemblance avec Matthias n'avait de cesse de me bouleverser. Il nous observait depuis la porte.

— Mon père, termina Declan.

Je reportai mon attention sur son visage.

— Pour info, je ne vous trouve aucun air de famille.

— Tu as raison. Il a moins de cicatrices. (Son pâle sourire s'évanouit.) Il m'a dit qu'il ne te ferait aucun mal.

— Il paraît. Qui aurait cru que c'était un roi vampire des plus sympathiques ?

Il s'autorisa un petit rire sarcastique.

— Je ne pense pas que la sympathie ait grand-chose à voir là-dedans. J'ai d'abord dû accéder à sa requête.

Je me crispai soudain.

— Qu'as-tu accepté ?

— Jill, c'est à cause de moi que tu t'es retrouvée dans ce pétrin. Si je ne m'étais pas pointé quand tu es sortie dans le hall, Anderson ne t'aurait jamais prise en otage. Je l'ai poussé dans ses retranchements, et il a réagi.

— On s'était mis d'accord, non ? C'est du passé, tout ça. Ça fait partie de la vie. On gère et on passe à autre chose.

Il déglutit, et j'effleurai la sangle en cuir, serrée et solide, autour de son torse. Il ne pouvait pas s'échapper. Je n'en comprenais pas la nécessité. Declan me semblait normal. Il ne se montrait pas violent. Il n'attaquerait personne.

— Declan ne souhaite que le meilleur pour vous, Jillian, déclara Kristoff. Voilà pourquoi nous avons pu parvenir à un accord.

Je redoublai de méfiance.

— C'est-à-dire ?

— Il est très lucide malgré son état de dhampirisme avancé. C'est sans doute dû au vaccin que son père adoptif lui a injecté pendant toutes ces années. Cela a permis de retarder cette échéance incontournable.

Je dirigeai le regard sur la perfusion. J'avais pensé qu'elle contenait un médicament.

— Qu'est-ce que c'est ? Que lui donnez-vous ?

Declan leva les yeux vers moi, les sourcils froncés.

— Du poison.

Chapitre 15

Sans réfléchir, je me ruai sur l'appareil, consciente que je devais lui retirer la sonde. Les sbires de Kristoff m'empêchèrent d'y toucher. Je me débattis, mais il en suffit d'un pour m'immobiliser.

La mine de Kristoff était sinistre.

— Declan a donné son accord.

— Il est d'accord pour que vous l'empoisonniez ? m'écriai-je, la gorge en feu.

La panique s'empara de moi.

— Oui. L'euthanasie est la façon la plus humaine d'en finir avec les dhampires. Declan représente un danger pour tous ceux qui l'entourent désormais, et il n'y a pas de retour possible. Il a consenti à m'obéir en échange de votre sécurité. J'aurais pu laisser mes hommes le tuer hier soir. Cela aurait été plus rapide, mais bien plus douloureux, et je n'aurais rien pu promettre vous concernant.

J'avais l'impression que j'allais m'effondrer. J'avais les membres glacés, je ne pouvais plus bouger, et je me sentis blêmir.

— Declan, c'est vrai ?

Il tourna la tête vers moi.

— C'est la seule solution, Jill.

— Il y a toujours d'autres solutions.

Il serra les dents.

— La seule que je puisse accepter.

Il le savait. Ce que Matthias m'avait dit sur le moyen de sauver un dhampire, Declan l'avait appris grâce à ses recherches.

— Declan, non, je t'en prie. (Je secouai la tête à m'en tordre le cou.) Ne fais pas ça.

— C'est trop tard.

— Tu ne peux pas m'abandonner de nouveau. Pas de cette façon.

Le chagrin assombrit son visage.

— Kristoff a promis de te relâcher. Il ne te fera pas de mal.

— Et tu l'as cru sur parole ? Tu sais qui il est. Tu lui fais confiance ?

Ses yeux se fermèrent avant qu'il ait pu ajouter quoi que ce soit. J'entendis quelqu'un pousser un sanglot rauque, et constatai que c'était moi.

— Il voulait vous dire adieu, Jillian, déclara Kristoff tout bas. C'était le moins que je puisse faire pour lui.

Je secouai la tête.

— Il ne va pas mourir.

— Le poison ne mettra plus que quelques minutes à agir.

— Non ! Non, ça ne se passera pas comme ça. Je refuse que Declan meure. Je ne peux pas croire qu'il ait accepté ça ! Et dans quel but ? Pour me sauver ? C'est insensé !

— Si vous l'aviez vu la nuit dernière… Toute raison l'avait quitté. Ce n'était plus qu'une bête féroce prête à tout détruire sur son passage. Son esprit ne fonctionne pas correctement. Il n'existe pas d'autre moyen pour gérer un dhampire dans cet état.

Le vampire derrière moi ne desserrait pas sa prise. Je lui jetai un coup d'œil et aperçus les signes de la faim bien visibles sur son visage tendu, mais il n'essaya pas de me mordre.

J'avais envie d'abandonner, mais en mon for intérieur je savais que je devais continuer de me battre. La situation était grave. Je me trouvais dans la maison d'un roi vampire décidé à supprimer son dhampire de fils comme s'il s'agissait d'un chien enragé. Et ce dernier avait donné son accord.

Il pensait qu'il ne méritait pas de vivre. Il ne voulait pas me faire de mal.

Mais il m'en faisait.

Il y avait une chose en laquelle je croyais plus que tout, mais je ne m'étais jamais rendu compte de la puissance de cette conviction. Je n'étais pas croyante. Je ne m'intéressais pas à la spiritualité. Je me contentais de vivre au jour le jour, heureuse de ne pas replonger dans la dépression qui m'avait poussée à me trancher les veines cinq ans plus tôt.

J'avais foi en une chose, et c'était la vie. Tant que je respirais, il restait une chance pour que tout s'arrange. La mort était éternelle, et il n'était pas possible d'en revenir. Mais tant qu'il y avait de la vie, il y avait de l'espoir !

C'était ma philosophie.

Kristoff essayait de me persuader qu'il était un homme bien et qu'il ne méritait pas la mauvaise réputation que lui avait flanquée Matthias. Bien tenté, mais il ne m'avait pas bernée. Il était égocentrique, assoiffé de pouvoir et prêt à tuer pour arriver à ses fins, même si cela signifiait égorger une vieille femme innocente dans sa cuisine. Il pouvait se carrer ses sourires et ses belles paroles où je pense.

Mais pour l'instant, j'avais besoin de lui. Plus que tout.

— Vous voulez que j'aille assassiner votre ennemi ? repris-je. Ce dirigeant de la Guilde Amarantos qui souhaite vous destituer ?

— C'est exact.

— Je le ferai. Et je réussirai.

Il haussa un sourcil. Je le vis du coin de l'œil même si mon attention était rivée sur Declan.

— Vous pensez vraiment en être capable ?

— Oui, mais vous devez faire quelque chose pour moi.

— Je libérerai vos nièces si vous êtes victorieuse.

— Oh, oui, ça, c'est sûr. (Je déglutis.) Mais j'ai une autre requête.

Il s'adressa à son homme de main d'un signe de la tête.

— Lâche-la.

Le vampire s'exécuta aussitôt. Il m'observa avec méfiance, comme s'il s'attendait à ce que je me rue de nouveau sur la perfusion de Declan, mais je ne bougeai pas.

— Que voulez-vous ? demanda Kristoff.

Je m'humectai les lèvres avant de le regarder droit dans les yeux.

— Faites de Declan un vampire.

Je perçus de la surprise dans ses iris gris clair.

— C'est impossible.

Mon cœur sombra dans ma poitrine.

— Pourquoi ?

— Les dhampires sont trop imprévisibles et enclins à devenir encore plus monstrueux et violents si on les vampirise. Nos lois nous interdisent de prendre un tel risque, pour la sécurité du dhampire et de tout le monde.

— Qui l'a décidé ?

Il arqua un sourcil.

— Moi.

— Alors vous pouvez abroger cette loi.

— Mon fils nous déteste, j'ai vu à quel point dans l'esprit de mon frère. Il ne rate pas une occasion de tuer mes congénères. Vous voulez le transformer en une créature qu'il méprise ? Vous tenteriez le tout pour le tout alors même que cela pourrait faire de lui une bête infâme ?

Declan était devenu fou lorsque j'avais demandé à Matthias d'engendrer Noah pour lui sauver la vie. S'il apprenait que j'avais pris la même décision pour lui…

Kristoff s'approcha de moi et pressa la main contre ma joue. Il ressemblait tellement à Matthias que, l'espace d'un instant, j'oubliai presque qui il était.

— Jillian ?

Declan opterait pour la mort sans le moindre regret. En fait, son choix semblait déjà fait. Je me sentis soudain submergée par ce trop-plein d'informations. Je souffrais et n'arrivais pas à y voir clair avec toutes ces pensées qui m'assaillaient. J'essayai de respirer, de trouver une solution.

Il me haïrait pour lui avoir infligé ça. Si la décision que j'avais prise pour Noah l'avait mise hors de lui, sa colère paraîtrait dérisoire comparée à la rage qu'il éprouverait une fois au courant de sa nouvelle condition. Surtout si elle se retournait contre lui, le rendant encore plus violent.

Declan deviendrait un vampire qui n'aurait qu'une envie : m'arracher la tête. Et pour le restant de sa vie ou de la mienne, une goutte de mon sang pourrait l'achever en moins d'une seconde.

— Il ne reste plus beaucoup de temps avant la fin, déclara Kristoff avec gravité. Que voulez-vous que je fasse ?

Je levai les yeux vers lui, et une larme chaude roula sur ma joue.

— Transformez-le.

Chapitre 16

Je ne vis pas ce qui se passa ensuite. On me conduisit hors de la pièce et je regagnai l'étage, sonnée et écœurée par ce qui venait de se produire.

J'étais liée à Matthias pour l'éternité.

J'avais demandé à Kristoff de vampiriser Declan.

En retour, j'avais accepté d'assassiner le dirigeant de la Guilde Amarantos.

Et dire qu'il était à peine 22 heures.

Meyers était là, à superviser ma préparation. Ma panoplie comportait une robe noire courte, des talons aiguilles et une trousse de maquillage. Ils m'enfermèrent dans une chambre immense, et au bout d'une demi-heure, dont vingt minutes à tourner comme un lion en cage dans la salle de bains attenante, j'étais fin prête.

J'essayais de ne pas réfléchir, mais c'était impossible.

J'avais pris ma décision au sujet de Declan sur un coup de tête. Je n'avais pensé qu'à moi sans me soucier le moins du monde de ce qu'il pourrait ressentir. Mais je ne pouvais pas le laisser mourir. Pas de cette façon. Quand il avait autorisé Kristoff à l'euthanasier, il n'était plus lui-même. Jade était devenue folle avec l'âge. Et si Declan devait combattre, lui aussi, les prémices de la démence en plus de contenir sa violence intrinsèque ?

Je m'efforçais de justifier mes actes, mais je savais qu'ils auraient des répercussions.

Je m'habillai et tâchai de me ressaisir. J'appliquai le maquillage comme si je sortais en boîte avec des copines, insistant davantage sur le khôl que quand j'étais blonde. Satisfaite du résultat, je frappai à la porte de la chambre.

— Je suis prête.

Quand elle s'ouvrit, je poussai un cri de surprise. Noah m'attendait dans le couloir, les bras croisés.

— Merde alors !

Il pressa la main contre son nez lorsque les veines lui recouvrirent le visage.

Je me crispai.

— C'est bon de te voir aussi.

— Ils veulent que je t'accompagne, dit-il d'une voix étouffée.

— Toi ? (Je déglutis avec peine et jetai un coup d'œil à Meyers, adossé au mur, sur le côté.) Pourquoi lui ?

Meyers haussa les épaules.

— Kristoff désire faire une expérience. Il veut savoir si Noah pourrait faire un assistant utile. S'il ne parvient pas à se maîtriser en ta présence, alors c'est tout vu.

Noah paraissait consterné.

— C'est un entretien d'embauche.

— Génial.

Encore plus de complications à gérer. Songer que la compagnie d'un néophyte affamé était le moindre de mes soucis n'était pas pour me rassurer.

Les pupilles de Noah étaient complètement dilatées.

— Tu es canon dans cette robe. Ton odeur est encore plus irrésistible que d'habitude.

— Ça risque de te poser un problème ?

— Oh oui !

J'enfilai les talons aiguilles et lui décochai un coup d'œil méfiant.

— Un problème que tu seras en mesure de surmonter ?

— Je l'ignore.

— Mauvaise réponse.

Son visage reflétait son anxiété.

— Même si je sais qu'il est toxique, je n'ai qu'une envie : boire ton sang.

— Tu n'arranges pas ton cas.

Voilà à quoi ressemblerait Declan, mais en pire, en bien pire. Noah n'était pas en colère contre moi, il ne me détestait pas, et surtout ce n'était pas un dhampire. Pourtant, il voulait me mordre plus que tout. Penser au futur immédiat de Declan me fit frissonner. Je me rappelai Noah peu après sa vampirisation, un zombie vorace et incontrôlable.

J'avais commis une effroyable erreur. Mais on ne pouvait plus revenir en arrière, seulement avancer.

Noah s'approcha de moi. Il ferma les yeux et huma l'air.

— Bon sang, je crève la dalle !

Il retroussa les lèvres, exposant ses crocs, et je sentis son souffle sur ma peau.

Je le giflai.

— Arrête ça !

Il se frotta la joue.

— Merde. Tu m'as fait mal.

— Je ne veux pas que tu meures. J'ai trop besoin de toi.

Il fronça les sourcils.

— Ah bon ?

J'acquiesçai.

— Declan va devenir vampire.

— Oh, merde ! Sérieux ? Pourquoi ? Comment ? Par qui ?

— J'ai demandé à Kristoff de s'en charger. (Noah me lança un regard outré.) Je n'avais pas le choix. Il mourait. On l'avait empoisonné. C'était la seule solution.

Il m'observa, bouche bée.

— Il exècre les vampires.

— Je sais.

— Il va te tuer.

Je me crispai. La piqûre de rappel était encore plus douloureuse.

— Enfin… peut-être pas, mais à ta place je garderais mes distances jusqu'à ce qu'il se calme. Déjà que c'est un dhampire…

Il grimaça.

— Et alors ?

— Je n'aimerais pas me trouver dans la même pièce que lui alors que, moi, je suis un vampire.

Je pensais que mon estomac ne pouvait pas se nouer davantage, mais j'avais tort.

— Et c'est Kristoff qui va s'y coller ? s'enquit Noah. Tu sais ce que ça signifie, n'est-ce pas ?

Je l'étudiai avec inquiétude.

— Non. Quoi ?

— En tant que père et sire de Declan, Kristoff aura un contrôle absolu sur lui. Ils seront unis par le lien de sang suprême. Pas étonnant que Kristoff ait accepté. Après tout, la transformation des dhampires est interdite.

Noah était un puits de science en matière de vampires, surtout depuis qu'il en était un lui-même.

J'avais la nausée. Kristoff, qui pourtant était l'instigateur de cette loi, avait très vite accédé à ma demande. Il en avait tout de suite compris les avantages. Il avait fait comme Carson, mais en pire. Il aurait à sa disposition plus d'un mètre quatre-vingts de muscles prêts à lui obéir au doigt et à l'œil. Le garde du corps par excellence pour protéger le nouveau roi de ceux qui pourraient ne pas partager son point de vue. J'étais surprise que l'idée ne l'ait pas effleuré plus tôt.

Une chose était sûre : que Declan soit mort ou transformé en vampire… je l'avais perdu pour de bon. J'en souffrais plus que je ne l'aurais imaginé, mais je devais cesser d'y penser et me concentrer sur ma mission. Je devais faire ce que j'avais cherché à éviter depuis le début : tuer quelqu'un avec mon sang en toute connaissance de cause. La sécurité de mes nièces dépendait de ma réussite. Kristoff avait beau clamer qu'il adorait les enfants et qu'elles ne craignaient rien, je ne lui faisais pas confiance. Les actions comptaient plus que les mots.

Je secouai la tête et tâchai d'oublier les meurtrissures de mon cœur.

— Je m'occuperai de tout ça plus tard. Pour l'heure, j'ai un travail à accomplir, et il semblerait que tu sois de la partie.

Noah me regarda, l'air sinistre.

— Je suis au courant. Tu as accepté ? Vraiment ?

— Je n'ai pas eu le choix.

Il ne me questionna pas davantage et se contenta d'acquiescer.

— D'accord. Allons-y. Une voiture nous attend dehors.

Meyers me dévisagea lorsque je passai devant lui, un rictus pervers au coin des lèvres.

— Bonne chance, Jillian.

Je lui rendis son sourire.

— Allez vous faire foutre.

Il fallait bien que je me défoule sur quelqu'un.

Le chauffeur nous conduisit à une boîte de nuit nommée *La Croix d'Argent*, à une heure de route de la villa de Kristoff.

— Oh, on m'a parlé de cet endroit. C'est ici, vraiment ? s'enquit-il, les yeux rivés sur le panneau.

J'examinai les alentours avec méfiance.

— On t'a raconté quoi ? Que le propriétaire dirige une société secrète de vampires ?

— En fait, ce sujet n'a pas été abordé. Il s'agit d'un club échangiste. Ultra sélectif. Réservé à l'élite la plus riche et la plus débauchée de la Californie du Sud.

Kristoff avait intérêt à ne pas se payer ma pomme en nous envoyant ici.

— Tu n'as rien entendu sur la présence de vampires ?

— Je pense que je m'en souviendrais.

Ce n'était pas vraiment une surprise. Les vampires aimaient mêler sang et sexe, et quoi de mieux pour se repaître de ces deux désirs qu'un club échangiste ?

Courage, Jill. J'essayai de me motiver pour franchir la porte d'entrée. Ce n'était pas le moment de flancher, je devais me montrer forte. Pour les enfants. Pour Noah. Pour… Declan.

Et même pour Matthias, où qu'il se trouve. Je me tracasserais davantage pour lui s'il n'était pas immortel. Il ne risquait rien simplement parce qu'il ne pouvait pas mourir. Cela ne me rassurait pas outre mesure. Kristoff pouvait infliger bien des tortures à son frère sans le tuer.

Désormais, nous étions unis à la vie à la mort. Peut-être le saurais-je s'il lui arrivait quelque chose. Mais ce qui était sûr, c'est que malgré les circonstances et ma nervosité, je ne m'étais jamais sentie aussi en forme. Y compris avant qu'on m'injecte la Belladone. J'étais plus vigoureuse, plus alerte, et je débordais d'énergie. Plus aucune douleur. Les bleus que je portais encore la veille avaient disparu. Pour la première fois depuis deux semaines, je n'avais pas l'impression de me consumer à petit feu.

Matthias m'avait offert une chance de vivre. Mais je n'étais pas immortelle.

— Tu as un plan ? demanda Noah, m'arrachant à ma rêverie.

Je rejetai mes cheveux en arrière.

— Je suis ouverte à toute suggestion.

— Il t'attend. Il pense que Kristoff t'envoie en cadeau.

Je grimaçai.

— J'adore les rendez-vous-surprise.

— Tu es prête ?

J'inspirai et expirai profondément.

— Oui.

— Alors c'est parti !

Nous approchâmes de l'entrée de *La Croix d'Argent*. Le videur nous dévisagea.

Noah me désigna de la tête.

— Voici Jill. Alex attend sa visite.

Le physionomiste joufflu resta de marbre, mais me sonda de son regard gris clair, et ses narines enflèrent. Mon odeur l'enivrait. Grâce à mon « eau de Belladone ».

Je m'efforçai de paraître décontractée, comme si j'étais habituée à être refilée de vampire en vampire comme une serve de sang dévergondée. Une véritable épreuve.

Grâce au lien qui m'unissait désormais à Matthias, les traces de morsures qui ornaient mon cou depuis ma dernière sortie en boîte avaient complètement disparu. J'étais de la viande fraîche et pure. Je me mordis la lèvre inférieure, raclant l'épais rouge qui les couvrait, puis ajustai ma robe courte dos nu au décolleté plongeant tout en tâchant de dissimuler ma frayeur.

J'essayai d'oublier Declan et sa réaction lorsqu'il découvrirait qu'il était devenu l'une de ces créatures qu'il avait haïes pendant toute sa vie. Je chassai de mon esprit Matthias et l'endroit où il était séquestré ainsi que la petite Sara, la dhampire au sang précieux, plus que vulnérable à l'heure actuelle. Et j'évitai de penser aux enfants de ma sœur qui n'avaient pas idée du danger qu'elles couraient tandis que leur mère ignorait la vérité.

Je m'efforçai, en somme, de laisser tous ces problèmes de côté.

Je devais me concentrer sur Alex, le dirigeant de la Guilde Amarantos, un personnage qu'on m'avait décrit comme infâme, cupide et manipulateur. C'était un vampire qui méritait son sort et que je tuerais sans remords.

Le videur parla dans son oreillette, puis hocha la tête avant de nous ouvrir la porte. Un autre homme attendait derrière : grand, corpulent, chauve et laid.

— Suivez-moi, ordonna-t-il.

Noah et moi échangeâmes un regard et lui emboîtâmes le pas. En dépit de la réaction initiale de Noah à ma vue, j'étais impressionnée par la maîtrise dont il faisait preuve. Son instinct de survie le guidait. Entre mourir et devenir l'assistant de Kristoff à son corps défendant, il avait choisi la seconde option.

Le club était mal éclairé, et à peine entrée, une musique assourdissante m'agressa les tympans. À première vue, on aurait dit une banale boîte de nuit. Un imposant comptoir d'ébène longeait un côté de l'immense salle. Il y avait une piste de danse. Des canapés alignés devant moi comme des dominos. Les couleurs dominantes étaient le noir et l'argenté, et un faisceau de lumière illuminait les visages des nombreux clients.

Au deuxième coup d'œil, je pus admirer en détail la faune de *La Croix d'Argent*. Degrés divers de nudité, corps collés les uns aux autres, effluves de sueur et de sexe, et odeur de parfum entêtante.

— Il n'y a que des humains ici, me chuchota Noah.

— Comment le sais-tu ?

— Je peux les sentir.

Je n'examinai pas mon entourage de plus près. Je me concentrai sur la porte devant nous munie d'une pancarte : « Accès VIP ».

Notre guide nous dévisagea en silence, puis la poussa pour nous laisser entrer dans la pièce suivante.

Il y faisait complètement noir. Je dus attendre que mes pupilles s'habituent à la pénombre avant d'y discerner quoi que ce soit. Il y faisait plus chaud aussi, plus de 30 °C au bas mot. Elle était plus petite que la salle principale et il n'y avait pas de musique. On entendait seulement les basses à travers le mur.

Ici, l'odeur du sang se mêlait à celle du sexe. Mon estomac se noua de peur. Du coin de l'œil, j'aperçus la silhouette d'une femme nue attachée à un mât, les bras au-dessus de la tête, un air béat sur le visage. Un homme en tenue d'Adam lui mordait l'intérieur de la cuisse, et une femme dévêtue se repaissait à son cou.

— Des vampires, déclara Noah. Plein.

— Sans déconner !

Et soudain, tous les regards se braquèrent sur moi.

— Continue de marcher, dit Noah.

— J'essaie.

Je trébuchai, et une main froide me rattrapa. Je ne vis pas à qui elle appartenait, mais elle se glissa sous ma jupe et remonta le long de ma jambe. Je me hâtai d'avancer pour échapper à ce débordement d'affection.

— Elle est pour Alex, grommela notre guide. Pas touche si tu veux garder tes membres à leur place.

Cela m'épargna davantage de tripotage, mais je sentais toujours sur moi les regards curieux et affamés tandis que j'arpentais la pièce surchauffée et silencieuse, à l'exception des bruits de succion, des grognements et autres gémissements de plaisir.

Le mur devant nous était recouvert d'un miroir qui reflétait en arrière-plan la scène infernale digne d'un tableau de Jérôme Bosch. C'était la première fois que je mettais les pieds dans un club échangiste de vampires. J'espérais de tout mon cœur que ce serait la dernière.

Je contemplai mon image dans la glace : maquillage outrancier, cheveux de jais, yeux charbonneux, et robe ultracourte et moulante pour agrémenter le tout. De longues jambes nues, des talons aiguilles. J'avais l'allure à fréquenter ce genre de lieu. Ce qui ne me rassurait guère.

Notre guide ouvrit une porte cachée dans le miroir qui menait vers une autre pièce sombre. Noah s'apprêtait à m'y suivre, mais on l'arrêta.

— Juste l'humaine.

— Jill…, commença Noah.

— C'est bon. (Je déglutis avec peine et pris une profonde inspiration pour me calmer.) Attends-moi dehors. Tout ira bien.

Noah fronça les sourcils. Il faisait mine de maîtriser la situation, mais cet endroit l'avait poussé à bout. Ses pupilles étaient dilatées et des veines violacées saillaient sur ses joues.

Il hocha la tête.

— Tâche de rester en vie.

J'aurais pu croire qu'il plaisantait s'il n'avait pas eu l'air aussi sérieux.

J'entrai, et la porte se referma doucement derrière moi. Je remarquai alors qu'il s'agissait d'un miroir sans tain qui laissait voir ce qui se passait de l'autre côté. Je me trouvais dans une salle d'observation.

— Je vous attendais.

Je me raidis au son de cette voix suave et caverneuse. La peur s'empara de moi.

Que le spectacle commence ! songeai-je.

C'était le moment où je devenais une tueuse.

Chapitre 17

Une centaine de bougies éclairait la pièce immense. D'un côté trônait un lit énorme jonché de corps nus – deux hommes et une femme – entremêlés sur le drap en satin blanc maculé de sang. Ils ne bougeaient pas.

Seigneur, faites qu'ils dorment après une partie à trois librement consentie !

Le bruit des chaînes attira mon attention, et je tournai la tête à droite. Je vis un monstre dhampire qui luttait pour se défaire de ses liens. Il était nu, sa peau translucide pendait au niveau de son abdomen protubérant. La créature d'apparence humanoïde ressemblait plus à un extraterrestre. Chauve, elle avait un visage large et plat, et de gros yeux noirs comme la nuit. Ses fines lèvres pâles dissimulaient une rangée de dents acérées et une épaisse langue noirâtre. Ses longs bras maigres se terminaient par des doigts effilés munis de griffes tranchantes, celles dont se servait un bébé dhampire pour déchiqueter l'utérus de sa mère humaine.

Je frémis de peur et de dégoût devant ce spectacle.

— Saaaang, gémit le dhampire d'une voix rauque. Veux du saaaang.

— Ne vous souciez pas de lui. Il est insatiable.

Sois forte, songeai-je, réprimant le sanglot coincé dans ma gorge. J'étais figée, trop obnubilée par le monstre pour me tourner vers mon interlocuteur. *Il s'agit de survie, rien de plus. Plus vite tu tueras ce vampire, plus vite tu pourras ficher le camp d'ici.*

— Plus facile à dire qu'à faire, répliquai-je.

— Il ne vous fera rien si vous ne l'approchez pas. Venez par ici.

Je déglutis avec peine et finis par arracher mon regard à la bête enchaînée pour reporter mon attention sur le vampire. Je l'aperçus dans la pénombre, assis sur une chaise en métal.

Un fauteuil roulant.

Je m'obligeai à aller vers lui, plissant les yeux pour voir ce qui m'attendait. Les talons hauts me faisaient mal aux pieds. Mon cœur cognait violemment contre mes côtes, et un filet de sueur glacée ruisselait dans mon dos.

— Je peux sentir votre peur, reprit Alex. La goûter, presque.

J'avançai et réprimai un cri de stupeur devant l'individu qui se présentait à moi. En son temps, ce vampire avait dû être des plus séduisants. Il avait des cheveux noirs mi-longs, le visage sculpté comme celui d'un mannequin, des lèvres sensuelles et des pommettes saillantes. Des épaules larges. La mâchoire carrée. Bref, la totale.

Mais il n'avait plus de jambes. Et plus d'yeux.

J'inspirai profondément.

Il sourit.

— Kristoff ne vous a pas prévenue, on dirait.

— Le sujet n'a pas été abordé, répondis-je d'une voix faible.

— Je les ai perdues au cours d'une guerre, il y a fort longtemps, expliqua-t-il en touchant ses cuisses.

Il était amputé à partir des genoux. Puis il porta la main aux deux trous noirs qui lui faisaient office d'yeux.

— J'ai perdu la vue lors d'un combat un peu plus récent.

— Un combat ?

— L'astre du jour n'est pas notre allié.

Les rayons du soleil avaient brûlé ses globes oculaires. J'avais entendu parler de leurs méfaits, mais n'en avais jamais constaté les résultats. Alex était devenu aveugle, ce qui le rendait d'autant plus vulnérable.

— Je flaire votre pitié, dit-il. Croyez-moi, ce n'est pas nécessaire. Mes sens n'ont jamais été aussi aiguisés.

— Vous ne m'inspirez pas de pitié.

— Du dégoût, alors ?

— Je suis surprise, voilà tout.

Il se radossa à son fauteuil.

— Qu'est-ce que ça vous fait d'être refilée de vampire en vampire ? C'est votre truc ?

— Mon truc ?

Mes chaussures me faisaient mal, ça me déconcentrait.

Il se pencha un peu vers moi.

— Êtes-vous une pute, Jillian ?

Je me raidis. Après tout, je ne pouvais pas lui en vouloir. J'avais été envoyée par Kristoff en guise de panier garni en robe moulante.

— Je ne suis pas une pute mais une prisonnière.

— Vous n'avez donc pas le choix.

— En gros.

— Pourtant vous semblez consentante. J'en déduis qu'il vous fait chanter. Il doit retenir en otage un être cher pour vous forcer à exécuter ses plans.

Il joua d'un air absent avec l'anneau qu'il portait à son index, une bague en or ornée d'un énorme rubis. Celle que je devais rapporter à Kristoff comme preuve de sa mort.

J'examinai avec méfiance le vampire puis le bijou.

— On dirait que vous le connaissez bien.

— Je ne lui ai pas parlé depuis longtemps, mais certaines fréquentations laissent un souvenir impérissable. Kristoff en fait partie. (Il inclina la tête.) Venez par là. Comme je ne peux pas vous voir, je veux m'assurer qu'il m'a envoyé un cadeau digne de ce nom.

Je tenais à rester forte et concentrée, mais je ne pouvais m'empêcher d'éprouver du dégoût et, oui, de la pitié pour le vampire qui, par le passé, avait été beau et humain. Je jetai un coup d'œil par-dessus mon épaule. Le monstre dhampire m'observait en silence. Sa cage thoracique s'élevait et s'abaissait. Un filet de bave coulait sur son menton et formait une flaque sur le sol.

Je m'approchai afin qu'Alex puisse flairer plus que ma peur. Cette fois, c'est lui qui inspira à pleins poumons.

— Seigneur ! Votre odeur…

Je me crispai.

— Je suis particulière.

— Il m'avait prévenu que votre sang était comme l'ambroisie, une nourriture divine, et que de toute ma vie je n'aurais jamais plus l'occasion de goûter rien de tel.

Oui, façon de parler. Kristoff voulait vraiment la mort de ce type, mais j'avais beau chercher, je ne comprenais pas pourquoi. Il ne semblait pas représenter la moindre menace. Certes, il était le dirigeant de la Guilde Amarantos, mais il n'était pas en mesure de se débrouiller seul. Il était aveugle. Il ne pouvait pas marcher. Il était vulnérable. Pourquoi m'envoyer accomplir la sale besogne quand n'importe quel assassin aurait fait l'affaire ?

Mais après tout, pourquoi pas ? Je savais que Kristoff aimait les expériences. J'en étais une de plus. Il me jugeait incapable de réussir, et moi-même je n'en étais guère convaincue.

— Plus près, dit Alex.

Si j'avançais encore, j'allais atterrir sur ses genoux.

Je m'obligeai à me pencher vers lui, m'enjoignant à contenir ma compassion. Alex n'était pas un vétéran qui avait écopé de blessures graves en combattant pour la liberté de son pays. C'était un vampire, propriétaire d'un club échangiste, qui avait trois humains inconscients – peut-être morts – dans son lit à moins de six mètres de nous, sans mentionner le monstre dhampire enchaîné au mur. C'était un prédateur aveugle en fauteuil roulant.

M'apitoyer sur son sort alors que je devais le tuer ne me rendrait pas la tâche plus facile.

— Oui, vous sentez bon.

Il retroussa les lèvres et posa ses doigts glacés sur mon visage avant d'effleurer mon front, mes joues, mon menton et ma mâchoire. Puis il les glissa dans mes cheveux, qu'il porta à son nez afin d'en humer le parfum.

— Vous êtes chaude, aussi.

— Trente-sept degrés.

Il caressa mes mains pendant un moment, mes ongles courts, mes paumes. Son toucher n'était pas brusque, mais n'aida pas à me détendre. Non seulement j'avais peur, mais je n'aimais pas être inspectée comme un bloc de viande dont on évaluait la qualité. Il palpa l'étoffe soyeuse de ma robe en descendant sur mes côtes. Je me raidis et il s'arrêta au niveau de ma taille.

— Jolie robe.

Il arbora un petit sourire cruel. Kristoff avait dû lui promettre plus que du sang.

— Empruntée.

— Quelle couleur ?

— Noire.

— De quelle couleur sont vos cheveux ?

— Noirs.

— Quel âge avez-vous, Jillian ?

— Vingt-huit ans.

— Vous êtes différente de ce à quoi je m'attendais.

Il remonta jusqu'à mon visage et emmêla les mains dans ma chevelure pour me maintenir face à lui.

— Ah oui ?

J'avais la nausée. Jusqu'où étais-je prête à aller pour réussir ma mission ? Je pensais qu'il m'aurait déjà mordue depuis longtemps, mais il n'avait encore rien fait, si ce n'est me tripoter. J'espérais d'ailleurs qu'il en ait fini.

— À quoi vous attendiez-vous ?

— Je ne sais pas.

Il s'adossa à son fauteuil et leva la tête vers moi comme s'il m'observait.

— D'ordinaire, les assassins sont plus directs, ajouta-t-il.

Je me figeai.

— Pardon ?

— Je sais qui vous êtes, Jillian. Ce que vous êtes.

Je voulus reculer, mais il étreignait ma chevelure si fort que je pus à peine bouger.

— J'ignore de quoi vous parlez.

— Vous êtes la femme au sang empoisonné. Et Kristoff vous a envoyée pour me supprimer.

Grillée ! Cela me fit l'effet d'une gifle. Je m'étais préparée à un tas d'éventualités, même à risquer ma vie, mais je n'avais pas prévu ça. Il était au courant. Je pouvais courir, mais jamais je ne sortirais d'ici vivante.

Je déglutis.

— Vous allez me tuer ?

Il pinça les lèvres.

— Cela dépendra de votre réponse à ma prochaine question.

À quoi bon lutter ? Je l'examinai avec attention.

— Quelle est-elle ?

— Le rituel d'immortalité de Kristoff a-t-il fonctionné ? Celui qu'il a partagé avec Matthias ?

— Aucune idée.

Je ne faisais pas confiance à Alex. Il dirigeait la société secrète instigatrice du rituel. Sara serait en danger si quiconque en apprenait l'efficacité. Je ne pouvais pas laisser faire ça.

— Je crois que vous le savez. Matthias a bu votre sang. Il est toujours en vie, n'est-ce pas ?

— C'est… c'est vrai. Du moins, la dernière fois que je l'ai vu, il l'était.

Je perçus une lueur de soulagement dans l'expression tendue d'Alex.

— Parfait. Il faut chasser Kristoff du trône. Il n'aurait jamais dû être libéré de sa cellule.

— C'est un peu tard pour ça.

— Il n'est jamais trop tard.

J'étudiai son visage où se mêlaient diverses émotions. Ce sujet lui importait vraiment. Il était convaincu que Kristoff était aussi maléfique que le clamait Matthias.

— Vous saviez qu'il allait s'en prendre à vous ?

— Bien sûr.

— Pourquoi ? Que représentez-vous pour lui ? Vous êtes un rival ? Un ennemi ?

Il esquissa un sourire triste.

— Notre histoire remonte à loin. Kristoff m'a engendré il y a trois siècles. Matthias, lui et moi, nous nous sommes bien amusés pendant de nombreuses années. Mais ils étaient dévorés par l'ambition. Ils voulaient le pouvoir alors que j'étais simplement heureux d'exister.

— Alors ils ont tué le roi.

C'était une hypothèse plus qu'une affirmation.

— Oui. Il était sénile, le vieux monarque. À moitié fou. Il a été facile à vaincre, car ses sujets aspiraient à la nouveauté. Matthias et Kristoff s'étaient mis d'accord pour régner par alternance. Ils se ressemblaient beaucoup à l'époque. Kristoff était plus âgé de quelques minutes, il fut donc le premier à accéder au trône, mais il devait le céder à Matthias au bout d'une période donnée.

— Mais il ne l'a pas fait.

— Non. Il a changé d'avis. Le pouvoir l'avait grisé, affectant sa relation avec Matthias. C'est alors qu'il a découvert le rituel d'immortalité. Il espérait instaurer ainsi un lien éternel avec son frère afin qu'il lui pardonne ses péchés. Mais Matthias l'a vu d'un autre œil.

Et c'était peu dire.

— Le rituel qui a tué la fille de Kristoff a été la goutte d'eau qui a fait déborder le vase.

— Oui. Mais la méfiance et l'aversion de Matthias envers son frère ne sont pas venues du jour au lendemain.

— Quel a été votre rôle dans cette histoire ? Pourquoi Kristoff vous hait-il à ce point ?

Il poussa un soupir et relâcha enfin mes cheveux. Je me redressai, mais ne reculai pas. Il parlait tout bas, comme s'il craignait qu'on nous entende.

— Je me suis allié à Matthias. Mon choix était fait depuis longtemps. Je l'ai préféré à mon sire, qui n'a pas apprécié. Matthias possédait mon cœur et ce qu'il restait de mon âme. Pour Kristoff, son frère et lui étaient les deux faces d'une même pièce, interchangeables, à une différence près. Si tous deux pouvaient se montrer cruels et impitoyables quand il le fallait… (il secoua la tête) Matthias était le meilleur, de bien des façons.

Je percevais davantage que du respect dans sa voix.

— Matthias et vous… vous étiez ensemble ?

— Oui. (Il sourit avec nostalgie.) Même si, contrairement à lui, je lui ai toujours voué une fidélité indéfectible. Quand vous entretenez une relation avec un homme pareil, vous devez l'accepter. Ses appétits doivent être satisfaits, il n'y a pas de place pour la jalousie dans cette équation.

Matthias avait déjà fait allusion au fait que, malgré une nette préférence pour les femmes, il n'avait rien exclu de sa sexualité au cours de sa longue vie. Alex en était la preuve. Cela me surprit, mais moins que je ne l'aurais pensé.

— C'est un combat contre Kristoff qui vous a coûté vos yeux ?

Son sourire s'évanouit.

— Non. Matthias en est la cause.

Je hoquetai de stupeur.

— Matthias vous a infligé ça ?

Il effleura le bord de ses yeux saccagés.

— Il y a vingt ans, il a entendu une rumeur selon laquelle je conspirais pour extraire son frère de la cellule qu'il avait créée pour lui. C'était un mensonge, mais cela l'avait mis hors de lui, et parfois la rage peut vous conduire à commettre des actes effroyables. Il a demandé à ses serfs de sang de me traîner dehors en guise de punition. Je n'ai pas pu m'abriter. Si je n'étais resté que quelques minutes, j'aurais pu en guérir, mais il ne s'est aperçu de son erreur qu'au bout de plusieurs heures. Il était trop tard.

J'eus un haut-le-cœur à cette seule pensée. Matthias l'avait rendu aveugle. Il avait donné l'ordre d'exposer Alex aux rayons du soleil en sachant que cela lui brûlerait la rétine.

— Je suis vraiment désolée.

— Soyez prudente, Jillian. Il peut être… (Il hésita.) Sa passion peut s'avérer destructrice. Méfiez-vous, surtout maintenant que vous êtes liée à lui.

Je luttai pour ne pas vomir et m'efforçai de gommer de mon esprit l'image de globes oculaires liquéfiés et de vampires enragés et bornés.

—Comment le savez-vous ?

—Celui qui m'a appris que vous seriez envoyée ici ce soir pour m'assassiner m'a également révélé que Matthias vous avait revendiquée pour vous sauver la vie, espérant ainsi utiliser votre sang pour éliminer Kristoff.

—Votre mouchard est bien informé.

Il sourit de nouveau.

—En effet.

—Vous détestez donc Matthias.

—Non. Au contraire. Je lui pardonne ses erreurs, même si, je dois l'avouer, cela m'a pris du temps. Pour se racheter, Matthias m'a offert cette boîte de nuit afin que je puisse aisément me repaître du désir qu'elle recèle. C'est un festin quotidien et je n'ai jamais à m'inquiéter de la faim. En retour, j'ai veillé à ce qu'Amarantos reste aussi discrète que possible en limitant nos agissements. Cela n'a pas été accepté par tous nos membres. Certains sont encore intéressés par le rituel d'immortalité. Je suis capable de les maîtriser, et les contrevenants sont expulsés d'office.

Je me demandais s'il entendait par là « renvoyés de la Guilde » ou « expédiés dans l'au-delà ». Je gardai la question pour moi.

—Vous avez l'air d'être un bon dirigeant.

—J'y travaille. J'ai vu ce qui pouvait arriver quand la mauvaise personne détient le pouvoir, et c'est ce que je tiens à éviter par-dessus tout.

Je hochai la tête, même s'il ne pouvait pas le voir.

—Très bien.

—Si je vous laisse partir, Jillian, vous devez me faire une promesse. Vous voulez bien ?

Je sondai son visage, mais n'y décelai nulle tromperie. Le dégoût qu'il avait pu m'inspirer de prime abord s'était mué en une sorte d'admiration. Ce vampire n'appartenait pas au clan des méchants, malgré tout ce qui m'avait convaincue du contraire de prime abord. J'entendis dans mon dos un râle étouffé tandis que les occupants du lit se réveillaient en douceur. Ils n'étaient pas morts. Ils dormaient. Quel soulagement !

Alex accepterait peut-être de me donner sa bague afin que je puisse prouver sa mort. Ainsi, j'aurais le temps d'emmener mes nièces loin de cette maison et de les conduire jusqu'à leur mère. Ensuite, je lui demanderais de quitter la ville, de se terrer en lieu sûr jusqu'à ce que toute cette histoire soit terminée. Ça me paraissait sensé. Oui, c'était une bonne idée.

— Que voulez-vous que je promette ?

— Vous devez tout faire pour aider Matthias à vaincre Kristoff.

J'inspirai avec difficulté.

— Vous semblez croire que j'en ai le pouvoir.

Il regarda dans ma direction avec ses yeux non existants.

— Vous n'êtes pas une victime, Jillian. Je le sens. Vous êtes forte et courageuse. Votre sang est aussi puissant qu'on le dit. C'est votre véritable don.

— La mort n'est pas un don.

— Question de point de vue. Votre sang vous différencie des autres humains. Il vous rend exceptionnelle. Et extrêmement dangereuse.

— Ce n'est pas mon impression.

— Oh si ! Croyez-moi.

Il resta immobile quelques instants, les bras posés sur les accoudoirs de son fauteuil roulant.

— Vous n'avez pas promis, reprit-il.

— D'aider à vaincre Kristoff ? Je le promets. J'y travaillerai d'arrache-pied.

— Bien. (Il hocha la tête.) Maintenant, une dernière faveur. Pouvez-vous transmettre un message à Matthias de ma part ?

Cela dépendait de l'endroit où il se trouvait, mais ce n'était pas le moment de se soucier de lui. Je verrais ça plus tard. Chaque chose en son temps.

— J'essaierai.

— Dites-lui que je lui pardonne et que j'aurai toujours foi en lui.

Je fronçai les sourcils.

— Vous devriez lui dire que votre…

Alex tendit les bras, enfonça les doigts dans mes épaules et me tira vers lui. Il repoussa mes cheveux et pressa la bouche contre mon cou.

— Non ! Ne faites pas ça…

Je me débattis, décontenancée par la tournure que prenaient les événements. Voilà qu'il m'attaquait alors qu'il était complètement immobile une minute plus tôt. La sensation de ses dents acérées contre ma peau une seconde avant qu'il ne la transperce me pétrifia. Je hurlai, puis m'effondrai contre lui, paralysée par la morsure.

Je ne pouvais ni bouger ni parler, mais j'entendais le râle rauque provenant de sa gorge tandis qu'il savourait mon fatal nectar. C'était douloureux. À cause de mon lien avec Matthias, il ne pouvait pas prendre possession de mon esprit et m'anesthésier. J'avais commencé à l'apprécier. Il m'avait convaincue qu'il faisait partie des « gentils », à l'échelle des vampires tout du moins. Il venait de perdre le contrôle, je n'en revenais pas ! Pourtant, il n'avait pas eu de mal à me résister jusqu'à présent.

— Délicieux…, murmura-t-il, son souffle frais contre mon cou meurtri.

Il finit par me relâcher, et se lécha la lèvre inférieure dégoulinante de sang. Je retrouvai aussitôt l'usage de mes membres et m'éloignai de lui avec peine, la main pressée contre la blessure qu'il m'avait infligée.

Je secouai la tête, les yeux brûlants de larmes.

— Pourquoi avez-vous fait ça ?

Il se tourna dans ma direction.

— Parce que c'était le seul moyen.

Puis il fut pris de convulsions et serra les dents avant d'être consumé par les flammes. En l'espace de quelques secondes, il ne resta d'Alex qu'un tas de cendres grisâtres. Sa bague retomba par terre à côté du fauteuil roulant.

Tétanisée, je me contentai de regarder l'endroit où il s'était tenu à peine quelques minutes plus tôt. J'étais en état de choc. Il venait de se tuer. Suicide par Belladone. Et contrairement à Matthias, il ne cachait pas un tour de passe-passe à la Houdini dans sa manche.

Alex n'était plus. Trois siècles d'existence balayés par une femme en robe noire au sang empoisonné.

Je me rendis compte que je pleurais, et séchai ces larmes de colère plus que de tristesse. Je ne m'attardai pas. Je ramassai l'anneau et traversai la pièce à la hâte, m'approchant un peu trop près du monstre dhampire. Il tendit vers moi ses longs bras et m'érafla l'épaule. Je sursautai, et il me scruta de ses grands yeux noirs affamés.

— Saaaaang, cria-t-il d'une voix stridente. Moooort.

Je réprimai un sanglot.

— Exact. Mon sang est mortel. Ne l'oublie pas.

J'attendais qu'un vampire m'arrête. Après tout, je venais de tuer leur chef aveugle et cul-de-jatte. L'homme qui voulait la mort d'Alex m'avait envoyée comme cadeau.

Et même si rien ne s'était déroulé comme je l'avais prévu, j'avais réussi.

L'une des occupantes du lit se redressa enfin, ôtant la tête de la cuisse nue de l'autre.

— Que se passe-t-il ? demanda-t-elle, l'air hagard. Où est Alex ?

Je levai les yeux vers elle, la vue trop trouble pour discerner davantage que sa silhouette.

— Il est parti.

Je tambourinai à la porte fermée à clé. Quelques instants plus tard, elle s'ouvrit et je la poussai avant de m'aventurer à l'aveuglette dans la foule, qui n'avait pas interrompu ses activités hédonistes depuis que j'avais rejoint Alex. La terre continuait de tourner. Et les boissons de couler à flots. Tout était normal dans le club échangiste pour vampires qui portait le nom ironique de *Croix d'Argent*. Sauf que son propriétaire était mort parce que je l'avais tué.

J'avais voulu qu'il soit assoiffé de sang, cruel et ignoble. Au lieu de quoi j'avais découvert l'ancien amant de Matthias, un vampire qui semblait discerner le bien du mal et qui avait enduré des peines atroces au cours de sa vie. J'avais représenté pour lui la chance d'échapper à cette torture une fois pour toutes, et il l'avait saisie.

Soudain, Noah fut à mon côté. Je ne l'avais pas vu arriver, mais j'avais l'esprit préoccupé. Les veines qui saillaient sur son visage à cause de la faim lui donnaient un air monstrueux, mais sinon c'était toujours le même Noah.

— Alors ? demanda-t-il.

— C'est fait.

J'avais la gorge sèche et douloureuse.

Il me jeta un coup d'œil inquiet et attrapa ma main comme s'il voulait l'ôter de mon cou pour inspecter ma blessure.

Je secouai la tête.

— Non. Je saigne. Tu ne devrais pas regarder pour l'instant.

Il grimaça.

— Bien vu.

— Barrons-nous d'ici !

— Inutile de me le dire deux fois !

Dans ma paume libre, je serrais la bague d'Alex si fort qu'elle laisserait sans doute une empreinte. Je l'avais tué. Et j'apportais à Kristoff la preuve de ma dangerosité.

Ma déplaisante mission s'avérait un succès.

Et pourtant, Kristoff me tuerait quand même.

Le trajet du retour dura une heure et décupla ma colère. Arrivée à la villa, j'avais dit adieu à la peur et j'étais prête à affronter Kristoff en face, quoi qu'il advienne.

Il m'attendait dans la pièce qui lui servait de salle du trône. J'avançai vers lui d'un pas décidé, mais chancelai lorsque je vis celles qui l'accompagnaient. Mes nièces, épuisées, se frottaient les yeux, assises en tailleur par terre. Comme il était plus de minuit, leur fatigue ne m'étonna pas.

— Bienvenue ! lança Kristoff.

L'angoisse dont j'étais parvenue à me débarrasser revint au galop. Je me demandai si Kristoff avait prédit mon humeur et voulait me rappeler ce qui était en jeu. Si oui, il avait bien réussi son coup.

— Tante Jill ? (Meg, ma nièce de huit ans, me dévisagea d'un air perplexe.) Tu as beaucoup changé.

— Ah oui ? (J'entortillai une mèche de cheveux autour de mon doigt, tâchant de passer outre aux battements de mon cœur.) En bien ou en mal ?

— Je ne sais pas.

Elle observa sa sœur. Toutes deux étaient blondes aux yeux bleus, comme leur mère. Comme moi avant.

— Tu es différente, c'est tout. Qu'est-ce que tu fais ici ?

— Votre tante est l'une de mes amies, reprit Kristoff. Elle est venue me rendre visite et souhaitait vous dire bonjour.

— Bonjour ! lança la petite Julie, six ans. (Elle serrait un ours en peluche rose contre sa poitrine.) On a regardé des films toute la nuit. On a dépassé l'heure de se coucher.

Je m'efforçai de sourire.

— Ça devait être sympa.

— Oui. On doit attendre ici que maman vienne nous chercher.

Je jetai un coup d'œil à Kristoff, qui acquiesça.

— Elle m'a demandé de garder les filles, de veiller à leur sécurité. Comment pouvais-je refuser ?

Mon visage était crispé.

— C'est très généreux à vous.

Kristoff sourit.

— Bon, les enfants. C'est l'heure d'aller au lit. Faites de beaux rêves !

Meg et Julie se levèrent pour me faire un câlin. Je les embrassai et les étreignis avant de les laisser partir à contrecœur.

Je les observai avec attention, à tour de rôle.

— Vous allez bientôt rentrer. Promis.

Meg haussa les épaules.

— OK.

Au moins, elles ignoraient où elles se trouvaient et en quelle compagnie, ce qui me soulagea quelque peu. Hors de question d'y changer quoi que ce soit.

La fille que j'avais vue avec Sara à mon arrivée attendait devant la chambre, et les enfants se dirigèrent vers elle. Ce devait être un genre de nounou vampire au service de

Kristoff. Ce qui n'était pas pour me réconforter. Je me raidis, mais ne cherchai pas à les retenir.

— J'adore les enfants, s'exclama Kristoff. Ils emplissent mon cœur de joie.

Je lui décochai un regard assassin.

— Si vous leur faites du mal, je jure que…

— Pourquoi leur ferais-je du mal ? (Il reporta son attention sur ma main.) Vous avez la bague d'Alex. J'en déduis que tout s'est déroulé comme prévu.

— Il est mort.

— C'était le plan. Vous vous avérez plus utile que je ne le pensais.

Il tendit le bras et je m'approchai pour lui donner le bijou, qu'il étudia avec intérêt.

— Qu'avait-il à dire ? demanda-t-il.

— Pas grand-chose.

Il glissa l'anneau à son index.

— J'ai peine à le croire. S'il y avait une chose qui caractérisait Alex, c'était sa langue bien pendue. À tel point que, parfois, ça lui jouait des tours.

— Il ne risque plus de parler désormais. Vous pouvez donc tenir parole et libérer mes nièces. Nous avions un accord.

Il examina mes traits tirés pendant un moment.

— Demain. Laissons-les dormir. La journée a été longue pour tout le monde. Bonne nuit, Jillian.

Deux de ses sbires me saisirent les bras pour me conduire hors de la pièce.

— Attendez ! Que s'est-il passé avec Declan ? Où est-il ?

Avant qu'il ait pu répondre quoi que ce soit, nous étions sortis. Les vampires me firent longer un couloir et gravir un escalier. Ils s'arrêtèrent devant une porte, la déverrouillèrent, puis me poussèrent dans l'immense chambre à coucher plongée dans la pénombre. Je ne discernai que des ombres et des contours. J'imaginais que c'était là que j'allais dormir, même si je n'avais jamais été aussi éveillée de toute ma vie.

Je hoquetai de surprise quand je sentis une corde m'enserrer les poignets.

— Qu'est-ce que vous faites ? m'écriai-je lorsqu'ils m'attachèrent à la colonne de lit, les bras derrière le dos.

L'un des vampires m'agrippa le visage avec fermeté. Ses pupilles étaient dilatées et ses joues couvertes de veines violacées.

— Kristoff veut vous faire participer à une nouvelle expérience. Bonne chance.

Puis ils tournèrent les talons, refermant à clé derrière eux.

Quoi encore, bon sang ?

La colère que j'avais pu ressentir jusqu'à présent s'évanouit pour céder la place à la panique. Je détestais me retrouver seule avec mes pensées. Je préférais être dans le feu de l'action, ça m'occupait l'esprit. À présent, j'étais complètement démunie, avec ma terreur comme unique compagne. Je tirai sur les cordes, en vain.

Kristoff voulait me cloîtrer ici, poings liés, pour mener une expérience. De quel genre ? Je l'ignorais, même si les possibilités devaient être aussi inquiétantes qu'infinies.

J'immobilisai mon corps et mon cerveau et dressai l'oreille.

Il y avait quelqu'un d'autre avec moi, mais je n'arrivais pas à le voir. Mes yeux finirent par s'habituer à l'obscurité.

— Qui est là ? murmurai-je.

Je me demandai pourquoi je posais la question. Je savais déjà qui c'était. Je me dévissai le cou et distinguai sa silhouette contre le mur. Au bout de quelques minutes, il remua, bandant ses muscles, et regarda droit devant dans ma direction. Je vis ses yeux noirs se plisser et ses lèvres se retrousser suffisamment pour découvrir ses crocs.

Les crocs de Declan.

Chapitre 18

Declan se redressa. Il était torse nu et portait un jean noir. Ses cicatrices étaient toujours là, bien sûr, mais elles semblaient un peu plus claires sur sa peau pâle.

C'était un vampire désormais. Comme son père.

C'était ça, l'expérience. Kristoff voulait me coincer dans une pièce avec Declan à présent que mon sang pouvait le tuer. Il s'agissait d'un test pour mesurer sa force et sa résistance. C'était encore l'un de ces rites de passage, comme avec Noah. Un entretien d'embauche.

Mords-moi et péris ou tiens bon et vis. Mais Noah avait eu toute une journée pour se préparer à cette épreuve. La vampirisation de Declan remontait à quelques heures à peine. Et il avait déjà des crocs.

Une peur bleue s'empara de moi.

— Declan, commençai-je.

— La ferme !

Je perçus la douleur dans sa voix et pinçai les lèvres.

— C'est ta faute, gronda-t-il.

— Que tu sois en vie ? rétorquai-je avec hésitation, me demandant si je devais être rassurée ou terrifiée par sa capacité à former des phrases complètes. Oui, désolée, j'en suis responsable.

— J'étais censé mourir ce soir. J'étais d'accord.

— Ouais, ben, c'est ballot ! Remets-toi ! Noah a bien réussi, lui. Et… ne t'approche pas de moi.

Sans prêter attention à ma requête, il s'avança vers la colonne où on m'avait attachée comme un agneau sacrificiel. Comme je l'avais prédit, arrivé à deux mètres de moi, il se figea, gonflant les narines.

— Merde !

— Ça change, hein ?

J'eus un mouvement de recul lorsque j'aperçus les veines, ô combien familières, saillir autour de ses yeux avant de lui couvrir les joues et le menton. Il avait les poings serrés, et tous les muscles de son corps étaient tendus.

L'ombre masquait son visage, mais son unique œil noir brillait dans l'obscurité.

— Ton odeur… c'est une véritable torture.

Je tirai sur mes liens sans réussir à les dénouer, et ne fis qu'irriter davantage mes poignets.

— Ce sera pire si tu me mords.

— Il… me met à l'épreuve.

— Habile déduction.

Je le jaugeai avec méfiance tandis qu'il continuait de s'approcher. Le visage empreint d'une colère noire, il me décocha un regard furibond.

— D'après lui, seul l'un de nous deux sortira vivant de cette pièce.

Je hoquetai lorsqu'il m'agrippa la gorge.

— Tu ne peux pas me mordre.

— Certes, mais il existe d'autres moyens de m'occuper de toi afin que tu ne représentes plus un danger pour moi.

Ma respiration se bloqua. J'avais raison. Il allait me tuer.

— Lâche-moi.

Il inclina la tête pour m'observer. Il semblait soudain aussi impassible que d'habitude, la rage qui l'animait avait complètement disparu. On aurait dit un tueur de sang-froid.

— Cette relation ne peut se terminer que de deux façons, Jill. Ma mort ou la tienne. Je pourrais déraper et te mordre maintenant, ce qui est un risque pour moi. Je suis fort, bien plus qu'il ne l'avait imaginé quand il m'a infligé ça. Bien plus que Noah. Mais j'ai mes limites. Me trouver si près de toi sans pouvoir te goûter, c'est l'enfer.

Le réseau de veines qui signalait sa faim m'empêchait de voir ses cicatrices.

— Noah dit que mon sang agit comme le crack.

Il m'étreignit la gorge de plus belle.

— C'est toi qui me fais l'effet du crack.

Je luttai pour camoufler ma peur.

— Quel flatteur tu fais quand tu parles de m'assassiner !

Il secoua la tête et grimaça avant de retrousser les lèvres. De nouveau, j'aperçus ses crocs étincelants, et je frémis. Leur vue me fit pleurer le Declan que j'avais perdu à jamais. Il se pencha afin d'examiner les traces de dents d'Alex sur mon cou, puis poussa un long soupir.

— Ce n'était qu'une question de temps. Tu es trop douce, Jill. Trop humaine. Contrairement à moi, tu n'as pas cet instinct meurtrier. Si Kristoff projette de continuer à t'utiliser comme tueuse à gages, il ne se passera pas deux jours avant qu'un vampire te brise la nuque.

Il était sérieux. Je le voyais dans son regard. J'étais sensible, faible et vulnérable. À présent, il n'était plus en mesure de me protéger, et je devais me débrouiller seule. Comme un oisillon tombé du nid.

Je n'étais pas aussi fragile qu'il le pensait.

Il porta son autre main à mon cou afin de pouvoir m'ôter la vie dès qu'il aurait décidé de mettre un terme à cette conversation.

— Je ne comprends pas pourquoi tu as fait ça, Jill. Pourquoi demander à Kristoff de me vampiriser alors que tu savais pertinemment que jamais je n'aurais voulu ça ?

Il serrait si fort que je n'arrivais pas à parler. Un mélange de peur, de colère, de frustration et de désespoir m'envahit tandis que je contemplais le vampire devant moi.

— Tu allais mourir.

— Pourquoi ne pas m'avoir laissé partir ?

— Parce que j'avais besoin de toi.

Il secoua la tête.

— Pourquoi faire de moi une créature que je hais ?

— Je savais que tu voudrais me tuer après ça.

— Et pourtant tu as supplié Kristoff de m'engendrer. Pourquoi ?

Il fronça les sourcils.

— Parce que je voulais que tu vives, point. J'étais trop égoïste et trop bornée pour te laisser mourir de cette façon.

— Pourquoi ? répéta-t-il.

— Parce que… (Ma voix se brisa.) Parce que je t'aime.

Il ne bougea pas, ne réagit pas, mais cessa de m'étrangler. Mon cœur battait si fort et si vite qu'il résonnait dans mes oreilles. Les larmes roulèrent sur mes joues.

Puis il me relâcha avant de reculer d'un pas. Je sentis un courant d'air glacé lorsque j'inspirai.

Il paraissait perplexe.

— Tu m'aimes.

Je respirai avec difficulté.

— C'est… une si grosse surprise pour toi ?

— Personne n'a jamais…

Il serra la mâchoire. Il ne termina pas sa phrase. Ce n'était pas nécessaire. Personne n'avait dit à Declan qu'il l'aimait, pas même Emily, sans doute, la femme qui s'était occupée de lui quand il était enfant. Ni Carson qui l'avait élevé. Declan n'avait jamais eu de petite amie, car son sérum l'avait empêché d'éprouver du désir ou des émotions. Sa mère biologique n'avait fait que lui mentir, et ne l'avait jamais porté dans son cœur.

Personne n'avait chéri Declan au point de prendre une décision aussi stupide et égoïste à sa place.

Je savais quels étaient mes sentiments pour lui depuis un moment déjà, mais le reconnaître m'effrayait. Le désir, c'était facile. Mais l'amour était bien plus dangereux et imprévisible que le plus assoiffé des vampires.

J'humectai mes lèvres lorsque le silence s'abattit sur nous.

— D'après Matthias, les vampires et les humains n'ont pas la même définition de l'amour. Leur nonchalance les incite à plus d'objectivité. C'est pourquoi ils ne s'attachent jamais.

Son regard se durcit de nouveau.

— Et pourtant, il t'a revendiquée.

Je me crispai.

— À t'entendre, on croirait que c'est une mauvaise chose.

— Ça l'est.

— C'était le seul moyen pour empêcher la Belladone de me tuer. Je ne me suis pas sentie aussi bien depuis des semaines !

Il ouvrit légèrement l'œil lorsqu'il apprit que ma mort imminente n'était plus d'actualité.

— Moi non plus.

— Ton sérum…

— Éliminé. Le sang de Kristoff… a détruit tout ce qu'il en restait. Et comme je ne suis plus un dhampire, je n'ai plus de rage démente à maîtriser.

— Rien que la soif et l'aversion au soleil. (Je grimaçai.) L'échange me semble équitable.

— N'en sois pas si sûre.

Declan sortit le couteau en argent du fourreau en cuir accroché à sa cuisse.

Mes aveux éplorés n'y avaient rien changé. Il allait quand même me tuer.

— Tu n'es pas obligé de faire ça. Tu dois me détacher, puis nous devons retrouver Matthias et ficher le camp d'ici.

— J'ai beaucoup de mal à me soucier de son sort.

— Lui et moi partageons le même lien que Kristoff et toi. Ce n'est rien de plus qu'un moyen pour parvenir à nos fins.

Il plissa les yeux.

— À cette différence que je ne me suis pas envoyé Kristoff, j'ai seulement dû boire son sang.

Je plantai mon regard dans le sien.

— Je n'ai pas couché avec Matthias.

Il parut surpris.

— Je ne te crois pas.

— C'est la vérité, pourtant.

Il recula un peu et je pus distinguer son visage rembruni et l'expression assassine qui enflammait son œil de jais.

— J'ignore comment il arrive à rester à tes côtés sans perdre le contrôle.

J'observai son couteau.

— La maturité. La pratique. L'abnégation.

— C'était une question rhétorique, mais l'admiration sans bornes que tu voues au roi déchu me fait chaud au cœur.

La colère consuma toutes les émotions que je pouvais ressentir.

— Assez parlé, Declan. Je n'ai plus rien à ajouter. Vas-y ! Finissons-en !

— D'accord.

Il brandit son arme.

Peu efficace, mon coup de bluff. Je ne pouvais pas mourir. Pas avant d'avoir assuré la sécurité de Meg et Julie.

— Non, attends ! Tu n'es pas comme les autres. Tu peux te maîtriser. Tu n'es pas dans le même état que Noah la nuit dernière. Kristoff n'a pas d'emprise sur toi. C'est ton père, mais ça ne signifie rien du tout ! Je te connais, Declan, et je sais que je t'ai blessé, mais tu n'es pas obligé de…

— Je ne vais pas te tuer, Jill. Ça n'a jamais été mon intention.

J'inspirai une grosse bouffée d'air et manquai de m'étouffer alors que j'assimilais ses paroles. Je lui décochai un regard furieux.

— Alors arrête de traînasser et détache-moi.

— Oui, m'dame.

Il se glissa derrière moi et coupa les cordes pour me libérer. Je frottai mes poignets irrités avec précaution tandis qu'il rengainait son arme. Je ne bougeai pas d'un iota. Lui non plus.

— Répète-moi pourquoi tu as demandé à Kristoff de me transformer, dit-il en reportant son attention sur mon visage.

Je clignai des yeux.

— Parce que j'ai besoin de toi.

— Quoi d'autre ?

— Parce que je ne voulais pas que tu meures.

— Quoi d'autre ?

Il essuya une larme sur ma joue droite.

Sa main était chaude, contrairement à celles de Matthias, une différence exacerbée par quatre siècles d'existence en tant que vampire. Un profond soulagement m'envahit.

— Parce que je t'aime tellement que sans toi je mourrais.

Il secoua la tête.

— C'est le lien qui t'unit à Matthias. Pas le nôtre.

— Sur le papier, peut-être. Ce n'est pas ce qui compte le plus.

Il fronça davantage les sourcils ; les veines noires étaient encore bien visibles sur son visage.

— Il est plus beau, plus riche et plus puissant que moi. Et il parvient à se maîtriser en ta présence.

— Je vois où tu veux en venir, mais je te préviens, tu te fatigues pour rien.

Je posai les mains à plat sur ses pectoraux d'acier. La chaleur qui émanait de sa peau me rassura plus que je ne l'aurais pensé. Il faut croire que le corps des vampires mettait du temps à refroidir.

Il semblait affamé lorsqu'il plaqua sa bouche contre la mienne. Je savourai son baiser en le serrant contre moi. Il poussa un grognement empreint de souffrance et d'hésitation.

— Bon sang ! marmonna-t-il contre mes lèvres. C'est une pure torture.

J'essayai de retrouver mon souffle.

— Tu n'es pas obligé de rester si près de moi.

— Faux. J'en rêve depuis des jours. Tu me hantes.

Un sentiment que j'apparentais à un optimisme prudent mêlé de soulagement avait remplacé ma peur. Et tandis qu'il m'embrassait de nouveau, un profond et douloureux besoin s'empara de moi. Je brûlais de désir, et jamais je n'aurais pensé revivre un tel moment avec lui. Surtout depuis la transformation qu'il avait subie.

Mais au fond il n'avait pas tellement changé. À présent, il avait juste quelques difficultés supplémentaires à surmonter.

Il attrapa les pans de ma robe et la remonta sur mes hanches avant de baisser ma culotte d'un geste brusque. Je me retrouvai nue de la taille aux pieds. Il m'agrippa les fesses et me pressa contre lui avec fermeté afin que je sente son érection sous son pantalon. Et tout ça sans rompre notre étreinte. Il se frottait à moi comme s'il n'arrivait plus à se maîtriser. La colonne de lit s'enfonça dans mon dos, mais j'y prêtai à peine attention. Seul Declan existait. Et c'était agréable.

Il recula un peu pour me regarder dans les yeux.

— Jill… Ce n'est pas facile pour moi…

— Je sais.

— J'ai envie de te goûter.

La panique m'envahit.

— C'est impossible. Declan… Et si nous commettions une erreur ? C'est peut-être trop tôt…

— Tu veux que j'arrête ?

Son expression resta tendue pendant un moment.

— Non.

Je laissai ma main remonter de ses épaules jusqu'à sa joue et suivis le tracé des veines noires. Elles étaient plates et, de près, ressemblaient à un tatouage.

— Je tiens à éviter que tu perdes ton sang-froid et me mordes, ajoutai-je.

— J'essaierai.

— Ça ne suffit pas.

— Je ne te mordrai pas.

Je souris.

— Voilà qui est mieux.

Il déglutit, et je sentis sa pomme d'Adam remuer lorsque je titillai sa gorge du bout de la langue.

— Dis-moi ce que tu désires, Jill.

— Mis à part que tu ne me mordes pas ? (Je l'embrassai encore.) Je te veux en moi.

La franchise de ma requête le fit jurer dans sa barbe.

J'effleurai son torse musclé, m'attardant sur ses abdominaux saillants, avant de descendre vers sa taille. Je déboutonnai son jean, puis glissai la main en dessous. J'enroulai les doigts autour de son sexe tout en continuant de baisser son pantalon.

Sa respiration devint de plus en plus saccadée sous l'effet de mes caresses.

Il poussa un juron enflammé lorsque je plaquai de nouveau la bouche contre la sienne, assez fort pour le meurtrir, lui arrachant un râle rauque.

Il s'écarta un peu de la colonne de lit et m'allongea sur le matelas. Il interrompit notre baiser un court instant, le temps d'ôter ma robe.

J'étais peut-être en train de rêver. Quand j'avais demandé à Kristoff de vampiriser Declan afin de lui sauver la vie, j'avais été persuadée que je retrouverais un autre homme, monstrueux, insatiable, et animé d'une rage folle envers celle qui avait pris cette décision à sa place. Bien sûr, il avait été décontenancé. Il ignorait tout de mes motivations. À présent, il les connaissait. Je l'aimais, avec ou sans crocs.

En tant qu'ancien dhampire, pour lui la transition devait être plus facile. Certains supportaient mal la transformation, ils devenaient plus violents et incontrôlables, comme l'avait affirmé Kristoff, mais peut-être ne cherchait-il qu'à m'effrayer, après tout. Et si Declan faisait figure d'exception ? Il avait été transformé par un roi, un vampire âgé de plusieurs siècles qui économisait ses forces depuis trente ans. Declan avait pour sire son père. Cela devait faire une sacrée différence.

Je gémis lorsque Declan me couvrit de tout son poids, caressant l'intérieur de mes cuisses tandis qu'il les écartait. Je m'emparai à tâtons de son sexe et le guidai vers moi. Il grogna, ses lèvres se retroussèrent, exposant ses crocs, et il attrapa mes poignets pour les plaquer au-dessus de ma tête.

— Ce sera fini trop vite si tu continues à me toucher comme ça.

J'esquissai un sourire, qui s'estompa lorsqu'il s'appuya contre moi tandis qu'il me pénétrait en douceur. Il relâcha mes bras pour que je puisse m'agripper à ses épaules pendant qu'il se mouvait en moi.

Je pris son visage entre mes mains et plongeai le regard dans le sien. Nous restâmes dans cette position, immobiles, peau contre peau, corps entremêlés, à savourer ces sensations pendant quelques secondes avant qu'il ne se mette à onduler du bassin.

Je haletai.

— Declan !

— Tu n'as pas idée de ce que j'éprouve, me susurra-t-il à l'oreille d'une voix rocailleuse. Plaisir et douleur.

— Cinquante-cinquante ?

Il m'effleura la bouche de la sienne.

— Soixante-quarante.

— Je préfère ça.

Jamais je n'aurais cru que la nuit se terminerait ainsi. Je m'attendais qu'il explose de rage comme la dernière fois, mais rien ne s'était produit, si ce n'est ce va-et-vient exquis.

— Ne me mords pas… c'est tout, parvins-je à murmurer contre ses lèvres.

Il réprima un grognement qui sonna comme un éclat de rire.

— Je ferai de mon mieux.

Je gémis lorsqu'il se retira soudain.

— Que fais-tu ? Il y a un problème ?

Il m'embrassait la gorge à pleine bouche. Je me crispai et m'emparai de son visage pour le diriger vers mes yeux. Il avait l'air grave et respirait avec difficulté.

— Quoi ?

— J'ai cru que je t'avais perdue.

— Quand ça ?

— Quand Kristoff m'a appris que Matthias t'avait revendiquée.

Il plaqua les lèvres contre ma clavicule avant de s'intéresser à ma poitrine. Je sursautai lorsque la pointe acérée de ses crocs fraîchement acquis effleura mon téton gauche.

— Sois prudent, l'avertis-je.

— Prudent…

Il laissa sa langue glisser du creux de mes seins jusqu'à mon nombril, qu'il lécha avant de descendre davantage.

— Je ne suis pas sûr de vouloir l'être.

L'inquiétude se mêla au plaisir qu'il me procurait.

— Promets-moi de ne jamais me mordre.

— Je te le promets. (Il embrassa l'intérieur de ma cuisse.) Mais je peux toujours te goûter.

Je sentis sa barbe de trois jours rugueuse contre mon intimité avant qu'il ne la caresse de sa langue, chaude et humide. Je me cambrai et poussai un cri d'extase. Sa bouche sur ma peau suffisait à me faire perdre la tête. L'orgasme ne tarda pas à venir, et je me laissai ravir au rythme de mes gémissements, hurlant son nom sans m'arrêter. Tout devint noir autour de moi, et l'espace d'un instant je crus que j'allais m'évanouir.

Declan me souleva du lit et m'assit sur ses genoux avant de se glisser de nouveau en moi. J'étais molle comme une poupée de chiffon. J'avais l'impression de me liquéfier, et je me cramponnai à lui lorsqu'il se mit à aller et venir en moi de plus en plus vite, de plus en plus fort.

— Jill… Putain… Trop bon…

Il me dévora d'un baiser vorace, et je sentis mon goût sur sa langue. Plus rien n'occupait mon esprit si ce n'était ce moment. Plus rien ne comptait. J'avais oublié que Declan était un vampire, que mon sang lui était fatal. Il me semblait n'avoir connu que lui, seul son toucher m'embrasait. Je ne pouvais plus m'en passer.

Je n'avais pas menti. J'aimais Declan peu importe ce qu'il était, sans me soucier des conséquences.

Le peu de maîtrise qu'il lui restait s'estompa à mesure qu'il approchait de l'orgasme. Il sortit les crocs et plongea vers mon cou. Je craignis le pire et me préparai à souffrir, mais il n'essaya pas de me mordre. Il grogna contre ma peau tandis qu'il s'abîmait en moi.

Je le maintins avec fermeté, lui caressant le dos, le visage, priant pour que ce moment dure toujours, même si je savais que c'était impossible.

— Je te revendique, Jill, murmura-t-il d'une voix rauque contre mes lèvres. Tu es à moi !

Il m'embrassa encore. Le réseau de veines noires ne l'avait pas quitté depuis que nous étions ensemble. À cet instant, je lui appartenais corps et âme. Pourtant, jamais il ne pourrait me revendiquer complètement.

Un autre vampire s'en était déjà chargé.

Chapitre 19

Nous n'eûmes guère le temps de savourer cet instant de plénitude.

— Il faut que je te sorte d'ici, déclara Declan en me tendant ma robe.

Je l'attrapai et ramassai ma culotte avant de m'habiller. Je l'observai tandis qu'il enfilait son pantalon.

— Tu prends la fuite après l'amour, hein ?

Il sourit sans dissimuler son inquiétude.

— Kristoff était sûr que l'un de nous deux tuerait l'autre. Il ne devait pas s'attendre à ça.

— Et pourtant, il nous a enfermés dans une chambre à coucher. Je pense que ton père est plus futé que tu ne le crois.

— Ce n'est pas mon père. (Il se rembrunit.) La biologie n'a aucune valeur pour moi.

— Il m'a ordonné d'assassiner Alex, le chef d'Amarantos.

Le souvenir était douloureux, et j'éprouvais encore des difficultés à comprendre pourquoi Alex m'avait mordue en toute connaissance de cause.

Declan effleura ma gorge avec douceur.

— Les cicatrices ont presque disparu. Tu guéris plus vite grâce à ton lien avec Matthias.

J'examinai l'égratignure infligée par le monstre dhampire plus tôt dans la soirée. Il n'en restait qu'une mince ligne rosée.

— Merde alors !

—Que t'a-t-il dit avant de mourir ? demanda Declan sans cesser de caresser la marque évanescente. Il ne t'a rien révélé d'important ?

—Il voulait que je promette d'aider Matthias à vaincre Kristoff. Il s'opposait radicalement à sa souveraineté. Il était convaincu que Kristoff était le mal incarné. Puis il m'a mordue en sachant que ça le tuerait.

—Il l'a fait malgré tout ?

J'acquiesçai.

—C'était vraiment bizarre. À croire qu'il était suicidaire. Il voulait aussi que je dise à Matthias qu'il lui pardonnait… les trucs glauques qui s'étaient passés entre eux.

Je traversai la pièce obscure avant de faire volte-face pour regarder Declan à nouveau.

—Nous devons retrouver Matthias, ajoutai-je. Puis on récupérera Sara et mes nièces, et on mettra les voiles avant de réfléchir à la suite. On ne peut pas rester ici, c'est trop risqué.

Declan fronça les sourcils.

—Sara est ici ? Comment est-ce possible ?

Je déglutis.

—Emily est… Je suis désolée, mais elle est… elle est morte. Kristoff a réussi à la localiser, et…

—Comment ?

Ses traits exprimaient son chagrin.

—Il est uni à Matthias par un lien psychique. Il a tout vu. Matthias connaissait la cachette de Sara, et par conséquent Kristoff aussi.

Il se gratta le cuir chevelu, le visage ravagé par la douleur.

—Merde ! Je n'aurais jamais dû le lui dire. Je le savais ! (Il poussa un long soupir.) Il est trop tard, maintenant. Ce qui est fait est fait. On ne peut qu'aller de l'avant. Abandonner Matthias à son sort est inenvisageable, je suppose ?

— En effet. J'ignore ce qu'ils ont fait de lui. Ils l'ont traîné hors de la pièce après l'avoir poignardé.

— Il est encore en vie.

J'acquiesçai.

— Il est immortel, même s'il en doutait. On en détient la preuve désormais. Le rituel a fonctionné exactement comme le voulait Kristoff.

Declan demeura silencieux tandis qu'il considérait la question.

— Alors Sara court un plus grand danger que je ne le pensais.

— Oui. Alex contrôlait la Guilde, mais maintenant qu'il est mort… qui sait ce qu'il va se passer ?

Il hocha la tête et me regarda dans les yeux.

— On doit retrouver Matthias et les sortir tous deux de ce guêpier.

Je souris presque.

— Super plan ! Mais il reste un problème. Je n'ai aucune idée de l'endroit où il se trouve.

— Bien sûr que si.

Je fronçai les sourcils.

— Ah bon ?

— Sers-toi de votre lien pour le localiser.

Sa voix était grave, empreinte d'irritation, comme s'il était jaloux. Il braqua le regard sur moi et s'approcha pour plaquer la main contre ma poitrine.

— Tu peux y arriver parce que vos âmes sont unies désormais.

Je l'observai, bouche bée.

— À t'entendre, on croirait que nous sommes des âmes sœurs.

— C'est le cas.

Voilà donc ce que « revendiquer quelqu'un » signifiait réellement. Même si je n'étais pas amoureuse de lui, Matthias était mon âme sœur officielle de la façon la moins romantique possible. La plupart des gens ne choisissaient pas d'unir leurs âmes parce que l'un souhaitait utiliser le sang de l'autre.

— Je ne me sens pas différente.

— Si. Tu l'as dit toi-même. Tu es plus forte. En meilleure forme. Et le poison n'a plus d'effet sur toi, même s'il continue d'irriguer ton système sanguin. Fais-moi confiance, il est encore présent parce que ton parfum représente… une tentation atroce.

Je regardai les veines sur son visage s'estomper peu à peu et son œil recouvrir sa teinte grise habituelle, même si elle s'était éclaircie d'un ton depuis qu'il était devenu vampire.

Je mordillai ma lèvre inférieure, gagnée de nouveau par un sentiment d'embarras.

— Tu n'as pas à envier le lien qui m'unit à Matthias.

— Je ne suis pas jaloux, seulement inquiet. (Il poussa un long soupir.) Ce n'est pas le moment d'en parler. Si tu te concentres, tu devrais pouvoir le retrouver même s'il est à l'autre bout du monde.

— Et il peut en faire de même pour moi.

— Oui.

— Pour toujours.

— Oui.

Certes, j'étais heureuse d'avoir échappé à la mort, mais appartenir à Matthias de façon aussi immuable et intime ne me réjouissait pas. Il m'avait revendiquée sans me demander mon avis. Cela s'apparentait sans doute à ce que j'avais fait à Declan. J'avais voulu qu'il soit vampirisé en sachant qu'il aurait un mal fou à s'y habituer. Par ma faute, il était devenu l'une de ces créatures qu'il abhorrait et pourchassait depuis toujours. Matthias avait agi sans me prévenir même s'il devait se douter que ma réaction ne serait pas des plus enthousiastes. Pas de choix. Pas de vote. Juste un changement de vie permanent.

Quoi qu'il en soit, je devais procéder par étapes.

Je fermai les yeux et pensai à lui, tâchant de me rappeler à quoi il ressemblait quand Kristoff l'avait poignardé en plein cœur. Il croyait qu'il allait mourir, je l'avais lu sur son visage. Mais la mort n'était pas venue. Il était immortel. Et lié à moi jusqu'à mon dernier souffle.

Matthias, où es-tu ?

Je ne sentis rien pendant une minute, mais j'essayai de me concentrer de toutes mes forces. Soudain, je perçus comme une cordelette sinueuse reliée à moi. Je l'attrapai et la suivis dans les ténèbres. Je ne pouvais pas le voir, mais je savais qu'il se trouvait à l'autre bout. Je m'approchai.

Il était là. Il semblait exténué et furieux. Il s'appuyait contre une barrière à quelques centimètres de son corps. Il souffrait. Il était confiné dans un minuscule espace sans la moindre issue possible. Je fus prise de claustrophobie et tentai désespérément de m'échapper. Il tentait désespérément de s'échapper. Je dus lutter pour maintenir notre connexion.

Il s'immobilisa, comme s'il m'avait flairée.

Il était à l'agonie, abandonné à son sort dans l'obscurité. Je perçus son angoisse : il craignait pour la vie de sa fille, pour la sienne.

— *Jillian.*

Sa voix était presque inaudible, mais elle me confirma qu'il avait conscience de ma présence. La honte remplaça sa terreur. Il avait peur et ne voulait pas que je le sache.

— Je vous vois, chuchotai-je. Tout va bien se passer.

Puis je fus tirée en arrière le long de la corde jusqu'à ce que j'ouvre les yeux, hors d'haleine. Devant moi, Declan me tenait les bras.

— Tu l'as vu ? Où est-il ?

Je hochai la tête.

— Je sais où le trouver.

Son expression était indéchiffrable.

— Votre lien est plus fort que je ne le pensais.

Il ne me laissa pas l'occasion de lui répondre. Declan me prit par le poignet et m'entraîna vers la porte. Il cogna dessus et elle s'ouvrit au bout de quelques secondes.

— Tu en as fini avec la…, commença le garde, mais Declan l'agrippa par la chemise, l'attira dans la pièce et lui planta son poignard en plein cœur. Les cendres du vampire s'éparpillèrent au sol sans qu'il ait eu le temps de crier.

L'autre vampire le contempla avec horreur, la main posée sur son revolver.

— Tu es l'un des nôtres désormais. Tu ne peux pas continuer à nous tuer.

— Faux.

Declan lui trancha la gorge avant de lui enfoncer la lame dans la poitrine. Quelques instants plus tard, il s'accroupit pour ramasser l'arme à feu sur la pile de poussière rougeoyante et l'inspecta.

— Des balles en argent. Joli.

J'étais pétrifiée, m'efforçant d'assimiler deux meurtres en moins de trente secondes.

— Ils manquaient de préparation, on dirait.

Il arbora un grand sourire.

— Ils étaient persuadés qu'il me suffirait de flairer ton odeur pour perdre la tête. (Il coinça le pistolet sous sa ceinture.) Ils avaient raison.

— Tu m'as l'air en pleine possession de tes moyens.

— Je tâche de faire bonne figure. Je préférerais mille fois t'allonger sur ce lit pour te dévorer plutôt que partir à la recherche de Matthias.

— Me dévorer ?

Il posa les yeux sur ma bouche.

— Oui.

— Crocs interdits.

— Crocs interdits.

Je me rappelai le moment que nous venions de vivre, et un frisson de plaisir me parcourut.

— Je devrais pouvoir m'y faire.

Il me donna un rapide baiser avant de reculer. Son œil était redevenu noir ; il jura dans sa barbe et grimaça quand les veines saillirent, avant de disparaître tout aussi vite.

— Tu es très dangereuse pour moi, désormais, Jill.

— J'aimerais qu'il en soit autrement.

— Mais ça ne l'est pas. Allons trouver ton âme sœur.

Je me renfrognai.

— Évitons de le nommer ainsi, d'accord ?

— OK pour moi. (Il balaya le couloir du regard.) Je flaire quinze vampires et trois serfs de sang. Je viens d'en éliminer deux, mais ils sont bien plus nombreux.

— Accrochons-nous à notre motivation !

— Ma motivation, c'est de te sortir de là avant qu'il ne soit trop tard. Être avec toi... (il hésita et se crispa lorsque je lui touchai le bras) ça m'a rappelé l'essentiel : te protéger.

— Protéger l'humaine fauteuse de troubles au sang toxique.

— Celle-là même.

Je me sentis faiblir.

— Celle qui est responsable de ta transformation en monstre ?

Il me serra contre lui pendant un instant.

— Tu as eu raison.

Je n'en revenais pas.

— Pardon ?

— Si j'étais mort, je ne pourrais plus veiller sur toi.

— Si tu m'avais appris à me battre, je ne serais pas constamment à ta merci, rétorquai-je.

— Tu n'es pas une meurtrière.

— Et pourtant, je te prouve le contraire de temps à autre.

Il secoua la tête.

— Infliger la mort contre ton gré ne fait pas de toi une tueuse.

Je regardai le pistolet coincé derrière sa ceinture.

— Il n'empêche que j'aimerais savoir me servir d'un revolver.

Il esquissa un pâle sourire.

— Si on sort d'ici vivants, je t'enseignerai tout ce que je sais. Promis, juré !

Voilà qui valait la peine d'attendre. Un cours sur le maniement des armes à feu donné par Declan Reyes, dhampire devenu vampire.

— Marché conclu !

— C'est parti ! Passe devant.

Nous longeâmes le couloir en toute hâte et descendîmes l'escalier. Matthias se trouvait au sous-sol, derrière une porte verte en métal.

Nous poursuivîmes notre chemin jusqu'à la cave. Il y faisait noir, frais et sec, et à mesure qu'on avançait on s'approchait d'une pièce bétonnée dépourvue de meubles.

Je posai la main sur le mur, perplexe.

— Non. Ça ne peut pas s'arrêter là. Il est plus loin.

Declan balaya les lieux du regard.

— Il doit y avoir une porte quelque part. Continuons à chercher.

Plus vite on l'aurait retrouvé, mieux ce serait. J'avais les nerfs en pelote. Je craignais qu'on s'élance à notre poursuite quand on découvrirait la chambre vide parsemée de cendres de vampires. Je sondai les alentours, mais on n'y voyait rien, et je ne trouvai d'interrupteur nulle part. Seule une carpette jetée au sol faisait office de décoration. Et encore, on aurait dit qu'elle avait été rapportée d'une autre pièce.

J'en attrapai le coin et la tirai sur le côté.

— Quelque chose dans ce goût-là, par exemple ?

Je pointai du doigt la trappe dissimulée en dessous.

Declan haussa un sourcil.

— Bingo !

Il souleva la poignée rouillée et fit basculer la porte en arrière. Elle s'enfonça dans un bruit sourd, et une ouverture d'un mètre carré menant vers un tunnel d'obscurité apparut devant nous. Une échelle de corde qui me semblait bien fragile pendait sur le côté.

Tout en bas reposait Matthias. Plus vite on le libérerait, plus vite on pourrait s'enfuir.

— J'y vais le premier.

Sans hésiter, Declan s'empara de l'échelle et commença à descendre.

J'étais moins téméraire que lui. J'avais le vertige en temps normal, mais si en plus il fallait se jeter dans le noir… Je ravalai ma peur, ôtai mes chaussures et m'agrippai à la corde si fort que je me brûlai les mains. Je lui emboîtai le pas, à mon rythme.

Les lourdes bottes de Declan claquèrent sur le sol peu après, et il m'attrapa pour m'aider à franchir les quelques décimètres restants. J'essayai de m'orienter. Une lampe fixée au plafond bas éclairait l'endroit.

— Ce n'est pas juste un sous-sol, soulignai-je. Regarde ces galeries !

— La plupart des vampires vivent en communauté dans une sorte de nid souterrain. Celui-ci devait appartenir à Kristoff du temps de son règne. Il est abandonné à présent. Les rebelles ont déserté, les autres ont rejoint le clan de Matthias.

Le tunnel avait été creusé dans la roche. À première vue, on pouvait le prendre à gauche et à droite, puis il se subdivisait encore en plusieurs branches. C'était un véritable labyrinthe situé dans les caves d'une luxueuse villa de Malibu.

— Par où on va ? demanda Declan.

Sans ma boussole interne reliée à Matthias, j'aurais été perdue.

— À gauche.

Si je savais où se trouvait Matthias, n'en allait-il pas de même pour Kristoff avec Declan ? Non, bien sûr. Il ne l'avait pas revendiqué, il l'avait transformé. C'étaient deux choses complètement différentes. Nous étions en sécurité, du moins pour la nuit. Nous devions nous éclipser avant l'aube. Matthias ne pouvait pas marcher sous le soleil… et, désormais, Declan non plus.

Penser qu'il ne reverrait plus jamais la lumière du jour me peinait. Les yeux crevés d'Alex, comme si quelqu'un les lui avait brûlés au chalumeau, me hantaient. Declan était borgne. Je ne voulais pas qu'il perde son autre œil.

Être un vampire comportait clairement des désavantages.

— Ici, chuchotai-je.

Il me semblait avoir crapahuté pendant plus d'un kilomètre.

Une porte verte en métal se dressait à gauche du corridor, exactement comme je l'avais visualisée. Pas de gardes. Declan tritura la poignée, la força, mais le verrou ne céda pas.

— Tu crois que tu peux…, commençai-je.

Il essaya de la défoncer d'un coup d'épaule, y mettant tout son poids. J'entendis quelque chose se briser.

Je haussai les sourcils.

— Je vais prendre ça pour un « oui ».

Il observa la porte avec agacement.

— C'est un « presque ». Tu es sûre qu'on est au bon endroit ?

— Certaine.

Il se jeta de nouveau contre la porte. Encore un craquement. Puis il suffit d'un coup de botte en plein centre pour l'ouvrir.

La pièce était minuscule, elle ne devait pas dépasser les trois mètres carrés. Elle était vide. Seule une caisse noire trônait sur une estrade à droite. Une ampoule nue pendait au plafond.

— Il est à l'intérieur.

Je respirais avec difficulté. J'avais vu ce lieu dans ma tête. Il s'agissait de l'espace confiné dans lequel Matthias était piégé.

Declan examina le cercueil.

— Personne ne regarderait dedans pour y trouver un vivant. C'est un excellent camouflage. Surtout après que le vampire, mort de faim, aura plongé dans le coma.

Je m'avançai et m'emparai du cadenas.

— Voilà qui est inhabituel.

— En effet. Recule.

Declan brandit son pistolet et visa la serrure. Le violent coup de feu me fit sursauter. Je priai que nous soyons les seuls dans ces tunnels, car le bruit risquait d'alerter quelqu'un de notre présence.

Declan tritura le verrou jusqu'à ce qu'il tombe à terre, puis il ouvrit le cercueil.

Matthias tendit lentement la main vers nous. Il gémit, comme s'il m'appelait, sans rien dire de plus.

Je me précipitai à son côté. Il avait une mine effroyable. Il était livide, décharné, et des poches presque noires cernaient à nouveau ses yeux. Ses iris étaient si pâles qu'ils paraissaient blancs. Il ouvrit la bouche, mais aucun son n'en sortit.

— Matthias, vous pouvez bouger ? Qu'est-ce qui cloche ?

— Merde ! (Declan me rejoignit et examina le vampire.) Je ne m'étais pas attendu à ça.

— À quoi ?

Il s'approcha davantage et souleva la chemise de Matthias. Il avait été poignardé, mais le sang ne provenait pas de cette blessure.

— Oh merde !

Je me couvris la bouche, l'estomac au bord des lèvres. L'espace d'une seconde, je crus que j'allais vomir, avant de parvenir à me ressaisir.

— Matthias, que vous ont-ils fait ?

On lui avait ouvert le thorax. De part et d'autre, le sang avait coagulé et la chair lacérée n'avait pas cicatrisé.

— Son cœur a disparu, déclara Declan sur un ton sinistre.

Je pantelai.

— Son cœur ? Comment ? Comment est-ce possible ?

— Uniquement parce qu'il est immortel. Sinon, il serait mort sur le coup. Toutes ses fonctions vitales sont à l'arrêt tant qu'il ne l'aura pas récupéré. La blessure est trop sérieuse pour qu'il guérisse. Dépourvu de cet organe essentiel, son corps a cessé de se régénérer.

— Tu te fous de moi ?

Declan n'avait pas l'air de plaisanter.

— Je sentais bien qu'il avait donné son cœur. J'ignorais que c'était à un autre que toi.

Je l'observai, bouche bée.

— C'est le moment que tu choisis pour faire de l'esprit ?

Il haussa les épaules. De toute évidence, il gérait la situation mieux que moi.

— Nous devons le retrouver.

Je me forçai à regarder le torse ensanglanté de Matthias.

— Et après ? On le remet en place, et c'est tout ?

— Ça devrait faire l'affaire.

Si je doutais encore de la monstruosité de Kristoff, ce spectacle suffisait à me prouver sa cruauté. Pas étonnant que j'aie ressenti une telle souffrance émanant de Matthias. Il ne guérissait pas. Il lui manquait son cœur. Pourtant, il était en vie. Et son calvaire n'était pas près de se terminer.

Cette pensée me donna la nausée.

Kristoff devait trouver le châtiment ironique. Il avait infligé au frère haï la même punition que ce dernier réservait aux traîtres : il lui avait arraché le cœur. À une différence près. Ces vampires enduraient ce supplice pendant quelques secondes avant de devenir poussière. Un tel soulagement n'attendait pas Matthias.

Je lui caressai les cheveux, ôtai les mèches qui lui barraient le front, prise d'une compassion mêlée d'inquiétude pour ce pénible vampire qui m'avait liée à lui pour l'éternité.

— Je le retrouverai. Je le jure. Et je reviendrai dès que possible.

Il acquiesça d'un hochement de tête à peine perceptible, et je lus la douleur dans ses yeux lorsque je refermai le cercueil.

On devait surmonter cet obstacle avant de ficher le camp.

— Declan, remets le cadenas. Il est cassé, mais en cas d'inspection, on ne devrait rien remarquer au premier coup d'œil.

— Tu veux le laisser ici dans cet état ?

Je reportai mon attention sur lui.

— À moins que tu ne veuilles porter un vampire éviscéré sur le dos pendant que tu grimpes à l'échelle de corde...

— Ça risque d'être un peu compliqué.

— Exactement.

Il croisa les bras et fronça les sourcils.

— On peut le laisser ici cette nuit. On récupère Sara et tes nièces, on se carapate avant le lever du soleil, et on revient le chercher plus tard.

Il me suffit d'une seconde pour prendre ma décision.

— Je ne peux pas l'abandonner. Et ça n'a aucun rapport avec le fait qu'il m'ait revendiquée ou qu'il ait lié nos âmes, ou que sais-je encore. Je refuse de laisser quelqu'un souffrir de la sorte. Il ne le mérite pas.

— Ça se discute.

— Declan, repris-je avec fermeté, tu me soutiens sur ce coup ou pas ?

Il demeura silencieux pendant un moment.

— OK. Je te soutiens. On doit se dépêcher de retrouver son cœur. Prie pour que Kristoff ne l'ait pas brûlé.

Je grimaçai.

— Prier pour le cœur d'un vampire. C'est dans mes cordes.

— D'après moi, seul le lien qui l'unit à toi lui permet de rester conscient. Il puise dans tes réserves pour ne pas sombrer.

Notre lien. Je me sentais un peu plus faible qu'auparavant, en effet, mais j'avais attribué cela au stress de cette interminable journée. Ma fatigue n'était pas invalidante, mais elle ne passait pas inaperçue. Je me rappelai le fil imaginaire qui m'avait menée jusqu'à Matthias. Il pouvait très bien s'en servir à son tour pour accéder à mon énergie vitale.

Merde. Quel sacré bordel ! Si c'était vrai, je dépérirais à mesure que l'état de Matthias empirerait. Je n'avais pas signé pour ça, mais je devais m'en accommoder. Et mettre la main sur son cœur afin qu'il puisse se régénérer.

Penser que Kristoff avait pu le brûler m'emplit d'effroi. Le feu était peut-être le seul moyen de détruire un vampire immortel. Mais alors, pouvait-on encore les qualifier de tels ? Ils étaient censés être invulnérables. Cela dit, personne ne pouvait passer outre aux lois naturelles. Ils avaient beau être très différents des humains, les vampires restaient des entités vivantes. Leurs cœurs battaient à peine, mais ils en avaient quand même besoin. Pour preuve, l'incapacité de Matthias à fonctionner sans le sien. Leur température corporelle était plus basse, mais comme j'avais pu en faire l'expérience, les néophytes restaient chauds au toucher pendant un moment. Des jours. Des mois. Des années. J'ignorais combien de temps s'écoulerait avant que la peau de Declan devienne aussi froide que celle de Matthias.

Je n'avais qu'une seule certitude : si on ne retrouvait pas son cœur, Matthias demeurerait dans cet état pendant longtemps, sans doute pour toujours. Il vivrait un enfer. Enfermé dans un cercueil, la poitrine béante… La folie ne tarderait pas à le frapper.

Je m'efforçai de grimper à l'échelle sans traîner, mais elle était instable et mes mains tremblaient. Plus j'essayais d'accélérer, plus je ralentissais. Alors que j'approchais de la sortie, tous mes membres m'élançaient. Un coup d'œil en arrière me confirma que Declan effectuait l'ascension sans peine. La joie et le soulagement que me procurait son aide étaient inexprimables. Je n'aurais jamais réussi sans lui.

J'arrivai en haut la première et me hissai sur le rebord.

Cinq vampires, dont Kristoff, nous attendaient. Je cessai de respirer, écarquillant les yeux d'horreur. Puis le désespoir s'empara de moi.

Merde.

Declan sortit de la trappe à son tour et se redressa lentement. Ses muscles étaient tendus lorsqu'il sonda du regard les vampires présents.

Je pensais qu'il se jetterait aussitôt sur eux pour les poignarder en plein cœur. Ou qu'il utiliserait son nouveau pistolet muni de balles en argent pour les éliminer les uns après les autres. Mais ils étaient trop nombreux. Il risquait de se blesser ou de se faire tuer s'il les attaquait de front.

— Je t'en prie, Declan, murmurai-je. Ne les combats pas.

Il resta à sa place, les mains sur le côté. Kristoff s'approcha de lui.

— Alors ? s'enquit-il.

— Tu avais raison, répondit Declan d'une voix neutre. Matthias n'ira nulle part dans cet état.

Je le regardai, bouleversée.

— Declan…

Kristoff croisa les bras.

— Tu es donc capable de te maîtriser en sa présence.

Declan acquiesça.

— Oui. C'est une vraie lutte, je le reconnais, mais je suis content d'avoir demandé à le vérifier par moi-même. Maintenant, j'en suis sûr.

— As-tu été tenté ?

— Bien entendu. Son sang est une arme redoutable contre les nôtres. Je ne m'étais pas rendu compte à quel point.

Kristoff parut ravi.

— Beau travail. Les dhampires ont toujours fait les spécimens les plus forts. Voilà pourquoi j'ai instauré la loi prohibant leur vampirisation et détruit ceux qui avaient été engendrés avant mon règne. Mais je suis heureux d'avoir fait une exception pour toi, mon fils. Désormais, tu seras mon principal atout.

— Alex complotait contre toi, comme tu l'en soupçonnais. Jill m'a dit qu'il l'avait suppliée d'aider Matthias à te vaincre.

Je me sentis blêmir à chacune de ses paroles, et une profonde déception me comprima la poitrine. Declan aurait tout aussi bien pu me planter un pieu dans le cœur.

Lorsqu'il daigna reporter son attention sur moi, je ne décelai sur son visage aucune indication sur la tournure effroyable qu'avaient prise les événements. Mais, après tout, avais-je vraiment besoin qu'on me présente les acteurs de cette pièce ?

Le rejeton du roi vampire avait été mis à l'épreuve. Et il avait réussi haut la main.

Chapitre 20

Je savais à présent ce que ressentait Matthias. À moi aussi, on m'avait arraché le cœur.

J'y avais cru. Peut-être un peu trop vite. En dépit de sa vampirisation, Declan n'avait pas changé. Excepté sa mauvaise humeur originelle, il s'était même amélioré. Sa rage de dhampire avait disparu. Il pouvait résister à mon sang. Il ne souffrait plus des effets secondaires du vaccin qui engourdissait ses émotions et ses désirs.

Il représentait la synthèse idéale de deux mondes. Ou du moins avais-je eu la bêtise de le penser.

Quand les sbires de Kristoff s'emparèrent de moi, j'employai le peu d'énergie qu'il me restait à me débattre, mais cela ne servit à rien. Ils n'eurent aucun mal à me maîtriser. Après tout, j'étais inoffensive tant qu'ils ne buvaient pas mon sang.

Je lui avais accordé toute ma confiance. Sans réfléchir.

Quelle erreur !

Il m'avait utilisée. Et je m'étais laissé duper volontiers, persuadée qu'il ne pouvait changer ou subir de pressions même s'il possédait désormais une paire de crocs.

— À plus tard, Jill ! lança Declan tandis que les vampires me traînaient hors du sous-sol.

— Va te faire foutre, enfoiré ! grommelai-je.

La colère avait supplanté ma stupeur initiale.

— Non, merci, ça ne me dit rien. Mais on pourra échanger les rôles la prochaine fois, par souci d'égalité.

Il arbora un sourire sardonique qui me fit froid dans le dos.

— Dans tes rêves, Declan.

Il ne se départit pas de son rictus.

— Ou dans les tiens.

Les vampires qui me conduisaient hors de la pièce explosèrent de rire, comme s'il y avait de quoi, tandis qu'on montait l'escalier menant à la chambre dans laquelle on m'avait enfermée auparavant. Les cendres des gardes étaient encore par terre. Declan les avait sacrifiés pour me faire croire qu'il m'aidait à m'échapper. Ils me jetèrent à l'intérieur et refermèrent la porte à clé.

Debout dans l'obscurité, je sentis ma lèvre inférieure trembler, mais je me refusai à pleurer. J'avais le cœur brisé, mais au moins il battait toujours. J'étais en vie. Ce qui ne pouvait signifier qu'une seule chose : ils avaient besoin de moi. J'étais capable d'éliminer un vampire VIP, je venais de le prouver. Je représentais davantage un atout qu'un handicap pour eux.

Declan…

Non, je devais cesser de penser à lui. Il avait toujours affirmé détester les vampires. Cela avait dû changer dès l'instant où il en était devenu un. Qu'il se soit soumis à Kristoff sans broncher après tout ce que Matthias nous avait raconté à son sujet me sidérait. Cet individu incarnait un danger pour l'humanité. Ses intentions néfastes visaient le monde entier.

Et Declan n'y voyait pas d'inconvénients ? Il s'apprêtait à assister son géniteur dans cette tâche ?

Carson avait été un père horrible, mais d'une manière générale ç'avait été un homme moral. Il avait été manichéen, mais au moins il avait su différencier le bien du mal, et il avait transmis ces notions à son fils adoptif. Il avait appris à Declan que les vampires étaient infâmes, point barre.

J'avais voulu voir le bon en Noah. En Matthias. En… Declan. Mais s'il n'y en avait pas ? Et si je m'évertuais à combler des blancs qui devaient demeurer vides ?

Matthias ne m'avait pas revendiquée par amour. Il n'avait pas souhaité que je reste en vie malgré le poison dans mes veines parce qu'il brûlait pour moi. Non, il avait prévu de m'utiliser pour vaincre son frère tout juste arraché à sa torpeur. Noah nageait encore en pleine confusion, il essayait de comprendre les implications de sa nouvelle condition. Parviendrait-il à se retenir lorsqu'il s'agirait de tuer un innocent le jour où sa soif aurait raison de lui ? J'espérais que oui, mais comment en être sûre ?

Quant à Declan, il n'avait pas eu non plus son mot à dire. J'avais tranché pour lui, et ma décision avait fait de lui le monstre que je venais de croiser dans le sous-sol. Froid, calculateur, prêt à mentir pour arriver à ses fins. Il n'avait plus rien à voir avec le dhampire qui devait lutter pour contenir sa rage. Aujourd'hui, c'était un homme complètement différent.

Pourtant, le moment que nous venions de vivre m'avait paru si authentique. Je lui avais même avoué mes sentiments.

Mais il ne m'avait pas répondu.

J'étais livrée à moi-même. De nouveau. Et je devais ficher le camp avant qu'il ne soit trop tard. Deux choix s'offraient à moi : assassiner Kristoff ou tenter l'évasion.

Je penchais plutôt pour la fuite. Mais je devais garder à l'esprit mes nièces et Sara. Je n'avais pas signé pour jouer les mamans poules, mais les événements avaient réveillé mon instinct maternel. Je me souciais des petites avant tout. Je devais les sortir d'ici saines et sauves.

Je fis les cent pas dans la pièce, si longtemps que cela me sembla une éternité, sans parvenir à élaborer un plan. Je n'avais aucune notion de l'heure, mais je savais qu'il était tard. Ou très tôt. Nous étions revenus de *La Croix d'Argent* après minuit, et plusieurs heures s'étaient écoulées depuis lors. Le soleil allait bientôt se lever.

Il me vint une idée, que je n'aurais pas qualifiée de bonne. Malheureusement, le temps pressait et je ne pouvais pas y réfléchir outre mesure. Je devais agir tout de suite, et profiter de l'occasion pour me carapater.

Je balayai du regard la chambre plongée dans la pénombre à la recherche d'un objet susceptible de m'aider.

Une lampe.

Je dévissai l'ampoule, que je fracassai contre le sol. J'examinai les bris de verre pendant quelques minutes, m'efforçant de réunir le courage nécessaire.

Je me remémorai le visage de ma sœur. Je me demandai si elle dormait ou si elle se faisait un sang d'encre pour Meg et Julie parce que l'emprise de Kristoff s'était estompée. Elle ne comprendrait jamais ce qui s'était passé. Kristoff avait promis de les libérer, mais je ne le croyais pas. Il détenait la vie de mes nièces entre ses mains, et jamais je ne lui abandonnerais un tel pouvoir.

Ragaillardie par cette pensée, je pressai le tesson contre mon poignet. Cela me transporta des années en arrière. Je me rappelai cette affreuse nuit dans ma salle de bains, le miroir qui me renvoyait le reflet de mes yeux rouges et bouffis... J'avais perdu tout espoir en l'avenir à cette époque. Avais-je vraiment souhaité mourir lorsque je m'étais ouvert les veines à l'aide du rasoir ? Avais-je voulu en finir tandis que j'observais le sang écarlate goutter dans le lavabo ?

L'espace d'un instant, peut-être. Mais, heureusement, cela n'avait pas duré.

À présent, c'était tout le contraire. Je réitérais ce geste parce que je voulais vivre.

Le liquide noirâtre, chaud sur ma peau, s'écoulait de la coupure que je venais de m'infliger.

J'attendis encore un peu avant de laisser tomber l'éclat de verre pour m'avancer vers la porte. Je tambourinai dessus de toutes mes forces.

— S'il vous plaît, aidez-moi ! m'écriai-je. Je suis blessée !

Un vampire montait la garde de l'autre côté. Il veillait à ce que je me tienne à carreau.

Il allait être servi.

Une minute plus tard, la porte s'entrouvrit, et un individu au teint blafard jeta un coup d'œil dans la chambre.

— Quoi ? gronda-t-il.

Je tendis le poignet vers lui.

— Je saigne.

Ses narines gonflèrent et je crus discerner un filet de bave sur son menton lorsque mon odeur le frappa de plein fouet. Je me demandai s'il connaissait mon identité et les effets de mon sang. Kristoff n'avait peut-être pas partagé mes secrets avec tous ses sujets. Pour le moment. En fait, j'y comptais.

Le garde plissa les yeux.

— On ne vous a jamais dit qu'il était imprudent d'offrir ainsi votre sang à un vampire ?

— Je me suis coupée avec du verre.

— Je vois ça.

Ses pupilles étaient dilatées et la faim se lisait sur son visage.

Mon sang goutta sur le sol lorsque je tendis le poignet en l'air, m'efforçant d'oublier la douleur aiguë.

— Vous voulez bien m'aider ?

Un peu plus et j'arrachais mes vêtements en le suppliant de me prendre sur-le-champ. Je vis le désir s'insinuer en lui. J'ignorais qui il était, d'où il venait, s'il avait été un type bien ou si sa mort chagrinerait ses proches.

Il m'avait ouvert la porte. Que la partie commence ! Je tâchai de jouer les jolies victimes ingénues.

— On m'a prévenu, à votre sujet, murmura-t-il tandis qu'il s'approchait, les yeux rivés sur mon poignet ensanglanté.

Voilà qui était inquiétant.

— Que vous a-t-on raconté sur moi ? demandai-je avec naïveté.

— Que vous êtes dangereuse.

— Moi ? (Je feignis la candeur.) Dangereuse ? C'est ridicule ! Je ne suis qu'une pauvre petite humaine vulnérable piégée dans une maison pleine de vampires affamés. D'ailleurs, vous n'avez pas soif ?

Il faisait trop noir pour qu'il distingue la teinte inhabituelle de mon sang. Il était peut-être daltonien, qui sait ?

— Bordel, vous sentez trop bon ! (Il me prit le bras et le porta à ses lèvres avant de lécher ma plaie.) Et vous êtes délicieuse.

Un mélange de dégoût, de regret et de triomphe s'empara de moi. Une association peu heureuse.

— Ce n'est pas la première fois que j'entends ça.

Il se mit à sucer ma blessure, aspirant davantage de sang. Je n'essayai pas de l'en empêcher.

— Je comprends pourquoi Matthias vous a revendiquée. Votre sang est…

Il hoqueta et leva vers moi des yeux exorbités.

— Néfaste pour les vampires incapables de se maîtriser. (Je hochai la tête.) Bye-bye !

Il ouvrit la bouche pour crier, mais les flammes le consumèrent avant qu'il en ait eu le temps. Je m'éloignai pour ne pas me faire brûler et époussetai les cendres qui retombèrent sur mes cheveux.

Sans lambiner davantage, je saisis la poignée et ouvris grand la porte.

Declan se trouvait devant, me barrant le passage. Je ressentis de la surprise et de l'abattement. J'y étais presque ! Il portait à présent une chemise noire à manches longues qui moulait ses pectoraux d'acier. Il avait dû l'emprunter, car elle semblait trop petite pour lui.

Il remarqua mon poignet et poussa un sifflement.

— Couvre-moi ça.

— Sinon quoi ? rétorquai-je avec irritation. Tu serais tenté d'y goûter ?

Je tendis le bras vers lui et il recula aussitôt. C'était bien la première fois que je le voyais tressaillir. Mon sang l'affectait quand il était un dhampire, assez en tout cas pour l'attirer à moi. Je ne pouvais qu'imaginer la torture que ce devait être aujourd'hui.

— Pourquoi es-tu ici ? Pour me tuer ? Pour me traîner devant papa ? Comment peux-tu faire ça ?

Il serra les dents ; le réseau de veines sur son visage, semblable à une toile d'araignée, lui donnait l'air encore plus terrifiant.

— Tu aurais peut-être dû me laisser mourir quand tu en avais l'occasion.

Une profonde frustration m'envahit.

— Pourquoi, Declan ? Pourquoi t'es-tu moqué de moi ? Me hais-tu à ce point ? Tu m'as menée en bateau pour me soutirer des informations sur Matthias et Alex !

Il me fusilla du regard.

— Au cas où tu ne l'aurais pas remarqué, mon père est également mon sire. As-tu la moindre idée de la puissance d'une telle combinaison ? Lui, oui. Je suis sous son emprise absolue.

— Qu'est-ce que ça veut dire ? Tu dois lui obéir au doigt et à l'œil ?

— Oui. Je suis obligé de me plier à sa volonté. Sans discuter.

Je me sentis faiblir.

— Il t'a ordonné de coucher avec moi ?

— C'était un test pour voir si j'étais capable de résister à ton sang. J'y ai consenti. En fait, c'est moi qui l'ai demandé.

— Tu as résisté.

— En effet.

Je fronçai les sourcils.

— Comme Matthias. Lui aussi a tenu bon malgré ma nudité et ma vulnérabilité. En revanche, il s'est retenu de me sauter parce qu'au fond il se fichait pas mal de moi. Sache quand même que je l'aurais laissé faire.

Il retroussa les lèvres, révélant ses crocs, et arbora une expression sinistre.

— Il faut croire que c'est un saint, contrairement à moi.

— Casse-toi, Declan !

J'essayais de jouer les dures, mais en vérité j'étais au bout de rouleau, prête à abandonner. Mais quelque chose m'en empêchait.

— Sinon quoi ? Tu vas agiter ton poignet sanglant sous mon nez ?

— Le garde n'y a pas résisté.

— Je ne suis pas un pauvre demeuré comme lui. Toute ma vie on m'a enseigné l'abnégation. Il suffit de la mettre en pratique.

— Pourquoi Kristoff t'a-t-il envoyé ? Si tu comptais me tringler vite fait, je te préviens, je ne suis pas d'humeur.

Il me fusilla du regard.

— Tu ne vas pas me supplier de courir à ta rescousse ? Présumer de ma tendresse pour toi pour t'aider à fuir ?

— Ta tendresse ? J'ignore tout de tes sentiments pour moi ! On ne peut pas dire que tu sois du genre expressif. Et ça fait longtemps que j'ai tiré un trait sur les fleurs et le chocolat.

Il demeura silencieux pendant un moment.

— Tu as tort. Je t'ai apporté un cadeau. C'est pourquoi je suis là. Personne ne sait où je me trouve en ce moment.

— Tu peux le garder. Je ne veux rien venant de toi.

— Attends de voir ce que c'est. (Il me tendit un bocal en verre.) Prends-le.

Je restai bouche bée. À l'intérieur, je crus discerner un organe charnu et sanguinolent de la taille d'un poing, quelque chose qu'il aurait dérobé dans un laboratoire. Je compris tout de suite de quoi il s'agissait. Le mien avait été brisé à peine quelques heures plus tôt dans le sous-sol.

— C'est…

— Le cœur de Matthias. Kristoff l'avait caché dans sa chambre, je l'ai volé. Il ne devrait pas tarder à s'en rendre compte.

Je l'observai avec stupeur, incapable de parler.

— Pourquoi fais-tu ça ?

— À ton avis ?

— Tout à l'heure, Kristoff et toi, quand on montait l'escalier…

Il m'attrapa la main et y plaça le bocal froid.

— C'est mon père et mon sire, je ne peux pas lui désobéir. Cela ne signifie pas que j'approuve ce qu'il me force à faire.

Je n'en revenais pas.

— Essaies-tu de me dire que tu n'es pas…

Je ne savais pas quel terme employer.

— Mauvais ? répondit-il avec une grimace.

— C'est ce que je… J'ignore ce qu'il se passe, Declan. Je n'y comprends plus rien !

— Pour Kristoff, nous sommes sur la même longueur d'onde. C'est ce qu'il attend de moi, et c'est ce que je lui ai montré en bas. Il pense que j'ai changé. (Il paraissait crispé.) Et c'est le cas. Mais pas comme il le croit. C'est ma seule chance de t'aider, de te donner ça pour que tu récupères Matthias et fiches le camp d'ici. Il te protégera dorénavant.

Je m'agrippai à son bras.

— Tu viens avec moi.

Il secoua la tête.

— Je ne peux pas partir. Kristoff me retrouvera. Notre lien n'est pas identique à celui qui t'unit à Matthias, mais il y a certaines ressemblances. Et s'il me retrouve, il te retrouvera.

Il étudia pendant un moment mon visage empreint de confusion tandis que j'assimilais toutes ces informations, puis fronça les sourcils.

— Tu as vraiment cru que je te trahirais ainsi ? Sans même m'accorder le bénéfice du doute après tout ce que nous avons traversé ensemble ?

J'étais dépassée par les événements.

— J'étais perdue. Tu… tu es un vampire maintenant.

— Ouais, merci de me le rappeler. Mais mis à part une soif de sang contre nature, reprit-il, les dents serrées, pour le tien en particulier, je suis resté le même. Pour l'instant, du moins – j'ignore comment ça évoluera.

J'avais nourri les pires pensées à son sujet. Il m'avait paru plus facile d'accepter sa totale trahison que de voir mes espoirs déçus. C'était insensé et j'en avais honte, mais ça m'avait permis de me protéger. J'avais évité une cruelle désillusion qui m'aurait conduite à me rouler en boule dans un coin, m'empêchant de secourir mes nièces.

— Il faut que tu viennes avec moi, insistai-je. On s'occupera de Kristoff plus tard.

— Impossible.

— Je t'en prie ! Je ne réussirai jamais toute seule.

— C'est faux. Tu en es capable. Tu es plus forte que tu ne le crois. Va ! Retrouve Matthias. Aide-le, et il t'aidera. (Il jeta un coup d'œil par-dessus son épaule.) Je ne peux pas m'attarder. Pars tant que tu en as le temps, et tire-toi d'ici le plus vite possible.

Je tendis le bras vers lui, mais il avait déjà disparu.

Chapitre 21

Le récipient contenant le cœur de Matthias serré dans la main, je me figeai, effrayée à l'idée d'échouer et de mourir.

Jusque-là, rien de nouveau.

Je quittai la chambre et revins sur mes pas en rasant les murs et m'immobilisant au moindre bruit. *Même les vampires doivent regagner leur lit à cette heure-ci*, songeai-je. Le soleil n'allait plus tarder à se lever.

Je descendis les marches en toute hâte jusqu'au sous-sol, puis ouvris la trappe.

— Hé, où tu vas comme ça ? s'enquit une voix familière.

Je sursautai et faillis faire tomber le bocal. Je fis volte-face et aperçus Noah qui m'observait, tout penaud.

— Pardon. Je t'ai fait peur ?

Je me crispai.

— Pourquoi tu me suis ?

— J'ai senti un effluve dans le couloir, j'ai deviné que c'était toi. (Il grimaça et croisa les bras avec fermeté.) Tu sais, plus je m'y expose, plus il devient facile d'y résister. J'entends par là un peu moins difficile. Cela dit, rien ne stimule mes glandes salivaires comme l'odeur de la Belladone. C'est très intéressant. (Il reporta son attention sur le récipient.) C'est un cœur humain ?

La présence de Noah ne me rassurait pas. J'étais de nouveau sur mes gardes, car je ne faisais plus confiance aux vampires. Je n'allais pas oublier de sitôt le comportement de Declan devant son père, même s'il avait agi ainsi afin de le duper et de dissimuler le fait qu'il m'aidait toujours. Il avait essayé d'éviter un ordre direct auquel il n'aurait pas pu désobéir.

La maîtrise du rejeton dépendait peut-être de la puissance du sire. Les moins vigoureux engendraient des néophytes plus faibles qui avaient plus de mal à garder leur sang-froid, qui n'arrivaient pas à se retenir lorsqu'ils se trouvaient en ma compagnie. Comme le garde ou d'autres qui avaient croisé ma route depuis ma rencontre avec la seringue remplie de Belladone.

Ce n'était qu'une théorie. Et si on s'y référait, Noah et Declan devaient appartenir au clan des forts. Néanmoins, Declan avait l'avantage, car c'était un dhampire. Il avait déjà parcouru la moitié du chemin.

— Euh, le cœur ? répéta Noah. Tu as une réponse ou tu te contentes d'arpenter les couloirs à la recherche du laboratoire du docteur Frankenstein ?

Je scrutai l'organe. Difficile à croire qu'il avait plus de quatre cents ans, mais après tout je n'étais pas une experte.

— C'est celui de Matthias.

Noah cligna des yeux.

— C'est la première fois que je vois un cœur de vampire. Il ne devrait pas être un tas de cendres à l'heure qu'il est ? (Il blêmit.) Matthias est immortel. Merde ! Il est en vie, mais privé de son cœur. Il doit souffrir le martyre.

— Tu comprends maintenant la folle nuit que je viens de passer.

Noah poussa un sifflement.

— La vache ! Rappelle-moi de ne jamais boire le sang d'un bébé lors d'un rituel réalisé au sein d'une société secrète.

Je l'observai du coin de l'œil.

— Si je dois te rappeler une chose pareille, c'est que nous avons un sérieux problème.

— Pas faux. Besoin d'assistance ?

Je balayai du regard le sous-sol désert derrière nous, réticente à baisser ma garde.

— Alors comme ça, ils te laissent te balader seul dans les couloirs ?

— Tu rigoles ? Je me suis faufilé hors de la chambre dans laquelle ils m'avaient enfermé et je m'apprêtais à décarrer, mais je me suis senti coupable d'abandonner tout le monde. C'est là que je t'ai vue, en train de rôder. (Il jeta un coup d'œil à la corde.) Bon, on attend quoi ? Allons fourrer ce truc sanguinolent dans sa cage thoracique.

Voilà un plan qui me convenait.

Si escalader l'échelle m'avait paru compliqué auparavant, je ne m'y étais pas encore attelée lestée d'un objet fragile. Je finis par coincer le bocal sous ma robe, priant pour qu'il ne glisse pas. Je descendis si vite que la corde me brûla les doigts, mais je parvins à toucher la terre ferme sans rien casser. Noah m'emboîta le pas sans problème, comme s'il avait fait ça toute sa vie.

— Par ici.

Je tournai à gauche et longeai le tunnel humide qui sentait le moisi jusqu'à déboucher sur la porte verte en métal qui ne fermait plus depuis que Declan l'avait à moitié arrachée de ses gonds.

— Le voilà.

Je m'attendais presque à ce qu'on nous arrête. Après tout, Kristoff et ses hommes savaient qu'on était déjà venus et qu'on avait vu Matthias dans son cercueil de fortune. Cependant, après la « trahison » de Declan et ma séquestration dans une chambre verrouillée, Kristoff devait penser que je ne risquais plus de bouger jusqu'au lever du jour.

Même si Noah semblait capable de m'approcher sans plonger les crocs dans ma chair, il veillait à garder ses distances, restant toujours à un bon mètre de moi.

— Ouvre-le, lui ordonnai-je, et il souleva le couvercle après avoir poussé la targette cassée.

Dans la pénombre de la pièce éclairée par une pauvre ampoule, Matthias était si pâle qu'il brillait presque dans le noir.

Constater qu'il était en vie me rassura aussitôt. En dépit de son immortalité, j'avais tout de même des doutes.

— Vous voyez ? J'avais dit que je reviendrais.

Il se contenta de me dévisager. Je me sentais plus fatiguée qu'avant, et je compris qu'il puisait dans mon énergie pour demeurer conscient. S'il perdait connaissance, il faudrait le réveiller, comme Kristoff. D'après Matthias, le sang d'une dizaine de sacrifices humains avait été nécessaire pour le ranimer. Je voulais éviter plus que tout d'en passer par là, pour des raisons bien trop nombreuses pour que je les énumère.

— Tu as pris des cours de secourisme ? demanda Noah avec nervosité, balayant du regard la pièce vide avant de s'arrêter sur le corps pâle et inerte de Matthias.

Je secouai la tête.

— Non. Et toi ?

— J'ai quelques bases. Mais c'est à toi de jouer, Jill. Hors de question que je m'approche de ce cœur. Il me fait trop saliver, ça me perturbe.

J'eus un mouvement de recul.

— C'est perturbant, en effet.

— Tu ne devrais pas te laver les mains avant ?

— Avec quoi ?

— Exact. Encore une excellente remarque. Il n'y a pas de lavabo dans les parages, je suppose ?

J'étais à court d'idées. Matthias perçut probablement l'agitation dans mes yeux.

— Ça… va aller, dit-il d'une voix à peine audible.

Je me sentis flancher devant l'ampleur de la tâche qui m'attendait.

— Non, au contraire ! Ça va vous faire mal, et je ne sais même pas si ça fonctionnera. Sans compter que je risque de vomir.

Il fronça les sourcils et laissa échapper un son semblable à un rire.

Je le fusillai du regard.

— Tout ça n'a vraiment rien de drôle.

— Vous… y arriverez. Contentez-vous de… (Il marqua une pause et déglutit avec difficulté.) Prenez-le… Introduisez-le dans ma poitrine…

Fourrer le cœur sanguinolent du vampire dans sa cavité thoracique. Je nageais en plein cauchemar. Je me retrouvais piégée dans un film horreur.

— Que veux-tu que je fasse ? s'enquit Noah.

J'essayai de respirer.

— Rattrape-moi si je m'évanouis.

— Compte sur moi.

Je dévissai le couvercle du bocal et le posai par terre. Puis je me forçai à y plonger la main pour m'emparer de l'organe froid et glissant. Mon propre cœur cognait si fort que j'en avais le vertige. Celui de Matthias ne battait pas pour l'instant. Il semblait éteint, mort, pareil à de la viande achetée au rayon boucherie d'un supermarché.

Je me sentis flancher. Peut-être n'en étais-je pas capable. J'étais nulle en biologie au lycée, et je n'avais jamais rêvé de devenir infirmière ou médecin. Je n'étais vraiment pas à l'aise dans ces domaines-là.

— Je ne veux pas vous faire mal.

— Alors dépêchez-vous.

Je hochai la tête.

— Euh… Noah ?

— Oui ?

— Il est dans le bon sens ?

Il s'approcha un peu.

— Tu le tiens à l'envers.

— OK.

Je le retournai, le serrai fermement dans la main, puis repoussai la chemise maculée de rouge de Matthias afin de révéler la cavité béante au niveau de sa poitrine. Je luttai pour ne pas régurgiter mon dernier repas, mais c'était plus fort que moi. Au moins, la plaie ne s'était pas encore refermée. Auquel cas j'aurais dû la rouvrir en deux.

Il ne fallait pas que j'y pense. Tout ça était insensé, mais si ça fonctionnait, alors le jeu en valait la chandelle. Malgré les cauchemars, toute cette histoire m'aurait apporté une certaine expérience.

J'observai les yeux pâles du vampire qui m'avait revendiquée afin d'utiliser mon sang pour anéantir son frère. Ce frère qui avait tenté de se venger en lui arrachant le cœur avant de l'enfermer dans un cercueil, le vouant ainsi à une torture éternelle.

Il m'avait sauvé la vie. Même la destruction de son cœur ne l'aurait pas achevé. Mais je n'appelais pas ça vivre.

Mon âme sœur. L'extrémité de ma corde métaphysique. La sangsue qui pompait mon énergie. La raison pour laquelle je ne succomberais pas à la Belladone.

— Allez-y, murmura Matthias.

Sans tergiverser davantage, j'enfouis l'organe dans sa poitrine.

Il s'arc-bouta et hurla de douleur lorsque mon bras disparut dans les profondeurs de sa chair, en dessous de sa cage thoracique, là où se trouvait sa blessure originelle.

Je me retins de vomir tandis que je palpais les viscères de Matthias. La température interne des vampires était plus élevée que je ne l'aurais cru. Rien de comparable à celle des humains, mais il faisait plus chaud dans le corps de Matthias que dans la pièce. J'enfonçai le cœur au maximum avant de retirer la main avec un bruit de succion répugnant.

Je m'efforçai de ne pas y penser. J'appuyai sur la plaie, qui avait recommencé à suinter. J'avais du sang jusqu'au coude droit.

— Bon, ben, cette scène était ignoble à regarder même pour un vampire, déclara Noah avec dégoût. La vache !

Matthias se tortilla lorsque je le touchai, le visage déformé par la douleur.

— Merde ! Noah… (Ma panique augmentait de minute en minute.) Je ne crois pas que ça fonctionne. Il ne cicatrise pas.

J'entendis un grincement et tournai la tête vers la porte, persuadée d'y trouver les sbires de Kristoff prêts à me traîner hors de la cellule avant que Matthias ait récupéré.

Jade nous observait. Elle portait une longue robe bleue aux motifs de tournesols, et ses cheveux étaient relevés en une queue-de-cheval.

Mon soulagement se mêla à ma frustration. Je n'étais vraiment pas en mesure de gérer une dhampire cinglée. Elle s'avança, nous dévisageant tour à tour avant d'arrêter son regard sur Matthias. À son expression, je compris qu'elle l'avait reconnu. C'était le vampire qui l'avait forcée à lui donner son sang pour réparer les dégâts internes provoqués par le mien. Le vampire qu'elle avait dû nourrir plus tôt dans la soirée après qu'on lui avait planté un couteau dans le cœur.

Elle l'avait aidé à deux reprises. Son sang guérissait. Le mien tuait.

Jade et moi incarnions la vie et la mort. Comme les deux faces d'une même pièce.

— Jade, murmurai-je avec détermination. Que faites-vous ici ?

Elle avait l'air distant, mais ses yeux reflétaient une certaine inquiétude.

— Il est mauvais, vous savez. Et puis, tout ce sang ! Un océan pour nager et un lever de soleil à l'horizon. Ça m'effraie.

Je fronçai les sourcils.

— Qui est mauvais ?

— L'homme qui ressemble à celui-là. (Elle désigna Matthias de la tête.) Il veut tuer mon bébé.

— Votre bébé ?

Je me rappelai ce qu'Isaiah avait dit avant de mourir. Jade avait perdu son enfant des années plus tôt, ce qui expliquait sa fixation sur Patricia.

— Vous parlez de Sara ? repris-je.

Elle acquiesça.

— Oui. Mon bébé. Comment peut-on lui faire du mal ?

— Qui veut lui faire du mal ?

Kristoff avait affirmé qu'elle ne courait aucun danger. Cela ne m'étonnait pas qu'il ait aussi menti à ce sujet. Je gardai les mains pressées sur le torse de Matthias, qui saignait toujours. Il souffrait en silence à présent, mais la douleur ne s'était pas calmée pour autant. Je le savais grâce à notre récent lien.

Jade s'adossa au cadre de la porte.

— J'ai entendu le blond discuter au téléphone. Il a dit qu'ils pouvaient l'avoir et utiliser son sang comme bon leur semblerait. Il leur a demandé de venir la chercher sur-le-champ. Amore, amar…

—Amarantos, terminai-je pour elle, sidérée. Il va livrer Sara à l'Amarantos ?

—Je ne veux pas qu'il lui arrive malheur.

Les larmes ruisselaient sur ses joues.

Mon crâne commença à m'élancer tandis que j'essayais de trouver une solution rapide.

—Vous savez comment vous pouvez sauver votre bébé, Jade ?

—Comment ? répéta-t-elle d'un ton résolu, s'approchant de moi.

—Vous devez donner à Matthias un peu de votre sang. Lui seul peut arrêter Kristoff.

Elle baissa les yeux sur le vampire blessé.

—Vraiment ?

J'acquiesçai.

—Vous avez ma parole. Si vous l'aidez, il pourra secourir Sara. Promis.

Ce n'était pas un mensonge. D'après moi, Matthias possédait la motivation et l'habileté nécessaires pour stopper son frère. Cependant, je n'étais pas assurée de sa victoire, surtout après le calvaire qu'il avait enduré.

Jade arbora un air sérieux.

—Tous se repaissent de moi. Je devrais y être habituée, je suppose, mais je n'y arrive pas. Ça fait trop mal. Ils m'offrent des cadeaux et me laissent monter sur la grande roue, mais ça n'y change rien.

Peut-être que sa folie était une bénédiction, après tout. Elle lui avait permis de trouver refuge dans un monde où son bébé était en vie et où tout allait pour le mieux dans le pays merveilleux des parcs d'attractions et des dîners en famille.

— Je suis désolée.

Je jetai à Matthias un coup d'œil empreint d'inquiétude. Il semblait à l'article de la mort. Il respirait avec difficulté, et luttait pour supporter la douleur. Le seul soulagement que je pouvais lui apporter se matérialisait sous la forme d'une dhampire folle à lier débordant d'instinct maternel.

Le temps manquait pour tenter d'amadouer Jade, il allait falloir employer la manière forte pour la convaincre.

— Vous voulez aider Sara ou l'abandonner à une fin atroce entre les mains d'infanticides abjects et cupides ?

Je la vis faiblir.

— Ils l'égorgeront, la draineront et balanceront son corps minuscule à la poubelle.

J'articulai chaque syllabe, accentuai chaque parole pour susciter la réaction désirée.

— C'est ce que vous voulez ? insistai-je. Ou souhaitez-vous qu'elle vive ?

Elle inspira avec peine.

— Je veux que mon bébé vive.

— Alors faites don de votre sang à Matthias, Jade. Dépêchez-vous !

Elle m'observa en silence pendant un long moment. J'étais sûre qu'elle allait prendre ses jambes à son cou. J'avais dépassé les limites. J'avais été trop brutale.

Au lieu de quoi elle hocha la tête.

Je retins mon souffle lorsqu'elle s'approcha du cercueil et tendit le bras au-dessus de la bouche de Matthias.

— Buvez, dit-elle.

Il posa sur moi ses yeux endoloris avant de saisir lentement le bras de Jade pour le plaquer contre ses lèvres. Je la vis grimacer lorsqu'il lui mordit le poignet, puis le liquide écarlate se mit à ruisseler sur son menton tandis qu'il s'en abreuvait, pupilles dilatées et veines saillantes.

Noah regardait la scène, captivé.

— Mince, ça me donne soif, tout ça.

Comme si toute ma réserve d'énergie s'évanouissait, je vacillai en arrière et percutai le mur en brique derrière moi. Sans lui, je me serais écrasée au sol. Cette fois, je ne pouvais pas blâmer Matthias et notre lien. J'étais tendue depuis si longtemps que quelque chose devait finir par céder. Ce coup-ci, ce furent mes jambes et ma capacité à rester debout. Je m'essuyai sur ma robe noire jusqu'à ce que seuls mes ongles soient maculés de rouge.

Matthias se reput de Jade pendant un moment. Enfin, elle recula d'un pas chancelant et s'assit par terre, le bras pressé contre la poitrine. Elle leva la tête vers moi, et son visage blême de douleur et de confusion m'attrista. Cela dit, je ne regrettais pas de l'avoir poussée à accepter. Je pris appui contre le mur et me précipitai auprès de Matthias. Il avait les paupières closes et du sang sur les lèvres. Je songeai l'espace d'un instant que cela n'avait pas fonctionné, puis j'examinai sa blessure. Elle suintait toujours, mais elle avait commencé à se résorber. Je laissai échapper un soupir de soulagement.

— Va, ordonnai-je à Noah. Récupère les enfants là-haut. On te rejoint le plus vite possible, et après on fiche le camp d'ici.

Il acquiesça et aida la dhampire à se relever, puis s'efforça de refermer au mieux la porte cassée derrière lui.

Quelques minutes plus tard, Matthias ouvrit les yeux et les braqua aussitôt sur moi. Sa plaie avait cicatrisé, même s'il en gardait comme trace une épaisse ligne rosée. Peut-être celle-ci ne disparaîtrait-elle jamais.

Je posai la main sur son front froid.

— Comment vous sentez-vous maintenant ?

— De mieux en mieux.

J'expirai, me rendant compte que je retenais mon souffle depuis un moment.

— Kristoff vous a arraché le cœur avant de vous cloîtrer dans un cercueil.

— Mon frère a la rancune tenace.

— C'est le moins qu'on puisse dire !

Il cligna des yeux. Ils avaient retrouvé leur teinte gris clair habituelle. Ses cernes noirs commençaient à s'estomper.

— Vous m'avez sauvé.

Je ne pus m'empêcher de sourire.

— Je n'ai fait que fourrer votre cœur dans votre poitrine et prier très fort pour que ça fonctionne.

— D'autres m'auraient abandonné à mon sort.

— Je n'aurais jamais pu faire ça. (L'intensité de son regard me rendait nerveuse.) Et ça n'a aucun rapport avec notre lien, si c'est à ça que vous pensez.

— Je n'ai jamais rien affirmé de tel.

— Sérieusement, Matthias, vous auriez dû me prévenir.

Il déglutit, puis toucha l'endroit où s'était trouvée sa blessure.

— Vous étiez mal en point après que Declan vous avait administré l'agent synthétisant. J'étais sûr que vous alliez mourir.

— Mais je ne suis pas morte.

— Non, en effet.

Je savais où il voulait en venir. S'il ne m'avait pas revendiquée, j'y serais restée.

— Je ne regrette pas que vous l'ayez fait. Je veux vivre. Mais… vous auriez peut-être dû réserver ce cadeau à celle qui aurait souhaité s'unir à vous pour l'éternité. D'après Declan, nous sommes désormais des âmes sœurs.

Il ne répondit pas. J'en déduisis que j'avais raison.

Je soupirai.

— Fabuleux. À présent, je peux vous retrouver n'importe où. C'est comme si un fil nous reliait. Il m'a suffi de le suivre pour localiser votre emplacement. Je suppose que vous pouvez en faire de même avec moi.

— Oui.

— Autre chose ?

— Excellente, votre métaphore. Nos vies sont connectées. Vous êtes humaine, par conséquent vous pouvez être blessée ou tuée. Mais cela requerra davantage d'efforts. Vous serez toujours plus forte, aussi forte qu'une dhampire. Ajoutez à cela votre sang, et vous obtenez une combinaison fatale.

Je considérai la question.

— Existe-t-il un antidote ?

— Non.

Cela ne sembla pas l'énerver. Je perçus même une petite lueur d'amusement dans ses yeux, ce qui ne manqua pas de m'agacer vu la gravité de notre conversation.

— Je sais que vous préféreriez être liée à Declan, reprit-il.

— Je ne suis pas certaine de vouloir être liée à qui que ce soit. Pas de cette façon, en tout cas.

— C'est un vampire, à présent.

Je m'agrippai au rebord du cercueil.

— Il faut croire que j'en pince pour les créatures de la nuit.

Matthias garda le silence pendant un moment, puis il tenta de se redresser afin de me regarder en face.

— Je peux vous le faire oublier, si vous le souhaitez.

Je fronçai les sourcils.

— Pardon ?

— Nul autre que moi ne pourra vous subjuguer désormais. Laissez-moi vous montrer. Regardez-moi, Jillian.

Dès que je posai les yeux sur lui, tout le reste s'évapora. La moindre pensée angoissante, la moindre inquiétude, le moindre problème. Il n'y avait plus que Matthias.

Je me trouvais sous son emprise totale.

Il m'avait hypnotisée de la sorte peu après notre première rencontre. Grâce à la fascination qu'il avait exercée sur moi, il m'avait attirée dans son lit et avait attisé mon désir, même si, en mon for intérieur, j'avais su que tout était artificiel, contre nature et illusoire. Mon corps avait agi indépendamment de mes émotions.

Mais aujourd'hui, tout avait changé.

Je l'aimais. C'était l'homme de ma vie. Je ne souhaitais être qu'avec lui, et j'en étais persuadée. Je ferais tout pour lui. Je me languissais de son toucher, de ses baisers, de ses caresses. Je brûlais de rester à ses côtés pour l'éternité. Dans son lit chaque nuit.

J'effleurai son visage, essayant de mémoriser ses traits. Je redessinai la ligne de ses joues, de sa mâchoire, de sa bouche.

— Que voulez-vous, Jillian ? chuchota-t-il.

— Vous.

Je posai les lèvres sur les siennes et emmêlai les doigts dans ses cheveux.

J'avais besoin de sentir son corps contre le mien, de le sentir en moi. C'était un désir éperdu que je ne pouvais pas...

Soudain, ce sentiment s'évanouit comme si on venait de m'asperger d'eau glacée.

— Bref, vous voyez où je veux en venir ? s'enquit-il, une lueur espiègle dans ses yeux gris.

Je le giflai si fort que je me fis mal.

— Cessez de faire ça ! m'écriai-je.

Il haussa les épaules.

— Ça a fonctionné, non ?

— Ce n'était pas réel. Arrêtez de m'embrouiller le cerveau !

Il arqua un sourcil platine.

— Qu'est donc la réalité ? Vos sens vous parlent, pourquoi ne pas les écouter ?

— Je ne suis pas amoureuse de vous.

Il étudia mon visage.

— Au début, je me contentais d'attiser le désir que vous éprouviez pour moi, mais maintenant je perçois des émotions beaucoup plus intéressantes. Prévenez-moi quand vous voudrez que je les rende permanents.

Je m'apprêtais à le gifler de nouveau, mais il s'empara de mon poignet.

— Je prends ça comme un « non » poli.

— Comprenez plutôt : « Même pas en rêve ! »

Matthias me fichait la trouille, et il venait, une nouvelle fois, de me démontrer pourquoi. Il avait trop d'emprise sur moi. S'il décidait d'user de ce pouvoir, il pourrait me mener à la baguette et je le suivrais partout comme un chiot en adoration devant son maître. Même si ça n'avait duré qu'un instant, cela m'avait paru authentique. C'était encore plus effrayant que tout ce que pouvait faire Kristoff.

Il sortit doucement du cercueil.

— Assez, maintenant. Je me sens revigoré, et je dois retrouver ma fille.

— Heureuse de constater qu'on est d'accord sur un point. (Je croisai les bras avec fermeté.) Ah, et au fait, Matthias… Recommencez votre petit jeu, et la prochaine fois c'est moi qui vous arracherai le cœur.

J'aurais juré de le voir sourire. Puis je fis volte-face et quittai la pièce.

J'aurais peut-être mieux fait de le laisser pourrir dans son cercueil.

Chapitre 22

La colère suscitée par la manipulation éhontée de mes émotions s'estompa rapidement. Dès que nous quittâmes la pièce dans laquelle Matthias avait été séquestré, je parvins à redéfinir mes priorités. Ce qui s'était produit quelques heures auparavant à *La Croix d'Argent* et la dernière requête d'Alex ne cessaient de me revenir à l'esprit.

— Je dois vous dire quelque chose, déclarai-je tandis que nous longions le tunnel en direction de l'échelle de corde menant au sous-sol. C'est au sujet… d'Alex.

Matthias s'arrêta.

— Je sais ce que Kristoff voulait vous forcer à faire. Depuis son réveil, il considère Alex comme une menace.

J'acquiesçai.

— Kristoff m'a missionnée auprès de lui plus tôt dans la nuit.

Il se crispa.

— Il est mort ?

Je croisai les mains devant moi pour les empêcher de trembler et hochai la tête. Matthias devait être prévenu. Le moment était peut-être mal choisi, mais si les choses tournaient au vinaigre, je craignais que l'occasion ne se représente plus.

— Il savait pourquoi j'étais venue. Quelqu'un l'avait averti à propos de mon sang, mais… il m'a mordue quand même. J'ai essayé de l'en dissuader. Je suis désolée.

Il resta silencieux quelques instants.

Je me souciais de sa réaction. Mon sang avait tué une personne qui avait beaucoup compté pour Matthias, et qui réveillait en lui un profond sentiment de culpabilité. Je me demandai s'il avait été présent lorsque Alex avait été traîné dehors en plein jour. Avait-il observé la scène, tapi dans l'ombre, tandis qu'il exécutait sa vengeance ?

J'avais perçu plusieurs facettes de Matthias, et je savais qu'il pouvait se montrer très cruel s'il s'estimait trahi.

— Je ne l'ai pas vu depuis des années, avoua-t-il tout bas.

— Il… il voulait que je vous transmette un message.

Matthias me dévisagea avec sévérité.

— Lequel ?

— Il vous pardonne. Et il aura toujours foi en tout ce que vous entreprendrez.

Je ne m'étalai pas sur le sujet. Matthias devait très bien savoir ce qui lui était pardonné.

Il garda les yeux fermés pendant un moment.

— Il n'y a que très peu de choses que je regrette dans ma longue vie, Jillian. Ce qui s'est produit entre Alex et moi en fait partie. Le pardon d'un mourant n'apaise pas vraiment ma culpabilité à propos des décisions que j'ai pu prendre. Parfois, un seul chemin se présente à nous, même s'il est rocailleux.

Il se remit à marcher. Je ne comptais pas le forcer à parler d'Alex. Je n'étais pas aussi cruelle.

Personne ne nous barra la route. J'avais l'impression d'errer dans une maison abandonnée. Je n'étais pas rassurée, mais je m'efforçais de taire mon inquiétude pour achever cette mission.

— L'aube se lève, déclara Matthias. Vous allez devoir partir sans moi. Emmenez Sara. Je vous rejoindrai dès que possible.

Son intonation n'autorisait pas la polémique. Impossible de se mesurer au soleil.

J'acquiesçai.

— Très bien.

— Il faut la sortir d'ici avant que Kristoff n'ait l'occasion de la livrer au nouveau chef de la Guilde Amarantos.

Je le scrutai avec surprise.

— Voilà pourquoi Kristoff voulait assassiner Alex. Pour le remplacer par un dirigeant qui ne l'exècre pas.

— Je suis sûr qu'il a déjà nommé son successeur. Et quel meilleur moyen de s'assurer son allégeance qu'en lui offrant l'immortalité en guise de pot-de-vin ?

Cela ne me plaisait vraiment pas.

Je sondai les couloirs à la recherche de Jade et Noah, mais ne les aperçus nulle part. Nous continuâmes à avancer. Il nous fallut plusieurs essais pour trouver la chambre de Sara. Le berceau situé dans une petite pièce à l'avant de l'immense villa nous mit sur la voie. La nourrice vampire somnolait dans un fauteuil à côté de la porte. Lorsqu'on l'ouvrit, elle se réveilla et bondit sur ses pieds pour nous barrer la route, exposant ses crocs.

— Le bébé dort, siffla-t-elle. Et vous n'êtes pas Kristoff.

Matthias fronça les sourcils.

— Comment le savez-vous ?

— Kristoff ne portait pas de chemise maculée de sang ce soir.

Matthias baissa les yeux sur sa tenue.

— Bien vu.

Elle se jeta sur lui, mais il la repoussa sans difficulté. Elle se cogna la tête contre le mur et s'effondra au sol.

Je l'étudiai du coin de l'œil.

— Vous vous ressemblez comme deux gouttes d'eau. C'est flippant.

Il esquissa un sourire.

— S'il y a bien une chose que je ne reprocherais jamais à Kristoff, c'est son charme.

— J'admire votre humilité.

Je m'avançai vers le berceau, et fus aussitôt soulagée d'y trouver Sara, saine et sauve, qui dormait emmitouflée dans une fine couverture jaune. Je la soulevai avec délicatesse et la serrai contre mon sein.

— La voilà, murmurai-je. Vous pouvez enfin contempler votre fille.

Matthias jeta un regard enfiévré vers la porte entrebâillée tandis que je m'approchais de lui. Il finit par baisser les yeux sur le visage de la petite, et en eut le souffle coupé. C'était la première fois que je le voyais manifester une telle sincérité.

— Elle est aussi belle que je l'avais imaginé.

— Elle en brisera, des cœurs, un jour.

Il sourit et me caressa le bras.

— Veillez sur elle pour moi, je vous prie. Je vous retrouverai toutes les deux grâce à notre lien.

J'acquiesçai.

— Je dois refaire le plein de lait maternel et de couches. Une escale au supermarché s'impose.

Sara ouvrit ses yeux gris clair et bâilla. Quel amour ! Et dire que je n'avais jamais envisagé d'avoir des enfants, mais elle était vraiment adora…

Soudain, Sara grimaça et se mit à pleurer. Ses cris stridents rompirent le silence de la maison plongée dans le noir.

Ses hurlements perçants me vrillèrent les tympans. Essayez un peu de filer en douce avec un bébé !

— Partez, maintenant ! ordonna Matthias.

Je ne discutai pas. Je lui jetai un dernier coup d'œil, consciente que le temps pressait et que nos chances de fuir sans nous faire remarquer s'amenuisaient. Je traversai à la hâte un couloir après l'autre, à la recherche de mes nièces. Je ne pouvais pas m'en aller avec Sara et les abandonner ici.

Impossible de trouver leur chambre. Mon cœur se serra, et je tentai de réprimer la panique et la frustration qui s'emparaient de moi.

— Où sont-elles ? chuchotai-je, m'efforçant d'apaiser les pleurs du nourrisson.

Il ne manquait plus que Meg et Julie pour que je franchisse enfin la porte d'entrée et marche sous le soleil matinal. Je passai devant une horloge en bois qui me confirma l'heure : 5 h 45. L'aube après, sans doute, la plus longue nuit de toute ma vie.

La liberté s'offrait à moi, je la flairais.

Je tournai à l'angle et vis Declan posté devant moi.

J'avalai une goulée d'air et essayai de calmer les battements frénétiques de mon cœur.

— Dieu merci, Declan ! Tu dois m'aider à retrouver les filles !

Il paraissait frustré.

— Tu aurais dû être plus discrète, Jill.

Je regardai Sara.

— Les nourrissons ont du mal à respecter les consignes.

Du coin de l'œil, j'aperçus Jade au bout du couloir qui approchait, les bras tendus.

— Voilà mon bébé. Ma petite chérie.

Je laissai la dhampire fêlée s'extasier sur Sara et reportai mon attention sur Declan.

— Je dois sortir d'ici avant que Kristoff n'apprenne…

— Il sait déjà tout. Il m'a commandé de t'amener devant lui pour une audience privée.

Son visage était de marbre.

— Il t'a commandé ? répétai-je, le cœur au bord des lèvres.

— Je t'ai expliqué ce que ça signifiait.

En détail, oui, et cela me chagrinait.

— Tu as dit que tu ne pouvais pas lui désobéir.

— Exact.

Je regardai par-dessus mon épaule.

— Tu cherches ton âme sœur ? railla Declan. Je viens de l'assommer, et les gardes l'ont emmené. Une caméra filme les galeries souterraines en continu. Kristoff a tout vu.

Je n'en croyais pas mes oreilles. J'avais été à deux doigts de prendre la poudre d'escampette ! Declan ne pouvait pas être celui qui m'en empêchait. Il était censé m'aider !

— Tu savais qu'il y avait une caméra en bas ?

— Oui.

Je scrutai son visage, espérant y déceler un indice quelconque. Il devait faire semblant, comme la dernière fois, il ne pouvait en être autrement !

— Non, Declan, je t'en prie ! Tu dois lutter !

Il secoua la tête, l'air maussade.

— Impossible. Je dois faire ce qu'il ordonne. Il m'a demandé de t'amener à lui, et je suis obligé d'obéir. Confie le bébé à Jade.

— Ton père veut offrir Sara au nouveau dirigeant de la Guilde Amarantos. Et tu vas le laisser faire ?

La colère me gagnait peu à peu.

Il m'agrippa le bras si fort que je tressaillis.

— Donne le bébé à Jade ou tu risques de le faire tomber. Tu veux éviter ça, je le sais.

Bien entendu. Je m'exécutai à contrecœur. Jade se mit à la cajoler en la berçant avec tendresse. Sara cessa aussitôt de pleurer.

Ah, l'instinct maternel ! Apparemment, Sara aimait la dhampire foldingue. Allez comprendre !

Declan ne fit guère preuve de la même délicatesse lorsqu'il me traîna dans le couloir pour me présenter au roi vampire.

Chapitre 23

— Je sais que tu ne comprends pas, grommela Declan avec mépris tandis que je me débattais. Tu ignores ce que c'est que d'être contraint à faire quelque chose que tu réprouves.

Ses actes étaient condamnables, il en avait conscience, ce qui ne l'empêchait pas de les commettre. Il devait y avoir un moyen de lui faire entendre raison. Sinon, j'étais cuite. Jamais je ne pourrais l'emporter contre lui, il était trop fort.

— Tu n'as pas idée de l'emprise qu'a Matthias sur moi.

Il pinça les lèvres.

— Faux. Je ne le sais que trop bien. Je t'ai observée quand tu lui rendais son cœur. J'ai vu comment tu le regardais. Et je t'ai vue l'embrasser.

Je sentis mon estomac se creuser.

— Il m'a manipulée !

— Tu n'as pas beaucoup résisté, il me semble.

— Toi non plus.

— Ce n'est pas pareil.

Dans la salle du trône, celle-là même où il avait poignardé Matthias en pleine poitrine peu après notre arrivée, Kristoff attendait, assis sur son fauteuil rouge et or à haut dossier, les doigts pressés les uns contre les autres, tandis que Declan me traînait devant lui.

— Bonjour, Jillian, s'exclama-t-il. Vous avez passé une nuit intéressante, à ce que je vois.

La nourrice avait raison. Seule sa chemise immaculée permettait de le différencier de Matthias.

— Je n'aurais qu'un commentaire : allez au diable ! D'ailleurs, ce sera ma réponse à toutes vos questions.

— Je peux me montrer très généreux envers ceux qui ne défient pas constamment mon autorité, vous savez ?

Je le fusillai du regard, tâchant de combattre la peur et le désespoir qui m'envahissaient.

— Où est Matthias ?

— Retenu dans la pièce à côté. (Il désigna sa gauche de la tête.) Je songeais à le faire sortir pour qu'il puisse admirer le lever du soleil. C'est un châtiment qu'il aime réserver à ceux qui le provoquent. Comme vous avez pu le constater hier soir.

Un frisson me parcourut devant cette menace à peine voilée. Kristoff prévoyait d'aveugler Matthias.

— Vous lui avez arraché le cœur.

— En effet. C'était une expérience, et en fin de compte il ne s'est rien passé. Il aura complètement récupéré d'ici à quelques jours. (Il se cala dans son siège.) Oh ! Je ne vous ai pas remerciée comme il se devait pour votre aide avec Alex. Très impressionnant !

Je jetai un coup d'œil par-dessus mon épaule et aperçus Declan, droit comme un « I », le regard rivé devant lui, comme un bon petit soldat.

— Je peine encore à comprendre pourquoi vous vouliez l'assassiner. En quoi représentait-il un danger ?

— Vous le considériez comme une victime sans défense à cause de ses handicaps ? (Il secoua la tête.) Vous le sous-estimiez. C'était l'une des créatures les plus vicieuses que je connaisse.

— Ça devait aller de pair avec la fonction.

Je m'évertuais à ne pas céder à la panique. Je devais trouver une astuce pour m'échapper, même si mes chances paraissaient minces. Declan était contraint d'aider Kristoff. Matthias était affaibli et retenu prisonnier. J'étais dans une merde noire.

— Alex devait mourir afin que mon ami puisse lui succéder à la tête de la Guilde. Il attend cette occasion depuis des années, et il ne voulait pas repousser davantage l'échéance.

Le parquet était froid sous mes pieds nus, mais cela m'aida à me concentrer.

— Votre ami ?

— Alex se serait opposé à moi maintenant que je suis de retour. Je ne pouvais l'envisager. Je n'avais pas une minute à perdre. Et puis c'était un excellent moyen pour frapper d'une pierre deux coups, car je voulais vous présenter à Stephen. Vous l'avez épaté.

Stephen… le nouveau dirigeant de l'Amarantos et l'acolyte de Kristoff. Celui à qui le roi prévoyait d'offrir Sara. Mon estomac se révulsa.

— C'est agréable d'avoir des copains bien placés, répliquai-je.

— Il est ici. Il est arrivé peu avant le lever du soleil.

Merde. Il allait sacrifier Sara ce matin afin que son « ami » accède à la vie éternelle. Je m'efforçai de réfléchir à une solution sans parvenir à un résultat. Il devait bien y avoir quelque chose à faire ou à dire pour empêcher ça.

Pour l'heure, j'étais confrontée à beaucoup trop d'obstacles, et même si j'étais censée détenir la puissance d'une dhampire, techniquement j'étais une simple humaine. Kristoff était un vampire immortel aux desseins obscurs soutenu par une petite armée qui comptait Declan.

Je tâchai de garder mon calme, ou du moins d'en donner l'air.

— On dirait que tout est sous contrôle. Pourquoi souhaitiez-vous me voir ?

— À votre avis ?

— Parce que vous me détestez et voulez me tuer ?

Il m'étudia pendant un long moment, et je sentis tout espoir m'abandonner peu à peu.

— Tous ces vampires attirés par votre sang, incapables de vous résister, envoûtés par votre odeur… Ça doit être excitant, non ?

Je blêmis.

— Non. C'est effrayant et douloureux. Ça n'a rien d'excitant.

— Et vous détenez l'affection de mon fils et de mon frère.

— Je doute qu'« affection » soit le terme adéquat.

— Mon frère vous a revendiquée après quatre siècles de solitude, vous, l'ennemie ultime de notre espèce. Il est lié à vous pour le restant de votre vie, à présent prolongée.

Je plantai mon regard dans ses yeux gris pâle.

— Je ne lui avais rien demandé.

— Je sais. Je trouve cela intéressant. Et puis il y a Declan, qui semble tellement épris de vous qu'il s'efforce d'échapper à mon emprise à l'instant même où je vous parle.

Declan resta muet, et je ne cherchai pas à déceler la moindre trace de conflit intérieur sur son visage. Après tout, il n'avait pas hésité à me traîner devant Kristoff. Quant à son amour pour moi… J'avais du mal à l'imaginer s'enticher de qui que ce soit, moi y compris.

— Vous allez le forcer à me tuer ?

Prononcer ces mots m'écorcha la bouche, mais je devais lui poser la question.

Il pencha la tête.

— La mort n'est pas la solution que je préconise pour chaque problème. Je ne comprends pas bien pourquoi vous me méjugez à ce point.

— Nous ne devons pas être sur la même longueur d'onde en ce qui concerne vos projets.

— C'est-à-dire ?

— Par exemple, offrir Sara à votre nouvel ami de l'Amarantos pour qu'il ne vous empêche pas d'engendrer d'autres vampires afin de soumettre l'humanité.

Il haussa les sourcils.

— Oh, mais je vois que j'ai un emploi du temps bien rempli ! Mon véritable but est de rendre ce monde meilleur. Je pourrais en débattre avec vous pendant des heures, Jillian, mais j'ai comme l'impression que je ne parviendrais pas à vous convaincre.

Je poussai un long soupir. Je serrai les poings si fort que mes ongles, pourtant courts, s'enfoncèrent dans mes paumes. Je cherchais désespérément un moyen de m'enfuir. Je ne pouvais plus rien pour la planète, mais je devais sauver les enfants. Une étape à la fois.

— Je vous en prie, Kristoff. (Mon intonation plaintive me dégoûta.) Faites de moi ce qui vous chante, mais épargnez mes nièces. Et vous ne pouvez pas donner Sara à un individu qui va lui faire du mal. C'est immoral. Vous ne le voyez pas ?

Il scruta la bague qui avait appartenu à Alex.

— Comment vous êtes-vous échappée de votre chambre pour rejoindre mon frère ?

Je le dévisageai, bouche bée.

— Pardon ?

— J'ai ordonné à mes hommes d'avoir un œil sur vous, mais vous avez réussi à les berner. Je n'ai pas installé de caméras là-haut.

— Je me suis coupée. (Je tendis le bras vers lui pour lui montrer ma blessure, mais elle s'était presque refermée.) Puis j'ai attiré votre sbire à l'intérieur. Il m'a mordue.

Il reporta son attention sur la fine ligne rosée.

— Et vous affirmez ne pas être une meurtrière.

— Je n'ai pas eu le choix !

Je ressentais de la culpabilité pour avoir tué ce garde, et je détestais ça.

— Le problème de votre version, c'est que Declan aussi était censé vous surveiller. Et pourtant, il est toujours en vie.

Mon souffle se bloqua. Declan m'avait assistée malgré les ordres de son père, et cela risquait de déplaire à Kristoff.

— Il n'était pas là. Il devait faire une pause.

— Le lien qui vous unit à mon frère m'empêche de vous soutirer la vérité.

Kristoff semblait passablement agacé. Pour la première fois depuis le début de cette désagréable conversation, je percevais une émotion sur son visage.

— Declan, tu as aidé Jillian à s'enfuir, et tu as dérobé le cœur que j'avais caché afin qu'elle puisse le restituer à Matthias, n'est-ce pas ?

— Oui, répondit Declan, et je me crispai devant la spontanéité et la sincérité de sa réponse.

— Pourquoi ? Je t'avais demandé de la surveiller.

Declan ne me regarda pas et resta concentré sur l'horizon.

— On surveille quelqu'un pour le protéger. Séquestrer Jill, seule et sans défense, dans une chambre, ce n'est pas la protéger.

Kristoff ne dit rien pendant un moment.

— As-tu un couteau sur toi, Declan ?

— Oui.

— Brandis-le contre la gorge de Jillian.

Sans me laisser l'occasion de m'éloigner, Declan m'attrapa par-derrière. Je hoquetai au contact de la lame froide et acérée. Il suffisait d'un mouvement pour qu'elle me coupe. Je cessai de respirer et m'agrippai à son bras.

— Kristoff…, articula Declan avec peine. Ne me force pas à la tuer.

— Je sais que c'est dur pour toi. Mais parfois nous n'avons pas le choix. Nous devons faire des choses qui nous semblent insurmontables.

Même si je m'efforçais de rester immobile, je sentis un pincement, puis le sang chaud ruisseler sur ma peau.

— Declan, pantelai-je. Je t'en supplie… Bats-toi !

— Je ne peux pas, répondit-il d'une voix étranglée. Merde ! Kristoff, par pitié…

Un moment de tension interminable s'écoula avant que Kristoff daigne reparler.

— Je t'autorise à lâcher ton arme, Declan.

L'instant d'après, j'entendis le couteau tomber par terre. Declan enfonça les doigts dans mes épaules. Il respirait avec difficulté. Je soupirai, secouée de tremblements, mais n'essayai pas de reculer. Il combattait ses instincts, et ce devait être une torture pour lui.

Kristoff nous observait avec intérêt.

— Va chercher mon frère et Stephen, s'il te plaît.

Declan me relâcha, arpenta la pièce et ouvrit la porte coincée entre deux peintures à l'huile hautes de deux mètres représentant des chênes et des clairières luxuriantes et ensoleillées, avant de disparaître.

Je portai la main à mon cou.

— Je vous ai épargnée, déclara Kristoff d'une voix neutre. Un traitement de faveur étant donné votre insubordination permanente, j'espère que vous vous en rendez compte.

Je luttai pour respirer et balayai la salle du regard. Deux hommes montaient la garde devant le mur, à côté du porche voûté menant au couloir principal.

— À l'évidence, vous avez besoin de moi.

Il esquissa une grimace.

— Vous croyez ?

— Si je suis en vie, c'est uniquement parce que vous avez aimé ce que j'ai infligé à Alex. J'ai fait mes preuves.

— J'étais persuadé que vous alliez échouer. Je me suis fourvoyé. Mais malgré votre victoire et le meurtre du gardien, l'instinct de tueuse vous fait défaut, je me trompe ?

Il n'attendit pas ma réponse.

— Cela dit, vous pourriez encore m'être utile. Votre précieux potentiel n'a pas dû échapper aux scientifiques qui vous ont séquestrée.

À l'heure actuelle, ma popularité était sans pareille. Vampires et humains se battaient pour l'usage de mon sang. Il faudrait que je les facture à l'heure.

— La Belladone a été formulée pour éradiquer les vampires, mais le sérum ne m'était pas destiné. Il aurait dû être administré à un agent entraîné. Mais le hasard s'en est mêlé…

Il hocha la tête.

— Les voix du destin sont impénétrables.

Declan revint avec Matthias et le poussa dans la pièce. Il semblait indemne et furieux. Un autre homme entra en même temps. Il était grand, bronzé, avait le crâne rasé et des yeux gris pâle.

Kristoff se leva.

— Bienvenue chez moi, Stephen !

L'individu balaya les alentours du regard.

— Ça faisait longtemps.

— Beaucoup trop. Néanmoins, je suis ravi de pouvoir renouveler nos vœux d'amitié. Je te remercie de ta rapidité. Le cadeau que je te réserve vaut le déplacement, je te le promets.

Mon estomac était noué. Jamais je ne le laisserais livrer Sara à ce monstre pour qu'il s'en repaisse ! Je ferais tout mon possible pour l'en empêcher. Mais, que Dieu me vienne en aide, j'ignorais comment procéder !

Stephen se tourna vers Matthias.

— Ton frère a une mine effroyable. Tu n'as pas attendu pour assouvir ta vengeance, à ce que je vois.

Kristoff éclata de rire.

— Tu sais que notre rivalité ne date pas d'hier. Mais, pour le moment, c'est moi qui détiens le pouvoir.

Matthias s'agenouilla, un voile de sueur sur le front. On lui avait ôté sa chemise maculée de sang. Son torse, nu, était pâle. Il paraissait affaibli. Cette fois, il lui faudrait du temps pour récupérer. On lui avait quand même arraché le cœur avant de le remettre en place tant bien que mal. Malgré son teint livide, son expression reflétait la férocité.

— Stephen, espèce d'enfoiré ! Alex est mort par ta faute.

Stephen pencha la tête, l'air impassible.

— En fait, tout le crédit revient à l'arme secrète de ton frère. Mais je suis heureux d'en récolter les fruits. Je ferai un excellent dirigeant pour la Guilde. Je lui rendrai sa gloire d'antan dont Alex et ses mœurs malvenues l'ont privée pendant toutes ces années.

Matthias reporta son attention sur moi, et je lis l'inquiétude dans son regard, ce qui n'était pas pour me rassurer. Je commençais sérieusement à douter du dénouement de cette situation. Puis il se tourna vers Kristoff en fronçant les sourcils.

— Mon pauvre frère, railla ce dernier. Tu fais peine à voir. Mais la dhampire est là, et je t'autorise à t'en repaître à ta guise.

— Cela a un prix, je suppose.

— Comme quoi ?

— Te laisser offrir ma fille en sacrifice pour t'aider à gagner des amis et étendre ton influence. Jamais je ne signerai l'arrêt de mort de mon propre enfant.

Kristoff considéra sa réponse.

— Je dois dire que je suis impressionné. C'est la première fois que tu fais passer autrui avant toi.

Matthias se rembrunit.

— J'ai changé.

— Tu t'es beaucoup trop attaché aux humains au fil des années. Ça t'a ramolli.

— Non. Cela m'a permis de réfléchir à mes actions avant de déployer une stratégie.

— Une stratégie ? Es-tu seulement capable d'en élaborer une ? Au cours des trente dernières années, tu ne t'es intéressé qu'à ton plaisir. Qu'as-tu fait sinon dilapider ce don si précieux ?

— L'immortalité, un don ? Je n'en suis plus convaincu.

Kristoff sourit et me jeta un coup d'œil tandis que j'observais leur joute verbale avec méfiance.

— Il est très doué pour jouer les héros et me faire passer pour le méchant.

— Qui dit feuilleton à l'eau de rose dit jumeau maléfique, répliquai-je.

— Êtes-vous en mesure de différencier le bon du mauvais, Jillian ?

Je le fusillai du regard.

— Je crois, oui.

— Dans ce cas, laissez-moi vous surprendre. C'est Matthias qui a découvert le rituel d'immortalité. C'est lui qui a fondé la Guilde Amarantos. Et c'est à lui que nous devons cet ingénieux plan destiné à placer les vampires au sommet de la chaîne alimentaire et à dominer le monde en faisant des humains nos serfs de sang. (Kristoff tendit les bras.) S'il vous a raconté le contraire, il vous a menti.

Cette nouvelle me bouleversa à tel point que je cessai de respirer pendant quelques secondes. J'avais l'impression d'avoir été foudroyée. Je me tournai vers Matthias.

— Est-ce que c'est vrai ?

Son visage était de marbre.

— Oui.

Stephen se tenait à son côté, les bras croisés. Il portait un costume qui semblait tout droit sorti d'un atelier de créateur. Moderne, coûteux et sur mesure, il rehaussait à la perfection sa silhouette élancée.

— Matthias a lu un article sur ce rituel dans l'un de ses vieux grimoires et a voulu creuser la question. Il était obsédé par les moyens d'accroître sa puissance. Voilà pourquoi il a fondé Amarantos. L'objectif de la société était de développer des méthodes pour assurer notre longévité et augmenter notre pouvoir. Le vampirisme est le résultat d'un sort de magie noire ; le rituel d'immortalité n'en est que l'extension.

— Pour moi, le sacrifice d'un enfant innocent constituait la limite à ne pas franchir. Il faut croire que mon frère ne partageait pas mon opinion, riposta Matthias d'une voix terne. Kristoff, tu as vu de tes yeux les effets du rituel. Personne ne peut vivre éternellement, c'est contre nature. Tout cycle se compose d'un début et d'une fin.

Kristoff s'avança vers Matthias de manière à se dresser face à lui.

— Je suis tout à fait d'accord.

Je le dévisageai, curieuse de la chute. Reconnaissait-il s'être fourvoyé ? Declan se tenait sans rien dire à deux mètres de moi. Il ne croisa pas mon regard lorsque je lui jetai un coup d'œil, mais il semblait perplexe.

— Si tu touches un cheveu de ma fille, je te détruirai, gronda Matthias, brisant le silence de la pièce. Tu ne peux pas la donner à Stephen.

Kristoff fronça les sourcils.

— Cela n'a jamais été mon intention. Ce n'est pas pour ça qu'il est là.

Je me tournai aussitôt vers lui.

— Je ne comprends pas. Vous… vous avez demandé à Stephen de venir afin qu'il puisse se repaître de Sara.

— Non. Je n'ai jamais rien affirmé de tel.

— Alors que fait-il ici ?

Il s'approcha de moi et souleva mon menton pour plonger son regard dans le mien.

— Il est ici pour vous, Jillian.

J'écarquillai les yeux.

— Moi ?

— Votre mission auprès d'Alex l'a épaté. Je comptais vous employer comme assassin, mais en vous offrant à Stephen, je lui témoigne ma confiance.

Il allait me refourguer à Stephen comme une esclave qu'il pourrait exploiter pour éliminer ses ennemis. Songer que jamais je ne parviendrais à me tirer de ce pétrin me rendait folle de rage et me fichait la trouille.

Le vampire arborait une expression imperturbable.

— Je ne l'ai pas vue tuer de mes yeux. Si ça se trouve, elle avait dissimulé un pieu quand elle est entrée dans le club. Il me faut la preuve que c'était son sang, sans quoi je ne serai pas satisfait.

— Bien sûr. (Kristoff fit un signe de tête à Declan.) Va chercher les autres.

Declan quitta la pièce sans un bruit et revint moins d'une minute plus tard avec la nourrice et Noah.

Oh, non ! Pas Noah ! Je m'étais demandé où il était passé après être sorti des tunnels. À présent, je le savais.

— Amène-les plus près, ordonna Kristoff.

Noah semblait inquiet, et il avait raison. Ses pupilles, tout comme celles de la nourrice, se dilatèrent quand ils s'approchèrent de moi, et des veines noires sillonnèrent leurs visages.

— Le problème, avec Jillian, expliqua Kristoff à l'intention de Stephen, c'est qu'elle n'est pas dévouée à la tâche. Par chance, son sang suffit à attirer les vampires dans son filet. Le besoin de s'en repaître est si fort qu'ils sont incapables d'y résister.

Je secouai la tête, désespérée. Je me sentais piégée.

— Je vous en prie, ne faites pas ça !

— Préféreriez-vous que j'offre Sara à Stephen comme vous l'aviez supposé ?

— Bien sûr que non ! (Je regardai par-dessus mon épaule.) Declan…

— Ne dis rien, Declan ! ordonna Kristoff.

Sa mâchoire était serrée et je perçus de l'émotion dans son œil gris, mais Declan resta muet et immobile. Quoi que demande Kristoff, il devait lui obéir. Cette idée m'écœurait au plus haut point.

Stephen étudia les deux vampires affamés à trois mètres de lui. Seule la distance qui nous séparait expliquait pourquoi il ne semblait pas affecté par la Belladone.

— Ce jeune homme a escorté Jillian jusqu'à l'établissement d'Alex ?

— En effet.

— Sont-ils amis ?

— Je crois.

— Pourquoi la mordrait-il aujourd'hui s'il a réussi à tenir bon hier soir ?

— Je peux remédier à ça, répliqua Kristoff. Noah, regarde-moi.

— Non ! Ne fais pas ça ! m'écriai-je d'une voix étranglée.

Mais c'était trop tard. Il s'exécuta et se laissa envoûter par le magnétisme hypnotique de Kristoff.

— Tu trouves le sang de Jillian irrésistible, n'est-ce pas ? s'enquit le roi.

— Oui, répondit Noah, sourcils froncés et mâchoire serrée. Mais si j'en bois, je meurs. C'est plutôt dissuasif.

— Noah ?

— Majesté ?

— Mords Jillian et avale son sang.

Noah se tourna vers moi, et je compris à son regard éteint qu'il venait d'être subjugué. Sans hésiter une seconde, il se jeta sur moi, comme lorsqu'il m'avait attaquée le soir de sa vampirisation. On aurait dit un zombie, sa voracité dictait sa conduite et toute raison l'avait déserté.

Je hurlai lorsqu'il s'empara de moi, toutes dents dehors, et se dirigea vers ma gorge.

Declan attrapa Noah et le propulsa à travers la pièce avec une telle force que Noah vacilla et percuta le mur. Exactement comme l'autre nuit. Sauf que cette fois il ne perdit pas connaissance. Il se redressa avec difficulté et fondit à nouveau sur moi. Declan s'avança vers lui avec fureur et saisit l'avant de son tee-shirt.

— C'est pour ton bien, déclara-t-il avant de lui cogner la tête contre le sol.

Cette fois, il s'évanouit. Je n'eus guère le temps de m'en réjouir, car la nourrice m'agrippa aussi sec. Je hurlai lorsqu'elle planta les crocs dans mon bras. Aussitôt paralysée par la morsure, je la regardai avec horreur tandis qu'elle buvait mon sang.

Au bout de quelques secondes, elle leva les yeux vers moi, sourcils froncés.

— Je mourais de faim.

— Navrée de l'entendre.

Et elle disparut. Ses cendres voletèrent doucement avant de former un tas à mes pieds.

J'examinai la grande pièce et constatai que tous les individus présents semblaient abasourdis par la tournure qu'avaient prise les événements.

— Intéressant, finit par déclarer Stephen, à l'évidence ravi par ce qu'il venait de voir. Elle n'a pas usurpé sa réputation.

Kristoff dévisagea Declan avec sévérité.

— Pourquoi l'as-tu empêché de s'en repaître ?

Accroupi au-dessus de Noah, Declan se releva de toute sa hauteur.

— Parce qu'il en serait mort.

— C'était le but.

Declan paraissait tendu.

— Je ne voulais pas qu'il meure.

Stephen étudia Declan pendant un moment.

— N'est-ce pas le dhampire qui a tué bon nombre d'entre nous par le passé ? Celui que tout le monde croit indestructible ?

— Si.

— Nos lois nous interdisent de transformer un dhampire. Tu sais très bien pourquoi.

— Mes lois. Et je les ai transgressées uniquement cette fois. J'étais curieux du résultat. Il s'est très bien adapté à la situation. Il est remarquable.

Stephen esquissa une moue et jaugea Declan des pieds à la tête.

— Je suis d'accord. Mais il est imprévisible.

— Ce n'est qu'un tout jeune néophyte, et pourtant il est assez fort pour résister à Jillian là où des spécimens plus anciens ont échoué, comme tu viens de le constater.

Je reportai mon attention sur Matthias, à l'autre bout de la pièce, qui n'avait pas perdu une miette de toute la scène. Il croisa mon regard. Impossible de deviner ses pensées. Notre lien ne permettait pas la télépathie. Ou alors elle requérait bien plus de concentration que je n'étais capable d'en fournir à cet instant précis. Il se tourna vers Stephen, qu'il examina avec intérêt, comme s'il analysait la moindre de ses paroles.

Avait-il un plan pour sortir d'ici ? À présent qu'il savait sa fille à l'abri d'un danger immédiat, comptait-il attendre le moment opportun et retrouver ses forces avant d'agir ? Même si je n'appréciais guère le fait qu'il m'avait menti en attribuant certains de ses actes à son frère, j'espérais qu'il dissimulait dans sa manche quelque habile stratagème, que ce soit pour nous évader ou feindre notre disparition.

Malheureusement, il ne portait pas de manches.

— Ton fils est doté d'une volonté de fer, déclara Stephen.

Kristoff acquiesça.

— Mais il m'obéit au doigt et à l'œil. J'ordonne et il exécute. Néanmoins, je dois me montrer précis. J'avais pensé qu'il ferait un excellent garde du corps, mais je n'en suis plus si sûr. Il me tient tête à l'instant où je te parle. La faute à Jillian. Declan préférerait la sauver plutôt que moi.

Stephen éclata de rire.

— Et ça t'étonne ? Il reste un homme. Quand j'emmènerai la fille, ils seront séparés. Cela devrait régler le problème.

— Ce n'est pas suffisant. (Kristoff promena son regard glacial sur l'ex-dhampire.) Declan, tu feras strictement ce que je te dirai, n'est-ce pas ?

— Oui, répondit-il sans ciller.

— Absolument tout ce que je demanderai ?

— Vos désirs sont des ordres.

Je sentis mon cœur s'enfoncer. Je n'aimais pas la tournure que prenait cette discussion. Kristoff soutint le regard de son fils pendant quelques instants.

— Bois le sang de Jillian. Immédiatement.

Toute tentative de fuite fut impossible. Il bougea encore plus vite qu'auparavant lorsqu'il m'avait menacée avec son couteau.

— Declan, non ! hurlai-je lorsqu'il m'attrapa par-derrière, repoussa mes cheveux noirs de ma gorge et plongea ses crocs acérés dans ma chair.

CHAPITRE 24

Declan allait mourir.

Non, pitié ! Pas comme ça !

J'essayai de me débattre, mais ça ne servit à rien. Paralysée par sa morsure, je laissai mes bras retomber de côté. En tant que jeune vampire, Declan n'avait pas encore appris à anesthésier sa proie, et de toute façon ce n'était plus possible depuis que Matthias m'avait revendiquée. Je me préparai à en baver, mais la signification de cet événement m'avait engourdie. La douleur était vraiment le dernier de mes soucis.

Une peur glacée et morbide m'envahit tandis qu'il buvait mon sang. Je ne pouvais rien faire pour l'en empêcher.

C'était trop tard.

Lorsqu'il me relâcha, nous nous dévisageâmes, bouleversés. Mon sang noirâtre maculait ses lèvres. Il les toucha et examina ses doigts tandis qu'il assimilait la portée de son acte.

— Merde ! Je suis désolé, Jill.

Il fut pris de convulsions et tomba à genoux.

Je plaquai la main contre ma bouche pour ne pas hurler, mais un râle s'échappa quand même de ma gorge. J'attendis, pétrifiée, qu'il explose avant de s'éparpiller en une nuée de cendres tout autour de moi, comme la nourrice une minute plus tôt.

J'étais totalement impuissante, rien de ce que je pouvais faire ou dire ne changerait la donne. L'homme que j'aimais allait mourir, et jamais plus je ne le reverrais, ne le caresserais, ne l'embrasserais…

Mais il était encore là.

À souffrir le martyre.

Mais bel et bien là.

Je m'effondrai au sol à son côté et lui effleurai le visage. Il était bien réel, je n'hallucinais pas.

Kristoff croisa les bras, le regard braqué sur nous.

— Tout comme je l'avais suspecté. Votre sang est sans danger pour lui. Je ne garantis rien pour le futur, mais pour l'heure il est capable d'y résister, car sa vampirisation est trop récente.

Je respirais avec peine.

— Je n'y comprends rien !

— Les dhampires font de puissants vampires. Voilà pourquoi, en partie, il nous est interdit de les transformer. Je n'étais pas certain de sa force, mais je n'ai plus aucun doute à ce sujet.

J'étais en état de choc, révulsée par la scène à laquelle je venais d'assister. Mon dégoût se mêlait à mon soulagement. Declan était en vie !

— Vous l'avez forcé à boire mon sang en guise d'expérience ?

— Oui, précisément.

Declan se remit doucement de ses atroces brûlures d'estomac. Il me serra contre lui avec ardeur.

J'enroulai les bras autour de ses épaules.

— Declan…

— Chut, Jill, me chuchota-t-il à l'oreille.

Il glissa un objet sous ma robe. Son couteau. La lame m'érafla, mais je tâchai de ne rien laisser paraître. Il ne cherchait pas à me poignarder, mais à me le passer ni vu ni connu. Il me donnait une arme pour que je puisse me défendre.

Il soutint mon regard, mais ne dit rien. À mon avis, il n'était pas en mesure de construire des phrases complètes. La douleur aiguë qu'il avait ressentie une minute plus tôt se lisait encore dans ses yeux.

— Comme c'est romantique! (Kristoff secoua la tête.) Matthias, la femme que tu as revendiquée semble appartenir à un autre. Ça ne t'ennuie pas?

— Tu ne pouvais pas savoir que ça allait fonctionner, répliqua Matthias d'une voix monocorde, faisant mine de ne pas avoir entendu la question. Declan aurait pu mourir.

— Mais il est en vie. Je considère cela comme un signe positif. (Il fit volte-face.) Stephen, comme tu peux le constater, Jillian s'avère une arme remarquable, sauf avec d'anciens dhampires.

— On dirait bien.

— Tes ennemis ne pourront pas lui résister.

— En fait, je n'ai vu qu'une femelle faible d'esprit et deux néophytes que tu as dû subjuguer pour qu'ils la mordent.

Je perçus la frustration dans le regard de Kristoff.

— Declan, amène-la plus près.

L'air crispé, Declan se redressa, s'essuya la bouche du revers de la main pour enlever le reste de liquide empoisonné avant de m'aider à me relever. Je n'avais été mordue que deux fois aujourd'hui, trois si on comptait le garde posté devant ma chambre, mais j'avais perdu assez de sang pour me sentir diminuée. Je priai pour ne pas m'évanouir. J'avais besoin de toute ma tête.

Declan m'amena près de son père et de Stephen. Ce dernier se raidit lorsque je me retrouvai à deux mètres de lui, et les signes de la soif saillirent sur ses joues.

— Oui, siffla-t-il. Je vois ce que tu veux dire. Elle est vénéneuse.

— En effet. Elle est dangereuse, même pour moi, n'est-ce pas, Jillian ?

Kristoff s'empara de mon visage et me tira vers lui. Seuls cinq centimètres nous séparaient. Je le regardai lutter contre la faim, les lèvres pincées en un rictus crispé.

— Quel dommage que l'instinct de tueuse vous fasse défaut ! Il agrémenterait à merveille votre sang toxique.

Je me contentai de dévisager le portrait craché de Matthias.

— Vous avez tort sur ce point.

Il haussa un sourcil.

— Ah oui ?

Je lui plantai la lame de Declan dans la gorge l'enfonçant en profondeur jusqu'à érafler l'os.

Declan ne me l'avait sans doute pas confiée à cette fin, mais l'occasion s'était présentée et je l'avais saisie. Après tout, je n'avais jamais été du genre à suivre les règles.

Kristoff me repoussa si fort que je volai à travers la pièce et atterris sur les fesses avant de me cogner la tête contre le sol. Il attrapa non sans peine le manche qui sortait de son larynx et le retira dans un geyser de sang. Je perçus l'étonnement dans son regard furieux empreint de douleur.

La femme qu'il estimait dépourvue d'instinct meurtrier venait de le poignarder.

C'était un début.

Le couteau dans la main, il se jeta sur moi. Ni courtoisie, ni calme, ni prestance royale ne l'habitaient à cet instant précis. Il allait me tuer sans autre forme de procès. Il n'avait que faire de m'utiliser comme arme et de me refiler à son pote de la Guilde. À présent, il voulait me voir morte, point.

Je reculai à tâtons tandis qu'il s'approchait.

Declan s'interposa entre nous, et je le dévisageai avec surprise. Ses poings étaient serrés de part et d'autre de son corps.

Kristoff toussa et crachota, mais ne dit rien. Il en était incapable. Voilà pourquoi j'avais visé ses cordes vocales, pour l'empêcher de commander Declan. Cela nous offrait l'occasion d'agir avant que la plaie ne se referme.

Declan était tendu.

— Tu voulais que Jill tue pour toi, mais c'est moi, l'assassin. De vampires. Et en dépit de ce que tu m'as fait, rien n'a changé.

Il frappa Kristoff à la gorge, pile sur sa blessure. Ce dernier parvint néanmoins à planter le couteau dans l'épaule de Declan, même s'il avait sans doute dû viser le cœur. Declan grogna avec férocité et retira l'arme, qu'il jeta sur le côté.

— Je ne peux pas te tuer, grommela-t-il. Peu importe qui a lancé l'idée le premier, c'est toi qui détiens le pouvoir aujourd'hui, et ça ne peut plus continuer ! Et pour le moment, il n'y a qu'un seul moyen qui me vienne à l'esprit.

Il attrapa son père par l'avant de sa chemise et le traîna à travers la pièce. Kristoff se débattit comme un beau diable, leurs forces s'égalaient presque. Ce ne fut pas facile pour Declan, mais il finit par atteindre la porte, qu'il ouvrit d'un coup de pied.

— Non, Declan ! Non ! hurlai-je.

Il ne me prêta pas attention et s'élança dehors, en plein jour, avec Kristoff.

Je les regardai disparaître de ma vue avec horreur avant de me relever avec difficulté. J'arpentai le couloir d'un pas chancelant lorsque j'entendis un cri.

C'était Kristoff. Ses yeux étaient en feu.

Je recherchai désespérément Declan. Il se tenait sous les rayons du jour et m'observait. Il plissait les paupières et grimaçait à cause de la luminosité, le visage dissimulé derrière sa paume, mais il était intact.

Je laissai échapper un soupir de soulagement entrecoupé de sanglots. Kristoff l'avait dit lui-même, les dhampires faisaient de puissants vampires. Je pensais qu'il faisait allusion à la force physique, mais il parlait de résistance. Comme au soleil ou à mon sang, par exemple.

Kristoff avait beau être immortel, il restait sensible aux flammes.

La main droite plaquée contre ses yeux carbonisés, Kristoff retourna dans la maison à tâtons. Une fois à l'intérieur, il tomba à genoux. Sa gorge avait commencé à cicatriser.

— Jade…, parvint-il à articuler. Besoin… de son sang.

La dhampire aux cheveux roux était adossée contre le mur au bout du couloir. Elle berçait toujours Sara dans ses bras.

— Jade.

La voix saccagée de Kristoff faisait peine à entendre.

— Oui, Majesté ?

— Du sang. Tout de suite !

Elle secoua la tête.

— Fini le sang. Je n'en donnerai plus à personne. Je me sens bizarre après, je n'aime pas ça.

Je pantelai et m'appuyai contre Declan, qui venait de rentrer lui aussi, tandis que Stephen se dirigeait vers nous, armé du couteau.

— Stephen, reprit Kristoff, à l'agonie. Dhampire… Sang… Je dois soigner… mes yeux.

L'intéressé ne répondit pas. Matthias s'approcha à son tour. Je craignais que Stephen ne fasse volte-face pour lui planter la lame en pleine poitrine.

Il n'en fit rien.

Matthias toisa son frère. Ses globes oculaires étaient noircis, mais ils étaient encore là, contrairement à ceux d'Alex qui avaient complètement brûlé. Kristoff n'avait été exposé aux rayons du soleil que quelques minutes.

— Matthias…, commençai-je.

Il croisa mon regard.

— Tout va bien, Jillian.

— Comment ça, tout va bien ?

Je secouai la tête et reportai mon attention sur le couteau dans la main de Stephen. Je crus faire une syncope lorsqu'il le tendit par le manche à Matthias.

— Que se passe-t-il ? bafouillai-je.

Stephen continuait d'examiner Kristoff, recroquevillé de douleur devant nous.

— Tu dois te dépêcher d'enfiler ses vêtements. (Matthias acquiesça.) J'ai essayé de tuer le plus de gardes possible. Les autres, y compris les serfs de sang, n'y verront que du feu.

— Exact.

— Celui-là, poursuivit Stephen, repoussant Kristoff du bout de sa chaussure, n'est pas resté dehors assez longtemps pour en garder des séquelles. Ses yeux finiront par cicatriser avec ou sans la dhampire.

Kristoff paraissait aussi perdu que moi.

— Qu'est-ce que vous racontez ?

Stephen le toisa avec dédain.

— Tu croyais être fort après ton réveil, mais tu aurais dû t'octroyer quelques semaines avant de sauter dans le bain à pieds joints. Malheureusement, tu as plongé dans un océan plein de requins qui en avaient après toi.

Kristoff ôta les mains de son visage meurtri et je grimaçai devant le spectacle affligeant qu'il offrait.

— Je… t'ai donné… Jillian.

— Une femme au sang empoisonné ne m'est d'aucune utilité. Si je dois éliminer quelqu'un, j'envoie un assassin professionnel qui sait manier un pieu en argent. C'est plus propre et moins imprévisible.

— Je ne comprends pas.

— Ah non ? répliqua Matthias. Dans ce cas, laisse-moi éclairer ta lanterne. Dès l'instant où j'ai senti un vent de révolte souffler sur mes sujets, j'ai su que mes jours en tant que roi étaient comptés. Ils étaient stupides de croire que tu serais meilleur souverain que moi. J'ai aussitôt échafaudé mon plan. Si on me refusait le trône, s'ils ne voulaient que de toi comme chef, alors soit.

Je saisis enfin le sens de ses paroles.

— Vous allez prendre sa place, n'est-ce pas ?

Il reporta son attention sur moi.

— C'est exact.

— Et vous aviez tout prévu depuis le début.

— En effet, répondit-il sans desserrer la mâchoire. Tout ne s'est pas déroulé sans accrocs. J'avais pensé utiliser votre sang pour l'affaiblir, mais en fin de compte je suis satisfait du résultat.

— Un vrai succès, lui concéda Stephen.

— Vous travailliez de concert ?

L'ampleur du stratagème élaboré par Matthias pour récupérer la couronne me donna mal au crâne.

— Et Alex ? Qu'en est-il de lui ?

Matthias pinça les lèvres.

— Je lui ai parlé au téléphone il y a peu. C'est lui qui a eu l'idée. Il savait que Kristoff le détestait, et qu'il préférerait voir à la tête de cette puissante société secrète un vampire tel que Stephen, qui se rangerait de son côté. Mais mon frère ne s'était pas rendu compte que Stephen et moi étions devenus amis. Beaucoup de choses changent en trente ans.

Je n'en revenais pas.

—Alex a accepté de mourir. Pour vous.

Le chagrin s'immisça dans ses yeux pâles.

—Oui. Et jamais je n'oublierai son sacrifice.

Voilà pourquoi il m'avait mordue en toute connaissance de cause. Il avait donné sa vie pour aider Matthias, un homme qu'il aimait plus que tout, malgré leurs différends.

Les pièces du puzzle s'imbriquaient enfin. Matthias avait tout calculé dès le premier jour. Sa capitulation anticipée lorsque Meyers lui avait arraché la clé, le fait de me revendiquer, l'assassinat d'Alex et tout le reste avaient été prévus depuis le début. Et à présent, il allait remplacer son jumeau sur le trône. Ses sujets le prendraient pour son frère, et il serait roi à nouveau.

Il avait accompli le tour de magie suprême.

—Declan… (Kristoff avait commencé à cicatriser et parvenait à parler avec plus d'aisance.) Je t'ordonne de…

Declan fourra un mouchoir en tissu dans la bouche de son père temporairement aveugle et lui maintint les bras dans le dos avec fermeté.

—J'en ai assez entendu, je crois.

Stephen jeta un coup d'œil à Declan.

—Aide-moi à l'emmener dans la pièce d'à côté pour que Matthias puisse enfiler ses vêtements.

Declan se tourna vers moi. Il paraissait aussi troublé que moi par le cours des événements, mais il finit par acquiescer avec conviction.

—Bien.

Il traîna Kristoff dans la salle du trône, talonné de près par Matthias et Stephen. Je restai seule dans le couloir, le cou en sang, traumatisée à vie.

Un large sourire aux lèvres, Jade s'approcha de moi à pas lents, Sara pressée contre son cœur.

— J'adore les bébés.

Je la dévisageai pendant un moment.

— Je suis contente pour vous.

Quand Matthias vint me trouver, je dus le regarder à deux fois pour m'assurer que c'était bien lui et non son frère.

— Merde, m'exclamai-je dans ma barbe. Matthias, c'est complètement…

— Il faudra m'appeler Kristoff désormais. Seuls quelques membres de mon cercle intime connaissent la vérité.

Je me grattai le front.

— Tout ça me dépasse, c'est beaucoup trop compliqué pour moi.

— Les choses se sont déroulées comme prévu, il n'y a rien d'autre à comprendre. Kristoff représentait une trop grande menace.

— Une menace qui suivait vos plans originaux.

Il se rembrunit.

— Je ne suis plus le même homme qu'à cette époque. Mes priorités ont changé.

— Ce qui fait de vous le meilleur roi.

— Oui. (Il fronça les sourcils.) Je ne m'attendais pas à ce que cette histoire vous fâche autant. Vous seriez-vous attachée à Kristoff ?

J'éclatai d'un rire quasi hystérique.

— Oh non ! Ni attachement, ni tendresse, ni affection. Je suppose qu'il a rendez-vous avec un cercueil au sous-sol ?

— Ça vous embête ?

— Moins que je l'aurais cru.

J'avais passé les dix dernières minutes à poireauter devant la porte en silence, à tenter de donner un sens à ce qui venait d'arriver. Je cherchais encore des réponses. Peut-être n'y en avait-il pas. Je n'avais qu'une certitude : les projets de Kristoff avaient été suspendus jusqu'à nouvel ordre. Matthias n'était certes pas parfait, il avait commis de graves erreurs et s'était fourvoyé par le passé, mais je ne pouvais envisager un autre que lui comme chef des vampires. Si cela suffisait pour que la majorité se tienne à carreau sans faire de vague, alors j'étais satisfaite.

Matthias resta dans le couloir, à l'abri des rayons du soleil.

— Je n'arracherai pas le cœur de mon frère comme il l'a fait pour moi. Avec un peu de chance, lorsqu'il s'épuisera d'inanition, il s'enfoncera dans le coma pour toujours.

Je m'avançai vers la porte et scrutai l'océan à travers la petite fenêtre voilée.

— S'il pouvait lire dans vos pensées, pourquoi n'a-t-il rien vu venir ?

Matthias sourit, et j'aperçus la pointe de ses crocs.

— Encore fallait-il que je l'y autorise. Je me préparais à cette éventualité depuis des années. Mon esprit est puissant, plus que je ne le laisse paraître, et j'ai pu lui dissimuler ce que je voulais sans éveiller ses soupçons.

Je me mordis la lèvre inférieure.

— Je devrais sans doute me sentir privilégiée d'avoir été choisie comme pion dans ce jeu d'échecs grandeur nature.

Il posa la main sur mon menton pour le soulever vers lui.

— Vous n'êtes pas un pion. S'il s'agissait vraiment d'un jeu d'échecs, vous seriez la reine.

Je clignai des yeux.

— Je ne veux pas être la reine.

Il garda le silence pendant un moment.

— Dans ce cas, il vous faut partir, Jillian. Prenez vos nièces et ne revenez plus jamais. Votre vie est loin d'ici. Si cependant vous changez d'avis, vous saurez où me trouver.

— Notre lien est indéfectible, même si le drame est terminé.

Il recula pour s'adosser au mur, les bras croisés.

— Je suis sûr qu'il y en aura à foison dans les années à venir, surtout si mon stratagème est découvert. Mais ça ne devrait pas arriver de sitôt.

Je l'observai attentivement, de ses cheveux châtain clair aux habits volés qu'il portait.

— Vous pensez vraiment réussir à vous faire passer pour lui ?

Il s'examina des pieds à la tête.

— Nous sommes identiques.

— Je suis capable de vous différencier.

Il arqua un sourcil.

— Je n'en doute pas.

— Majesté !

Une voix d'homme nous parvint de l'autre bout du hall. C'était Meyers.

— J'ai entendu du bruit, mais il semblerait que tout soit maîtrisé maintenant. Puis-je me rendre utile de quelque manière que ce soit ?

— Oui. Viens ici, répondit Matthias avec assurance.

Le serf obéit, sondant les alentours du regard.

— Où sont-ils tous passés ?

— Partis.

— Partis ? répéta-t-il, troublé. Où ça ?

— Ne t'en fais pas, tu vas les rejoindre.

Matthias s'empara de la tête de Meyers et tourna d'un coup sec. Sa nuque se brisa dans un craquement sonore.

Il s'effondra au sol. Matthias remarqua mon expression choquée et haussa les épaules.

—J'avais prévenu que je le tuerais pour m'avoir trahi. Pourquoi attendre ?

Je reportai mon attention sur l'homme mort, et à ma grande surprise ne ressentis pas la moindre once de tristesse devant ce énième meurtre. Soit je devenais insensible, soit il avait bien mérité son sort. Sans doute un peu des deux.

—Rappelez-moi de ne jamais vous contrarier.

—Ce serait très difficile. (Il pivota la tête à droite et regarda Declan s'approcher.) Il est temps pour vous de partir.

Ma gorge se serra. Quitter Matthias s'avérait plus dur que je ne l'aurais pensé, malgré tout ce que j'avais pu apprendre sur lui. C'était un vampire manipulateur, assoiffé de pouvoir et de vengeance. Mais il était tellement plus que ça, je pouvais le sentir grâce à notre lien. Il y avait du bon et du mauvais en lui. Je savais que Sara serait en sécurité auprès de son père, je n'en doutais pas une seconde.

Declan s'arrêta à quelques centimètres de moi.

—Jill ?

Je me tournai vers lui, plus soulagée que jamais qu'il soit en vie après avoir bu mon sang. J'avais eu si peur de le perdre à jamais.

—Nous devons rendre Meg et Julie à ma sœur.

—Allons-y, répondit-il avant de s'adresser à Matthias. Ça pose un problème ?

Matthias dévisagea l'ancien dhampire pendant un interminable moment.

—Aucun. Prenez les enfants. Personne n'essaiera de vous retenir, je le promets.

—Et pour Jade ?

— Elle est sous ma protection désormais. On n'abusera plus jamais d'elle. Et je pense, malgré ses défauts, qu'elle fera une excellente nourrice pour Sara.

Declan laissa échapper un rire rauque.

— Il se pourrait que tu aies raison sur ce point.

— Puisque tu pars, tâche de te rappeler une chose très importante.

— Quoi donc ?

Matthias sourit.

— Jillian est une femme très dangereuse.

— Crois-moi, je le sais.

Noah remonta le couloir d'un pas chancelant en se tenant la tête entre les mains.

— Que s'est-il passé, bon sang ? (Il regarda Matthias et écarquilla les yeux.) Oh, merde ! Je veux dire… Kristoff… Euh, Majesté, que puis-je pour vous ?

Le roi jaugea son plus récent rejeton d'un air amusé.

— Je ne suis pas Kristoff.

Noah se tourna vers moi.

— Je le savais. Carrément !

Chapitre 25

Je fis mes adieux à tout le monde, Matthias, Noah, même Jade. J'ignorais quand je les reverrais, mais j'étais sûre que ce jour arriverait. Je n'avais plus aucune raison de m'attarder là. Je devais tenter de rendre un soupçon de normalité à ma vie, à commencer par retrouver enfin ma sœur.

Et quel meilleur prétexte que de lui ramener Meg et Julie ?

— On rentre à la maison ? s'enquit Meg tandis que nous nous éloignions de la villa.

J'acquiesçai.

— Vous, oui.

— Maman me manque, renchérit Julie.

— À moi aussi.

Je les dirigeai vers l'arrière d'une des berlines noires de Kristoff que Matthias nous prêtait pour une durée indéterminée.

J'étais vraiment soulagée de quitter cette luxueuse demeure en front de mer, dans laquelle j'aurais tué pour habiter un jour. L'ironie de la situation ne m'échappait pas. Loin des ténèbres et des ennuis, je marchais enfin sous le soleil, savourant son contact sur ma peau. Declan s'était dégotté une paire de lunettes noires, qu'il portait en ce moment même, et attendait à côté de la voiture, les clés en main.

Je le toisai d'un air mauvais tandis que j'approchais.

Il me rendit mon regard.

— Quoi ?
— Tu savais que le soleil ne te brûlerait pas ?
Il haussa les épaules.
— J'avais un pressentiment, mais je n'en étais pas sûr.
La rage que j'avais ressentie auparavant bouillonna à nouveau en moi.
— Donc tu as pris le risque de devenir aveugle pour arrêter Kristoff.
— Quelques secondes ne suffisent pas à infliger des dégâts permanents. J'aurais fini par guérir.
— Au bout de combien de mois ? (Je secouai la tête.) Franchement, tu me fais tourner en bourrique ! Il y avait d'autres moyens de s'occuper de lui.
— Il faut croire que j'ai cessé de réfléchir quand je l'ai vu foncer vers toi armé d'un couteau. Je me suis contenté d'agir. (Il arqua les sourcils.) Pourras-tu me pardonner ?
— Pour cette fois. (Je poussai un long soupir entrecoupé de sanglots.) Mais ne t'avise pas de recommencer.
— Je ferai de mon mieux.
Il posa la main sur le toit de la voiture et observa l'immense demeure.
— Tu es sûre de vouloir le quitter ?
Je perçus l'agacement dans sa voix.
Ma colère suscitée par son imprudence et son impulsivité s'évanouit.
— Tu es jaloux.
Il se gratta le cuir chevelu.
— Votre lien a fait de toi son âme sœur. Il est roi, il est puissant, il est…
— Riche et super sexy, terminai-je pour lui. Change de disque, mon vieux, tu me soûles. Et grimpe dans cette bagnole.
Il m'étudia pendant un moment.

— Oui, m'dame.

Le trajet d'une heure entre Malibu et Los Angeles me permit de réfléchir, de me vider la tête et de me confronter aux événements récents. Jamais je ne pourrais blâmer Matthias de m'avoir revendiquée. Seule son intervention avait empêché la Belladone de me tuer. Mais le poison serait toujours présent dans mon corps. Mon sang et ce sérum ne faisaient qu'un. Ça ne me plaisait pas, mais je devais l'accepter, je n'avais pas le choix.

Le vampire sur le siège conducteur commençait à manifester des signes d'anxiété à force de rester assis si près de moi pendant une durée prolongée. Sa faim se voyait sur son visage, il ne pouvait me le cacher, même si les symptômes étaient légers pour l'instant.

— À quelle fréquence as-tu besoin de… (je déglutis avec peine) te nourrir ?

Il pinça les lèvres.

— Une fois par jour. Mais je peux m'approvisionner dans les banques de sang ou à l'hôpital. Je ne suis pas obligé de…

Il jeta un coup d'œil aux filles sur la banquette arrière au cas où elles seraient en train d'écouter, mais elles étaient endormies.

— Tout ira bien, poursuivit-il. Je gère la situation.

Il paraissait sûr de lui. S'il y avait bien une personne en qui j'avais confiance pour ne pas me mentir sur un sujet pareil, c'était Declan.

— Tant mieux.

— Je pensais que… être devenu celui que je suis… changerait les choses, que je me sentirais différent, mais je suis toujours le même. Enfin…, reprit-il, inspirant avec difficulté, sauf quand je suis affamé. Comme maintenant.

— Ça va aller.

Je lui effleurai le bras et il eut un mouvement de recul. Je retirai ma main et la reposai sur mes genoux.

Sa réaction m'inquiéta. Je ne supportais pas que ma proximité l'incommode à ce point.

— Tu peux t'arrêter à la station-service ? demandai-je. Je dois me débarbouiller avant de voir Cathy.

— Les traces de crocs ont presque disparu.

Je touchai mon cou, me remémorant la crainte que j'avais éprouvée – principalement pour Declan – quand il m'avait mordue. Je n'avais jamais eu aussi peur de toute ma vie. J'avais été persuadée qu'il allait mourir.

Mais il était encore là, en un seul morceau…

Un flot d'émotions me submergea, mais je tâchai de l'enrayer. Ce n'était pas le moment.

Declan stoppa le moteur devant une pompe à essence et je partis chercher un petit déjeuner pour les filles. Et un café pour moi. Puis je me nettoyai de mon mieux au lavabo. Il était grand temps que je m'achète de nouveaux vêtements. Mes effets personnels se résumaient à la robe noire et aux escarpins que je portais toujours. Je ne pouvais plus les voir en peinture.

J'observai longuement mon reflet dans le miroir. J'avais le teint pâle, le visage un peu émacié, mais étrangement, je respirais la vitalité. Je le devais à mon lien avec Matthias. Il recouvrait ses forces au fil des heures. Il était immortel. Il était puissant. Et je devais lui pomper un peu de son énergie, même à distance. Je m'approchai de la glace et remarquai non sans surprise que mes yeux, d'ordinaire aussi noirs que mes cheveux, avaient retrouvé leur belle couleur indigo.

— Petit cadeau bonus, murmurai-je en passant les doigts dans mes cheveux pour les démêler.

Je quittai les toilettes le cœur léger, ragaillardie et regonflée à bloc. Ça ne m'était pas arrivé depuis longtemps. Une bouffée d'optimisme m'envahit. Si j'avais survécu aux deux dernières semaines, plus rien ne pouvait m'abattre. Les défis à surmonter ne manqueraient pas, je le savais. Je n'étais pas tout à fait normale, et ne le serais plus jamais. Mais peut-être m'en accommoderais-je.

Les filles avalèrent leurs muffins et leurs jus d'orange, et je repris ma place sur le siège passager.

— Mes yeux sont redevenus bleus, déclarai-je avec un grand sourire.

— J'ai remarqué.

Declan démarra le moteur, et nous poursuivîmes notre route jusqu'à chez ma sœur. La nervosité me gagna à mesure qu'on approchait. Depuis le début de toute cette histoire, je n'avais eu qu'un seul but : la revoir, et savoir qu'à cet instant tout redeviendrait normal. L'heure était enfin venue, et j'étais ravie de lui ramener ses enfants, sains et saufs, et sans qu'elle ait la moindre idée des dangers auxquels elles avaient été exposées. Je ne décelai aucune trace de présence policière, n'aperçus ni équipe de recherche, ni caméras de journalistes, ni foule amassée sur son palier ; j'en déduisis donc qu'elle n'avait toujours pas été mise au courant.

Comme le disait le proverbe, qui ne sait rien ne doute de rien.

— C'est ici, à droite, avec la Toyota dans l'allée, m'écriai-je lorsque nous nous engageâmes dans la rue arborée.

Il se gara et je sortis la première pour ouvrir la portière aux filles.

Je m'adossai à la voiture.

— Je vais juste…

— Tu devrais rester ici, Jill.

Declan était agrippé au volant, le regard rivé sur la route, droit devant.

Mon souffle se bloqua.

— Pardon ?

Il hocha la tête, sans daigner se tourner vers moi.

— J'y ai beaucoup réfléchi, et c'est la meilleure solution. Tu es avec ta sœur, comme tu le souhaitais. Tu es en bonne santé, tu ne risques plus de mourir. Je vais retourner au centre et m'assurer que tous les documents sur toi ont bien été détruits. Tu n'auras plus à craindre de représailles. Je veillerai à ce que personne n'apprenne ton existence. Ne sors pas de ces jolis quartiers résidentiels, et tu ne devrais pas croiser de vampires rebelles. Tu retrouveras ta vie d'avant et pourras la mener comme tu l'entends. Un brillant futur s'offre à toi.

Mes oreilles percevaient ses paroles, mais mon cerveau peinait à les assimiler.

— Mais je croyais que nous…

— Quoi ?

La mâchoire crispée, les jointures blanchies à force de serrer le volant, il se décida enfin à me regarder. Ses lunettes de soleil dissimulaient toute expression qu'aurait pu refléter son œil gris.

— Qu'avais-tu prévu ? De vivre sur la route, de motel en motel, à fuir le danger ? En compagnie d'un vampire qui a du mal à se maîtriser en présence de ton odeur ?

— Mon sang n'a pas d'effet sur toi.

— Peut-être, mais la tentation est trop grande, Jill. Et la douleur qu'inflige son absorption… Bordel, j'ai failli tomber dans les vapes ! Tu n'imagines pas l'effort que j'ai dû fournir pour me ressaisir et arrêter Kristoff. Je ne parviens pas à me concentrer quand tu es là.

— Mais…

— Franchement, qu'espérais-tu ?

Mes yeux me brûlaient. Je ne m'étais pas préparée à ça.

— Je… je n'y avais pas vraiment réfléchi.

— Précisément. C'est pourquoi je m'en suis chargé. Je vais continuer à mener ma barque comme je l'ai toujours fait. À traquer les rebelles. Je ne sais rien faire d'autre, et je suis habitué à travailler seul. Mes cicatrices suffisent à prouver que c'est un boulot dangereux. Et il n'est pas destiné à quelqu'un comme toi.

Je jetai un coup d'œil aux filles sur le trottoir. Elles n'avaient pas foncé vers la porte d'entrée, elles attendaient que je les accompagne.

— Tu viens, tante Jill ? Je veux voir maman, gémit Meg.

Je me tournai vers Declan.

— Écoute, je…

Il secoua la tête.

— Non, Jill. Tu as la chance de retrouver une vie normale. Il n'y a pas d'avenir pour nous. Rester auprès de toi, c'est… c'est un supplice. On ne peut pas vivre comme ça. Je n'en suis pas capable. Je n'en ai pas envie. On ferait mieux de garder nos distances.

J'essayai d'avaler ma salive, mais c'était difficile.

— Pour ton bien ou le mien ?

— Pour nous deux.

Je ne pus qu'acquiescer.

— Tu as raison, bien sûr. Sur tout.

— Oui, je sais.

Je l'avais su depuis le départ. Declan et moi, nous étions différents. Le jour et la nuit. Nous appartenions à des univers trop contrastés. Une fois sortis de ce tourbillon infernal, nos chemins se sépareraient.

— D'accord.

Je clignai des yeux, me refusant à pleurer. Ce n'était pas le moment. Peut-être plus tard, mais pas devant lui.

— Les filles, dites au revoir à Declan.

— Au revoir, Declan ! s'écrièrent-elles en chœur.

— Bonne chance, bredouillai-je d'une voix rauque tandis que je refermais la portière.

Je lui tournai le dos et commençai à remonter l'allée, mes nièces sur les talons. Je ne voulais pas regarder derrière moi, mais je jetai quand même un coup d'œil par-dessus mon épaule. Je sentis mon cœur s'enfoncer dans ma poitrine lorsque la berline noire démarra en trombe, comme s'il tardait à son chauffeur de partir loin de moi.

C'était fini.

L'heure était venue d'entamer ma nouvelle vie.

Je marchai jusqu'au seuil et pris une profonde inspiration, puis expirai lentement par la bouche. J'hésitai un instant avant de sonner.

Ma sœur ne mit pas longtemps à m'ouvrir. Elle se tenait devant moi, ses cheveux blonds, de la même couleur que les miens avant la Belladone, attachés tant bien que mal en une queue-de-cheval.

Elle m'accueillit avec un grand sourire.

— Jill ! Je suis contente de te voir !

Je ris presque de sa légèreté.

— Moi aussi, je suis heureuse, Cathy.

— Maman !

Les filles se précipitèrent à l'intérieur et se jetèrent sur leur mère.

— Vous vous êtes bien amusées hier soir ? s'enquit Cathy.

— Oui, c'était marrant, répondit Meg, le sourire aux lèvres. Et on est tombées sur tante Jill.

Je faillis pleurer de soulagement devant le calme de leur réaction. Par chance, elles avaient été épargnées et ne s'étaient jamais doutées de rien. J'étais la seule à savoir qu'on avait frôlé la catastrophe. Voir mes nièces et leur mère réunies me procura un sentiment de douce euphorie, comme si toutes les épreuves que j'avais endurées en avaient valu la peine.

Puis Cathy m'étreignit avec ardeur, si fort que j'eus du mal à respirer.

— Je me suis fait un sang d'encre pour toi depuis ta disparition ! Pourquoi ne m'as-tu pas téléphoné ?

À mon tour, je la serrai dans mes bras.

— Je suis désolée. J'aurais dû.

Elle recula, et je perçus de l'émotion dans ses yeux, un mélange d'apaisement, de joie et d'agacement envers sa sœur peu expansive, incapable de respecter les règles comme une personne normale.

— D'ailleurs que t'est-il arrivé ? On m'a dit que tu avais quitté ton poste pour chercher du café, et que cet homme effrayant t'avait prise en otage. Il était armé. Où étais-tu passée pendant tout ce temps ?

J'essayai de ne pas penser à l'effrayant homme armé. Il avait détruit ma vie ordinaire en m'entraînant dans la sienne. Et il me manquait déjà tellement que j'avais l'impression d'avoir été poignardée en plein cœur. La douleur de sa perte se mêlait au bonheur de revoir Cathy.

— C'est une longue histoire, répondis-je. Mais je suis de retour, et tout va rentrer dans l'ordre à présent.

Elle arbora un air perplexe.

— Pour l'amour du ciel, qu'as-tu fait à tes cheveux ?

Je les touchai machinalement.

— Ils sont différents. Ça te plaît ?

Elle s'adossa au mur et esquissa une grimace.

— Je devrais pouvoir m'y faire.

Ma coiffure avait changé. Pour toujours. Un peu comme moi. Ma composition cellulaire avait été modifiée, ainsi que mes cheveux. Et mon sang. Cela ne faisait pas si longtemps que j'avais été arrachée à mon existence normale, mais, désormais, plus rien n'était pareil.

Cathy lorgna par-dessus son épaule et vit les filles dans le salon en train d'allumer la télévision.

— Se sont-elles bien amusées avec toi et ce… (Elle fronça les sourcils.) J'oublie toujours son nom. Ce charmant blond au regard gris.

Pas étonnant qu'elle ne s'en souvienne pas ! Kristoff lui avait embrouillé le cerveau.

— Oui.

Elle secoua la tête.

— Où étais-tu pendant tout ce temps ? L'homme… Celui qui t'a prise en otage…

— Il n'est plus là. (Je fermai les yeux pendant un moment, puis les rouvris et lui souris.) Tout va bien.

Elle caressa mes cheveux de jais et coinça les mèches rebelles derrière mes oreilles.

— J'ai tellement de questions à te poser que je ne sais pas par où commencer. Ce qui compte, pour l'instant, c'est que tu sois de retour. Tout va rentrer dans l'ordre maintenant, Jill. Et je ne te perdrai plus jamais de vue, tu peux me faire confiance ! (Elle rit.) Je suis si heureuse, j'ai l'impression de rêver !

— Moi aussi ! Tu n'imagines pas à quel point ! (Je l'embrassai de nouveau, le cœur serré.) Je t'aime tellement, Cathy.

— Je t'aime aussi.

— Prends bien soin de toi et des filles, d'accord ?

Elle recula un peu et fronça les sourcils.

— Pardon ?

Je lui décochai un sourire sincère.

— Il faut que j'y aille.

— Quoi ? Où ça ?

— On reste en contact, promis. Je te téléphone bientôt. Ne t'en fais pas pour moi, je t'en prie.

Je fis volte-face et quittai la maison, descendant l'allée jusqu'au trottoir. Revoir Cathy, lui ramener les petites intactes, ça m'avait remise d'aplomb. Comme je l'avais soupçonné. Cela m'avait rendue heureuse, m'avait rappelé ma vie d'avant, normale et réglée comme du papier à musique. C'était confortable d'avoir un boulot, des amis, une sœur et des nièces à qui je rendais visite régulièrement. Tout ça s'offrait de nouveau à moi. Je venais d'en avoir la preuve.

Mais je n'étais plus la même personne. En mon for intérieur, je le savais. Ma vie était ailleurs désormais. Et ça ne me dérangeait pas. Mon ancienne existence ferait toujours partie de moi, mais d'autres aventures m'attendaient. J'aurais pu me contenter de suivre les règles. J'aurais pu rester là. Je suis sûre que Cathy aurait été ravie de m'accueillir chez elle pour que je reparte de zéro à Los Angeles.

Mais ce n'était pas ce que l'avenir me réservait.

— Jill ! appela Cathy depuis le seuil de la porte. Où cours-tu comme ça, bon sang ?

Je la saluai de la main. Elle devait se dire que j'étais folle. Je l'étais peut-être. Mais je faisais le bon choix. Je remontai le trottoir dans ma robe noire, mes talons recommençaient à me faire mal aux pieds.

Peu importe ce qui arriverait dorénavant, tout irait pour le mieux.

J'en étais convaincue.

Quelques minutes plus tard, une voiture s'arrêta juste à côté de moi. Je fermai les yeux. *Faites que ce ne soit pas un crétin qui m'a prise pour une prostituée et souhaite m'escorter jusqu'au motel du coin !*

— Alors, tu montes ? demanda Declan à travers la vitre baissée côté passager.

Je souris, puis tirai la poignée et m'assis à ma place.

—Je te croyais parti.

—Moi aussi.

—Mais tu es revenu.

—Oui.

Sa mâchoire était serrée, et son regard braqué sur la route.

—Ce n'est pas un supplice d'être si proche de moi ?

—Si.

Je me mordis la lèvre inférieure et l'étudiai avec attention.

—Dans ce cas, pourquoi es-tu revenu ?

Il se tourna enfin vers moi.

—Parce que je ne suis qu'un masochiste qui est tombé amoureux de toi.

Mon cœur se mit à palpiter.

—Tu n'as pas opté pour la plus sage des décisions.

—Ne m'en parle pas !

Il avait ôté ses lunettes de soleil, et je perçus l'émotion brute dans son œil gris pâle, une émotion qu'il n'avait jamais eu l'occasion d'éprouver par le passé à cause du sérum.

Tout ça, c'était fini. Plus de sérum ! Plus de dhampire !

Juste un vampire capable de sortir à la lumière du jour. Qui avait survécu à mon sang. Qui m'avait entraînée dans sa vie, et que je n'étais plus pressée de fuir. J'avais enfin trouvé ma place, auprès de Declan, et advienne que pourra !

Je regardai en arrière alors qu'on s'éloignait de la maison de Cathy et de mon existence normale.

—Alors, quelle est la prochaine destination ?

—Honnêtement, je n'en ai pas la moindre idée.

Je lui souris.

—Ça me semble un excellent départ.

Il prit ma main dans la sienne tandis qu'on roulait vers l'horizon.

Achevé d'imprimer en janvier 2013 par Hérissey à Évreux (Eure)
N° d'impression : 119945 - Dépôt légal : février 2013
Imprimé en France
81120895-1